Falko hat alles, was er sich wünscht: Er ist beliebt, erfolgreich in der Schule und die Mädchen stehen darauf, dass er immer mehr aussieht wie sein großes Idol Falco. Doch sein Leben ändert sich schlagartig, als er erfährt, dass er sterben wird. Zusammen mit seinem besten Freund Wolfgang macht er sich auf, den besten Sommer seines Lebens zu erleben. Sie reisen quer durch Deutschland und Österreich, verlieben sich beide in die Krankenschwester Ines und sind einem legendären Falco-Rätsel auf der Spur. Doch die Zeit läuft ihnen davon und sie müssen sich fragen: Was ist wirklich wichtig im Leben? Ein bewegender Coming-Of-Age-Roman über das Erwachsenwerden, Lebensträume und Freundschaft.

Bernhard Straßer, geboren 1978 in Traunstein, ging als siebzehnjähriger Schüler für ein Jahr in die USA, um Creative Writing zu lernen und sich journalistisch ausbilden zu lassen. Nach dem Abitur studierte er in Mannheim Arbeitsverwaltung und nahm regelmäßig an den Schreibwerkstätten von Arwed Vogel, unter anderem bei Ursula Krechel und Norbert Niemann teil. Es entstanden die Romane Kleinstadtrebellen (2013) und Sterne sieht man nur bei Nacht (2016). Seine Texte sind im Lichtung-Verlag veröffentlicht. Er schreibt für die Passauer Neuen Presse und für das Magazin „Hallo Nachbar“ die Kolumne „Mein Alltag in Weißblau“. Das Kurzgeschichtenportal auf seiner Webseite Chiemgauseiten.de ist eines der meistbesuchten in Deutschland.

Bernhard Straßer

Falko

Roman

Für Daniel

Falko
Bernhard Straßer

Verlag: Bernhard Straßer, Steffgenstr. 8 83278 Traunstein

ISBN: 978-3-00-074965-0

Zweite Auflage Version 2.1

Verlag: www.chiemgauseiten.de

Titelbild: Maximilian Niedergünzl

Mein großer Dank geht an die vielen freiwilligen Testleser*innen und Lektor*innen: Matthias Speckner, Birgit Pfaffinger, Arwed Vogel. Rebecca Bauer, Gabriele Netz, Andreas Auer, Christiane Ullbricht. Vielen Dank an Nicole und meine Familie, für die Unterstützung.

Vorbemerkung

Die Idee kam einzig und allein von mir. Nicht von ihm. Er schaute mich ganz verdattert an – so auf die Art „Falko, ist das dein Ernst?“ Natürlich war das mein Ernst. Verdammt, ich hatte keinen Bock zu sterben. Aber da ich schon mal in der angenehmen Lage war, es wirklich sicher und hundertprozentig zu wissen und es wirklich sicher und hundertprozentig auch zu kapieren, machte ich auf Schallplatte mit Sprung: „Schreib alles auf! Schreib alles auf, was passiert ist und was noch passieren wird! So wie es war, oder so wie du es gesehen hast! Vielleicht wird es dein erstes großes Buch und wir werden beide reich und berühmt! Oder wenigstens einer von uns. Und außerdem gibt es mir das Gefühl, unsterblich zu sein.“
„Tu es! Schreib alles auf!“, ich war eine sehr hartnäckige Schallplatte. Da war der Ohrwurm bereits übergesprungen. Ich wusste ja, wie gerne Wolfgang schreibt. Kurz bevor wir die Skype-Verbindung beendeten, sah ich, wie etwas in seinen Augen aufblitzte. Wie die Begeisterung für diese Idee von ihm Besitz ergriff. Da wusste ich, dass er es durchziehen würde. Und so würde es für ihn vielleicht etwas leichter. Und für mich sowieso.

Erste Veränderungen

1 Zu viel Hitze

Der Sommer war noch einmal richtig groß. Jeden Abend holte ich Falko ab und wir radelten gemeinsam über die Weinleite hinunter zum Fluss, um beim Sportplatz am Viadukt Fußball zu spielen. Falko sprintete steil, langer Pass von mir – so hatten wir es über die Jahre perfektioniert –, zwei, drei Haken, dann war die Kugel drin. Bei jedem Tor feierte er ab, als wäre er Mario Götze in Rio. Tag für Tag wurde es früher dunkel, aber die Nächte waren warm und wir kickten im Flutlicht weiter, bis der Platzwart das Licht ausschaltete. Auf der Rückfahrt hatte Hansi, so hieß er eigentlich, oft eines der Mädchen von der Zuschauertribüne auf dem Gepäckträger. Dann fuhren wir am Fluss entlang bis zur Sandbank und machten dort Lagerfeuer. Es war August und wenn es nach mir gegangen wäre, hätten die Ferien ewig dauern können. Ich dachte nicht darüber nach, dass ich die Schule wechseln musste. Und gleichzeitig dachte ich an nichts anderes. Nur Falko freute sich wie wahnsinnig. In letzter Zeit konnte er sehr begeisterungsfähig sein, besonders was unseren gemeinsamen Herbst anging. Und – klar, ein wenig freute ich mich auch darauf, weil wir zum ersten Mal seit der Grundschule nicht nur auf dieselbe Schule, sondern sogar in dieselbe Klasse gehen würden.
Ansonsten ist in diesem Sommer nichts Außergewöhnliches passiert. Außer, dass Hansi auf einmal Falko hieß und sich noch schräger benahm als sowieso schon. Er kannte keine Grenzen mehr, traute sich alles zu und konnte sich selbst für die kleinsten Belanglosigkeiten begeistern. Gleichzeitig hatte er extreme Stimmungsschwankungen und seine göttlich gute Laune konnte innerhalb von Sekunden in zynische Bosheit kippen. Und Fußball schien er auch verlernt zu haben. Falko vor dem Tor war zwar immer noch wie Lewandowski, aber

Kondition hatte er keine mehr. Schon nach wenigen Minuten wurden seine Sprints weniger. Er trabte immer schlapper über das Feld. Wenn ich ihn fragte, was los sei, sagte er, dass ihm schon wieder schwindelig sei und er eine „Halbzeit" brauche. Ob ich mir wegen seiner krassen Veränderung Sorgen machte? Vielleicht. Aber ich war achtzehn und alles andere als ein Mediziner. Meiner Meinung nach trank er entweder zu wenig oder zu viel. Wasser beziehungsweise Alkohol. Logisch.

So oder so, Falko genoss seine Auszeiten, saß auf der Tribüne bei den Mädchen und flirtete. Danach spielte er wieder, als wolle er sich für die Bayern empfehlen, bis es ihn wie aus dem Nichts umhaute. Er lag auf dem Boden und die Ersten dachten schon, er sei tot, da hob er grinsend den Daumen. Typisch Falko. Der würde uns selbst im Wachkoma noch verarschen, dachte ich damals. Das war die große Falko-Show in diesem Sommer. Kein einziger von uns wäre auch nur im Traum auf die Idee gekommen, dass etwas anderes dahinterstecken könnte.

Falko hieß eigentlich Hansi. Das war an sich schon ein Spitzname. Also statt Johann, wie seine Eltern ihn hatten taufen lassen. Aber irgendwann zwischen Pfingst- und Sommerferien wurde er auf einmal Falko. Falko mit „k".

Kurz bevor das mit dem Falko-Irrsinn losging, hatte er sich mindestens drei Mal die Woche diesen Film über Falcos Leben reingezogen. Danach fand er es nicht mehr angemessen, Hansi zu heißen. Genau wie im Film verkündete er uns eines Abends mit einem gefaketen Wiener Akzent: „Bitte seids so lieb und nennts mich ab jetzt nicht mehr Hans, sondern Falco."

„Hansi, jetzt spinnst endgültig!", war die erste Reaktion. Aber er zog es durch. Kaufte sich beim Haider eine Kollektion schicker Hemden und einen Anzug. Seine Augen versteckte er hinter einer schwarzen Ray-Ban-Sonnenbrille, egal ob die Sonne schien oder es aus Kübeln regnete. Die einen fanden den neuen Hansi mit seinen affektierten Gesten und

dem Wiener Akzent megapeinlich. Die anderen supercool. Die anderen waren komischerweise alles Mädchen. Und ich kapier bis heute nicht, warum sie das so toll fanden.
Aber auf jeden Fall verwandelte sich Hansi im Sommer in eine Teenie-Version des Wiener Popstars. Tagaus, tagein dröhnten die uralten Falco-Platten, die er auf dem Dachboden gefunden hatte, so laut aus dem antiken Schallplattenspieler, dass man es noch in unserem Garten hören konnte. Und weil er sich so benahm, als wäre er wirklich Falco, taten ihm die Ersten den Gefallen und nannten ihn auch so, und innerhalb weniger Wochen hatte er seinen gewünschten Spitznamen. Aber nicht ganz. Weil es ein ungeschriebenes Gesetz gibt, dass man sich seinen Spitznamen nicht aussuchen kann, nannten ihn zwar alle „Falco", aber im Handy hatte ihn jeder, wirklich jeder, mit „Falko" eingespeichert. Was so ziemlich alle superlustig fanden. Nur Falko nicht.
Jetzt habe ich zwar erklärt, warum Falko „Falko" hieß, aber noch nicht, woher diese Besessenheit kam. Schließlich war Falco schon so lange tot, dass ihn höchstens unsere Omas noch live erlebt hatten.
Natürlich kannte jeder den „Kommissar" und „Amadeus" von den Schlagerpartys. Aber über Falco selbst wussten wir nichts. Außer, dass er tot war. Auf Netflix gab es allerdings diesen Film über sein Leben. Da gerade keine neuen Folgen von Game of Thrones mehr in Aussicht waren und Falko sich ganz gerne Retro-Filme reinzog, war er zufällig darüber gestolpert. Ich habe mir den Film auf seine Empfehlung hin angeschaut. Gut, er war schon ganz okay, aber Hansi zog er buchstäblich den Stecker. Also so richtig. Er grübelte tagelang, ob es Zufall war, dass sie fast gleich hießen. Dabei hatte der andere ja Johann Hölzel geheißen, und in Falkos Pass stand der Name Johann Holzner. Aber bitte, er war überzeugt, dass es Schicksal war, und ich dachte mir, solange es ihn glücklich macht...
Als Nächstes hörte er auf Spotify die „Falco Essentials" rauf und runter, wochenlang lief nichts anderes mehr als dieses

80er-Jahre-Gedudel. Obwohl man schon sagen muss, dass da auch ein paar geile Songs dabei waren, zwischen dem ganzen Schrott. Das war ungefähr die Zeit, als der Rest von uns Wanda und Bilderbuch abfeierte. Von daher passte das alles schon irgendwie zusammen. Auf jeden Fall ging es weiter mit den Klamotten und dem schrecklichen Wiener Akzent, und innerhalb kurzer Zeit hatte Hans Holzner sich in Falko verwandelt.

Das Allerkomischste aber war, dass sich niemand wirklich über diese Verwandlung wunderte. Schon als Hansi war er alles andere als ein Mauerblümchen. Aber seine Verwandlung in Falko war so krass, dass jeder von uns hätte checken müssen, dass da irgendwas in seinem Kopf nicht ganz rund lief.

2 Analyse

Jetzt habe ich so viel von Falko erzählt, dass ich ganz vergessen habe, etwas über mich zu schreiben. Also, bevor Falko mir zuvorkommt, das bin ich:
Ich heiße Wolfgang Schreiber, bin 18 Jahre alt und habe es verkackt. So richtig verkackt. Ziemlich alles verkackt, was man mit 18 nur verkacken kann: Vom Gymnasium geflogen nach der Elften. Ich meine, nach der Zehnten, das ist ja elegant. Aber im Jahreszeugnis der Elften in den Hauptfächern einen Schnitt von 4,3 stehen zu haben, obwohl ich in Deutsch eine Zwei hatte, das muss man erst mal hinkriegen. Dass ich noch nie eine Freundin hatte, brauche ich wohl nicht zu erwähnen. Aber lieber, ich sage es gleich, bevor Falko es tut. Immerhin habe ich, im Gegensatz zu ihm, den Führerschein. Das macht das Kraut aber auch nicht wirklich fett.
Egal, ich hatte jedenfalls einen ganzen Sommer lang Zeit, mich auf den Schulwechsel vorzubereiten. Auf die FOS freute ich mich ungefähr so sehr wie auf einen Termin beim Urologen. Ich meine, sechs verdammte Jahre war ich auf dieses Gymnasium gegangen. Und jetzt musste ich nochmal von vorn anfangen und auf dieses Sammelbecken der Gymnasialabbrecher, die Fachoberschule, wechseln. Meine Eltern verstanden mich nicht. Sie lagen mir in den Ohren, ich solle doch eine Ausbildung machen. Entweder Industriemechaniker oder Industriekaufmann. Hauptsache irgendwas mit Industrie. Sie fragten ständig, für was ich denn Abitur bräuchte. Ehrlich gesagt, fragte ich mich das auch manchmal. Aber ich hatte keinen blassen Schimmer, was ich mal machen wollte. Sicher war nur, dass ich keinen Bock hatte, für den Rest meines Lebens in irgendeinem Industriebetrieb zu sitzen und morgens ein- und abends auszustempeln.
Mama fragte mich regelmäßig beim Abendessen, wo ich mir in der Schule leichttat.

Ich sagte: „Mama, das weißt du doch." Sie fragte, was mir Spaß mache. Ich sagte: „Bücher lesen."
Sie zuckte die Achseln und sagte: „Du solltest mal zum Berufsberater gehen."
Aber darauf hatte ich auch keinen Bock. Der würde mir nur sagen, dass es blöd ist, nach der Elften das Gymnasium zu schmeißen, wenn man studieren will. Ich brauchte Abitur. Das wusste ich auch so. Dazu brauchte ich keinen Berufsberater. Auf der FOS gab es Abitur. Und so wusste ich zumindest, was ich die nächsten zwei Jahre tun würde.
Vielleicht sollte ich noch kurz was zum Thema „Mädchen" sagen, bevor Falko mir zuvorkommt. Er wird behaupten, dass ich drei Jahre lang in dieselbe verknallt war, die aber nichts von mir wollte und ich deshalb noch Jungfrau bin. Das stimmt aber nicht. Also der erste Teil. Es waren nur zweieinhalb Jahre. Und mehr möchte ich zu diesem Thema nicht sagen. Das ist Falkos Geschichte. Soll er doch erzählen, wie es war.

3 Junge Römer

Wolfgang und ich kannten uns schon immer. Wir wuchsen in derselben Nachbarschaft am Stadtrand auf. Ich in der alten Villa, er gegenüber in einem riesigen Neubau. Wir beide waren das, was man so schön als Sandkastenfreunde bezeichnet. Wenn ich mich richtig erinnere, waren wir das buchstäblich. Jedenfalls gibt es ein Foto von uns, auf dem wir im Sandkasten sitzen und hinter uns liegt Wolfgangs Papa in einer Liege und liest Zeitung. Wir waren vielleicht nie die allerbesten Freunde, gingen später auch auf verschiedene Schulen, aber wir haben ungefähr zweihundert Jahre lang zusammen Fußball gespielt. Alle zwei Jahre waren wir im selben Team, er war ja ein Jahr älter. F-Jugend, E-Jugend, D-Jugend – da wurden wir Meister –, C-Jugend. Am besten war es in der B-Jugend. Da waren wir eine Weile sogar beste Freunde. Ich der Torjäger, er der Abwehrheld. Dann verloren wir uns für eine Weile aus den Augen, weil ich meine Frauen-Phase hatte und Wolfgang ein verklemmter Büchernerd mit einem Stock im Arsch ist.
Und dann trafen wir uns am Einschreibetag an der FOS. Ich dachte, ich krieg' mich nicht mehr ein: Der Oberstreber Wolfgang Schreiber hatte das Gymmi nicht geschafft! Wir würden sogar in dieselbe Klasse kommen. Es war herrlich. Und von da an sahen wir uns wieder fast täglich.
Als ich mit der Schule fertig war, also die Mittlere Reife in der Tasche hatte, ging dieser unfassbare Sommer los. Wir spielten fast jeden Tag Fußball, und am Wochenende fanden in der unteren Stadt diese spektakulären Bad-Taste-Partys statt. Ich konnte mich ohne Weiteres dort einschleichen, weil ich, als Falco verkleidet, älter als 18 ausschaute. Das mit meinem Spitznamen hat Wolfgang sicher schon gespoilert, so wie ich ihn kenne. Aber egal, was er behauptet: Ich musste mich nicht erst in Falko verwandeln, ich war schon

immer Falko. Ich wusste es nur noch nicht. Und eines muss ich noch loswerden: Es war großartig, Falko zu sein!
Und die Mädchen liebten es ebenfalls. Ich würde ja nie behaupten, dass mich die Damen vorher komplett ignoriert hätten. Aber kaum tritt man ein bisschen extrovertierter auf, fliegen einem die Frauenherzen nur so zu. Vielleicht lag es auch an meinem schicken schwarzen Anzug, den mir der alte Herr Haider persönlich ausgesucht hat. Das war nicht so ein Firmungsanzug, wie ihn Wolfgang beim Abschlussball vom Tanzkurs getragen hat. Das war ein richtiger Anzug. Einer, der aus jeder Faser hauchte: „Lass dich fallen und ergib dich mir, Baby!“ Es war echt magisch. Wenn wir im Gewölbe tanzten und der DJ – ein guter Kumpel von mir – „Junge Römer“ auflegte, da tanzten selbst die 20-jährigen Edeldamen um mich herum, als wäre ich der echte Falco. Momente für die Ewigkeit, sage ich euch. Und wer weiß, was mit den Ladys noch alles passiert wäre, hätte es mir nicht Nacht für Nacht irgendwann das Licht ausgeknipst. Verdammter Alkohol. Obwohl ich früher einiges vertragen konnte, genügten zwei Desperados und ich hing um Mitternacht über der Kloschüssel. Wolfgang brachte mich dann heim und sobald ich im Bett lag, drehte sich alles. Der Schwindel war kaum auszuhalten und am nächsten Tag hatte ich schreckliche Kopfschmerzen.
Aber ich dachte nicht groß darüber nach. Der Sommer wurde von Woche zu Woche großartiger. Ich meine, nicht nur wegen der Weltmeisterschaft und so. Klar, jeder Mensch auf der Welt ist im Himmel, wenn er angesäuselt mit dem Rad über den Stadtplatz dem Autokorso hinterher radelt, von tausend Menschen am Stadtplatz bejubelt wird und es kaum fassen kann, dass wir das Spiel gewonnen haben. Außer er ist ein völliger Anti-Fußball-Spießer oder Grünenwähler.
Es war davor schon gut und es wurde immer besser. Wir waren jeden Tag beim Baden. Und mit dem Rad auf sämtlichen Festen, die es in unserer schönen Heimat gibt: Seefest,

Waldfest, Stadtfest, Feuerwehrfest, Sommerfest des Gartenbauvereins und natürlich die Maßbandfeiern der Abschlussklassen. Und ja, wir waren auch beim Abschlussfest der Abiturienten am See. Und da hat es das erste Mal gekracht zwischen Wolfgang und mir. Ich meine, so richtig gekracht.
Und zwar, weil ich was mit der Greta Kotter hatte. Da fielen so Sprüche wie „Du bist so ein Arschloch, du wusstest doch, dass ich in sie …" Mehr kam aber nicht, weil Wolfgang so ein Spießer ist, der sich das L-Wort noch weniger in den Mund zu nehmen traut wie das Wort, das mit S beginnt und das es auch als Zahl gibt. Außerdem hatte die Greta Kotter ihm schon tausendmal klargemacht, dass sie nichts von ihm will. Warum sollte ich also Rücksicht auf ihn nehmen und meinerseits nicht sie klarmachen, wenn sie schon die Initiative ergriff?
Wolfgang nannte mich an diesem Tag mehrmals und teils auch ein wenig hysterisch – und damit meine ich die peinliche Art von Hysterie – ein Arschloch. Danach redeten wir kein Wort mehr miteinander. Und das nicht nur, weil ich mit einer schweigenden Tätigkeit beschäftigt war.
Doch dann drückte die Schwerkraft mich wieder in die nasse Wiese und meine Augäpfel gruben sich in die Höhlen, als wollten sie sich bis ins Großhirn bohren. Trotz allem, was an dem Abend vorgefallen war, war es wieder Wolfgang, der mich nach Hause brachte. Und nicht Greta Kotter, die nur blöd glotzte. Auf halbem Weg kotzte ich ihn auch noch voll. Mit Wackelpudding aus Wodka. Sah echt beschissen aus.
Kaum lag ich im Bett, fiel ich in eine Art Koma und wachte erst am nächsten Abend wieder auf, so voll war ich. Dabei hatte ich nur zwei Radler und zwei Wackelpudding intus.
Mich bei Wolfgang zu bedanken, habe ich total vergessen.
Als ich am nächsten Tag bei ihm läutete, den Fußball unterm Arm, wich er meinem Blick aus. Wortlos radelte er neben mir runter zum Sportplatz. Wir haben nie über diese Nacht geredet.

4 Veränderungen

Im Herbst begann die Schule wieder. Falko und ich standen morgens an der Ecke zum Papst-Benedikt-Weg und warteten auf den Schulbus, der uns runter in die Stadt brachte. Auf dem Schulgelände war bereits die Hölle los. Berufsschule, Realschule und FOS bildeten sozusagen einen eigenen Schulblock. Falko genoss es. Er trug seine Ray-Ban und selbst heute ein Sakko, obwohl der Wetterbericht einen heißen Altweibersommertag angesagt hatte. In der Klasse reckten sich alle Köpfe nach ihm. Und bei der Vorstellungsrunde gab Falko, wie erwartet, seinen gefaketen Wiener Dialekt zum Besten und sagte mit verrauchter Stimme: „Servus, ich bin der Hans. Aber ihr dürfts Falko zu mir sagen." Dabei nahm er die Brille ab und zwinkerte dem Mädchen, das vor ihm saß, so auffällig zu, dass die ganze Klasse lachte.
Die Klasse war übrigens ganz okay. Einige Gesichter kannte ich vom Haus der Jugend oder von den Partys in der Festung. Vorne saßen die Bäckereiverkäuferinnen-Zwillinge, die am Wochenende am Stadtplatz im Laden ihrer Eltern arbeiteten. Und auch der Torwart der Zweiten Mannschaft saß in der Klasse. Er war nur wenig älter als ich und durchgefallen. Er blickte nicht sehr glücklich drein. Ich fühlte mit ihm. Technisch gesehen war ich zwar nicht durchgefallen, zumindest nicht an der FOS, aber wenn sich in der Klasse jemand ähnlich elend fühlte, dann ich. FOS war wie Endstation. Ich würde nie Medizin oder Ägyptologie studieren können. Nicht, dass ich das jemals vorgehabt hätte. Trotzdem verhielt sich die Fachhochschulreife zum Allgemeinen Abitur wie Christina Stürmer zu Falco. So hätte es jedenfalls Falko ausgedrückt. Vor mir lagen zwei Jahre, in denen ich Rechnungswesen nachlernen musste, in irgendwelchen Büros Praktika zu machen hatte und die restliche Zeit so mit Schulstoff vollgestopft war, dass es kaum zu schaffen sein würde. Willkommen auf der FOS!

Unsere Klassenlehrerin war ganz okay. Sie hieß Schweiger, obwohl sie ziemlich viel und gerne redete. Ich hielt es für ein positives Omen, dass sie Deutsch unterrichtete - bekanntlich mein Premiumfach.
Es half trotzdem nichts. Die ersten Wochen liefen selbst in Deutsch noch katastrophaler als befürchtet. Bis Schuljahresende mussten wir zwei Bücher lesen. Das zweite durften wir selbst auswählen. Das erste nicht. Es handelte sich natürlich um: Thomas Manns Buddenbrooks. Ungelogen, ich liebe Bücher über alles! Aber warum liest man Schinken, die hundert Jahre alt sind? Die sind nicht gut abgehangen, die sind schimmelig!
Gut, nicht mal Goethes Faust am Gymnasium hatte mich gekillt, ich würde auch Thomas Mann überleben. War dennoch gähnend langweilig. Als nach drei Wochen klar war, dass wir das Buch nie ganz schaffen würden, streamten wir den Film. Der war auch langweilig, aber mit zweieinhalb Stunden zog sich die Langeweile wesentlich kürzer hin. Im Film reißt wenigstens August Diehl einiges raus. Den fand Falko supercool, weil er mit Pete Doherty in Regensburg mal eine Fensterscheibe eingeschlagen und eine Gitarre geklaut hat. Trotzdem, guter Schauspieler! Aber das tut nichts zur Sache. Im Film spielt er Christian Buddenbrook. Den mochten wir beide. Wen keiner mochte, das war Hanno. Ich konnte diesem Spinner erst auch nichts abgewinnen. Aber im Buch gibt es diese eine Szene, in der Hanno die Lateinhausaufgabe nicht gemacht hat. Er schwitzt Blut und Wasser, weil es so sicher scheint wie das Amen in der Kirche, dass der sadistische Lateinlehrer ihn ausfragt und demütigt. Und dann passiert das kleine Wunder, dass der Lehrer gar keinen ausfragt. Hanno flippt auf seine hanseatische Art fast aus vor Glück. Und das war so irre, das zu lesen. Ich meine, das Buch ist hundert Jahre alt und dieser Thomas Mann beschreibt eine Szene aus meinem Leben! Eine Situation, die ich sechs beschissenen Jahre lang wieder und wieder, Tag für Tag erleben musste. Mein Lateinlehrer hieß George und war

genauso ein Arsch. Ein humanistischer Wichser. Der mochte nur Menschen, die wie er Latein und Altgriechisch liebten und „sittlich rein" waren, wie er es nannte. Ein kompletter Irrer also. Und ich hatte ihn von den sechs Jahren am Gymnasium fünfmal gehabt und viermal davon in Latein. Aber wenn ich dachte, schlimmer als in der Achten könnte es nicht mehr werden, wurde ich in der Elften eines Besseren belehrt. Ich stand damals eine Weile auf einer soliden Vier. Die zwei Sechser im Ausfragen gleich am Anfang der zweiten Jahreshälfte brachen mir das Genick. Und dann war wegen dem George Schluss am Gymnasium.

5 Unterbrochene Heiterkeit

Lange dachte ich, die irre intensiven Unterrichtswochen seien die Hölle. Dann begann im November der erste Praktikumsabschnitt. Wochenlang hatte ich fast jeden Tag gelernt und einmal die Woche Nachhilfe in Rechnungswesen genommen. Wir hatten vier Schulaufgaben und tausende Exen geschrieben. Die Ergebnisse waren bei mir meist mau, während Falko in allen Fächern brillierte. Obwohl er scheinbar den ganzen Tag lang am Stadtplatz chillte, hinter seiner Sonnenbrille den Mädchen nachstierte und über Gymnasiasten und Salomonschuhträger spottete. Wenn ich mit dabei war und wir unter den Ahornbäumen, die von Woche zu Woche mehr Laub verloren, Eis aßen, hatte ich immer das Gefühl, ich müsste eigentlich lernen. Wochenlang stand ich unter Extremstress.

Und jetzt saß ich plötzlich im Bus in eines der Nachbardörfer und hatte nichts zu tun. Nichts. Ich saß ganz hinten, hörte den lärmenden Montessori-Kindern zu und las sogar wieder Bücher, die keine Schullektüre waren.

Die FOS hatte mich als Praktikant einer Firma zugeteilt, die gute fünfundzwanzig Kilometer weit weg zwischen zwei Dörfern lag. Eine renommierte Firma, einer der größten Arbeitgeber im Landkreis. Meine Eltern waren mächtig stolz auf mich, obwohl ich ja gar nichts dazu getan hatte. Allerdings wusste niemand, was die eigentlich produzierten. Irgendwelche Kabel, die für Handys wichtig waren. Oder für Militärdrohnen. Ich glaube, so genau wollte das auch keiner wissen. Jedenfalls begannen nach den Wochen des gnadenlosen Büffelns und des Aufwachens mitten in der Nacht mit dem Gefühl „Scheiße, ich hab‘ kein VWL gelernt!“ die Wochen der absoluten Langeweile.

Die Menschen in der Firma waren supernett, einige kannte ich sogar vom Fußball her. Aber im Endeffekt hatten sie für

einen Praktikanten nichts, aber auch gar nichts zu tun. Darüber hinaus kamen mir sämtliche Tätigkeiten – nicht nur die, die sie mich machen ließen, sondern überhaupt alles, was dort im Büro zu tun war – wie die bürokratische Personifizierung der Langeweile schlechthin vor. Egal, ob im Vertrieb oder im Personalbüro, es gab keine, wirklich absolut keine einzige Aufgabe, die mir auch nur im Ansatz kreativ oder befriedigend erschien. Kopien anfertigen, Rechnungen in die E-Akte scannen. Kaffee kochen und Leberkässemmeln holen – das waren noch meine liebsten Beschäftigungen. Dann die Telefonate mit dem Ausland, wegen denen man meist bis nach fünf Uhr bleiben musste, da irgendeine Zeitverschiebung zu beachten war, und bei denen es immer um höflich verpackte Reklamationen ging. Diese Menschen saßen sechsunddreißig Stunden die Woche in ihrem Großraumbüro, tippten irgendwelche Dinge in ihren Rechner und telefonierten mit China.
Als mir nach drei Wochen klar wurde, dass dies exakt mein Leben sein würde, wenn ich das Abitur nicht packte, bekam ich eine Panikattacke. Und das schreibe ich jetzt nicht einfach so. Es war während der 9:15-Uhr-Pause.
Ich aß gerade alleine auf der Bank hinter dem Firmengebäude meine Leberkäsesemmel, als ich zu hyperventilieren begann. Alles krachte auf mich ein. Der Latein-Sechser vom letzten Schuljahr, der Schulaufgaben-Fünfer, den ich im Oktober herausbekommen hatte. Und ich sah mich schon, wie ich meine Bewerbungsunterlagen als Industriekaufmann in der Personalabteilung abgab, weil das Abi in unerreichbare Ferne gerückt war. Wenn einer hyperventiliert, meint man ja, dass der zu wenig Luft bekommt. Aber in Wahrheit bekommt er zu viel. Ich japste und keuchte und die Leberkäsesemmel fiel ins Gras. Und als ich mir schon sicher war, dass ich jetzt sterben würde, sah ich die Bäckertüte und hyperventilierte dort hinein, wie sie es in den Hollywoodkomödien immer tun. Natürlich funktionierte es und ich starb nicht. Trotz des Leberkäsegeruchs, den ich noch lange in der Nase

hatte. Aber der Gedanke, dass mein Leben die nächsten vierzig Jahre genauso ablaufen würde, der zog mir echt den Stecker. Wecker um sechs. Eine Stunde später in den Pendlerbus. Arbeitsbeginn Punkt halb acht. Erste Pause um 9:15 Uhr. Mittagspause um 12:00 Uhr. Und Schluss um 17:00 Uhr. Alles begleitet von einer Werkssirene, die identisch war mit dem Probealarm für Atomangriffe.

Nach dem Bäckertüten-Hyperventilier-Vorfall hatte ich eine großartige Erkenntnis: Es war alles egal. Zumindest während der Praktikumswochen. Es war egal, ob ich aktiv um Arbeit bettelte, ob ich jemandem über die Schulter schaute und tausend Fragen stellte. Es war den Leuten schnurzpupsegal, ob ich überhaupt hier war. Hauptsache, ich nervte sie nicht zu viel. Deshalb begann ich, mich vor den Praktikanten-PC zu setzen und einfach zu schreiben. Ich schrieb stundenlang. Gedichte, Kurzgeschichten, witzige Storys über die Firma. Manche schickte ich Falko, der im Amtsgericht saß und den ganzen Tag Gerichtsverhandlungen anschaute, und er schickte Smileys zurück.

In den Pausen las ich Bücher, ich hatte inzwischen den Österreicher Thomas Glavinic als neuen Lieblingsautor entdeckt und verbrachte jede Mittagspause mit Glavinic und Jonas auf dem Mount Everest. Und während es draußen immer ekelhafter, stürmischer und matschiger wurde, kam mir irgendwann die Erkenntnis, dass ich zum ersten Mal in meinem Leben genau das tat, was mir Spaß machte. Lesen und Schreiben. Und kurz, nur ganz kurz, fragte ich mich, ob man das vielleicht verbinden könnte. Für eine große Firma im Büro sitzen, Leberkäsesemmeln für die Kollegen kaufen und dazwischen lesen und schreiben und trotzdem ein vollständiges Gehalt bekommen.

Aber jede Utopie ist einmal vorbei. Spätestens, als Herr Pochop, mein Praktikumspate von der FOS, seinen Besuch ankündigte, musste ich wirklich etwas schreiben. Nämlich einen zehnseitigen Praktikumsbericht. Wie gewonnen, so zerronnen. Die letzte Praktikumswoche befand ich mich erneut im Schul- und Büffelmodus und der schöne Traum war wieder geplatzt.

6 Der Kommissar

Im Nachhinein war es natürlich die Ruhe vor dem Sturm. Abgesehen von ein paar Schwindelanfällen und den Kopfschmerzen, an die ich mich längst gewöhnt hatte, verliefen die ersten Wochen des neuen Schuljahres absolut unauffällig. Gut, ich brauchte kaum noch Schlaf und sogar das Lernen fiel mir leicht. Meist war ich um vier Uhr früh schon wach und konnte in aller Ruhe auf die Schulaufgaben lernen und mir Formeln und Vokabeln ins Kurzzeitgedächtnis pressen. Das war neu, dass das ging. Ich hatte auf einmal Superkräfte. Außer in Deutsch war ich in allen Fächern sogar besser als Wolfgang. Obwohl der tagaus tagein lernte, als hinge sein Leben davon ab. Der hatte echt Panik, dass er die Schule nicht schaffen würde. Erst nach zwei, drei Wochen im Praktikum blühte er ein wenig auf und wirkte wieder wie der Alte.

Überhaupt, das Praktikum. Wie geil ist das denn, du gehst zwei Jahre auf die Schule und musst im ersten Jahr die Hälfte der Zeit gar nicht hingehen. Die FOS war so ziemlich die beste Erfindung aller Zeiten. Und mein Praktikumsbetrieb war sowieso ein Sechser im Lotto. Amtsgericht. Erst dachte ich: Alter, du wirst vor Langeweile sterben! Aber dann wurde ich jeden Tag in die Gerichtsverhandlungen geschickt. Ich habe mir alles angeschaut. Wirklich alles. Egal, ob Schöffenverhandlung oder Familiengericht. Egal, ob öffentlich oder unter Ausschluss der Öffentlichkeit. Ich war bei einem Mordprozess dabei und bei ungefähr tausend Verhandlungen über Verstöße gegen das Betäubungsmittelgesetz. Die Angeklagten kannten sich irgendwie alle untereinander und tauchten, bunt durcheinander gemischt, auch als Zeugen und Zuschauer in den anderen Prozessen wieder auf. Bald kannten sie auch mich, und in den Pausen unterhielt ich mich mit ihnen. Ehrlich gesagt, wollte ich irgendwie herauskriegen, bei wem man in der Gegend am günstigsten

Gras bekommen kann. Aber die hielten mich, glaube ich, für einen Justizbeamten oder einen verdeckten Ermittler, einen Kommissar oder so und taten, als hätten sie mit dem Dealen nichts mehr am Hut.
Die Dealer waren kaum älter als ich. Einige von ihnen wurden vom Richter dazu verknackt, ein Buch zu lesen. Das fand ich echt witzig und dabei musste ich an Wolfgang denken. Das wäre genau sein Ding, mit kriminellen Jugendlichen hochgeistige Literatur zu lesen, um sie damit auf den Pfad der Tugend zurückzuführen. Einer der ersten Typen, die zum Buchlesen verknackt wurden, stand gegen Ende meines Praktikums schon wieder vor Gericht. Er hatte das Buch nicht gelesen und musste jetzt in den Knast. Fand ich echt hart. Nach der Verhandlung fing ich ihn ab und fragte ihn, warum er das Buch nicht gelesen hatte. „Es war scheiße!", sagte er. Da bekam ich einen echt fetten Respekt vor dem Burschen, der einen leicht osteuropäischen Dialekt hatte.
„Was musstet ihr denn lesen?"
„Tschick!"
Und jetzt ratet mal, welche Lektüre sich im Dezember, als die Schule wieder begann, unsere Klasse unter Rädelsführerschaft unseres Wolfgangs aussuchte? Richtig: Tschick.

7 Aufsteigende Angst

Der Alptraum begann erst im Dezember. Ich spreche jetzt nicht von Falko. Noch nicht. Der schwamm auf seiner Welle. Dem gelang alles. Die drei schönsten Frauen der ganzen FOS waren in ihn verknallt. Aber das meine ich gar nicht, das kannte ich ja schon von früher. Neu war, dass Falko auf einmal auch in der Schule besser war als ich. Gut, er hatte nie schlechte Noten gehabt. Aber ich war immerhin auf dem Gymnasium gewesen. Und er nur auf der Realschule. Und genau das, was unseren Status immer ausgemacht hatte, er, der draufgängerische Frauenschwarm, ich, der stille, zurückhaltende Denker, kehrte sich auf einmal um. Nicht, dass ich auf einmal der Liebling aller Frauen gewesen wäre, oder er der große Intellektuelle. Aber seine Schulnoten blieben konstant gut und meine konstant scheiße. Dabei war ich überzeugt, wirklich und aufrichtig überzeugt, dass auf der FOS endlich alles gut werden würde. Doch jetzt kristallisierte sich nach und nach heraus, dass sich meine verschwendeten Jahre auf dem Gymnasium endgültig rächen würden. Für Latein konnte ich mir im BWR-Zweig nichts kaufen. Und Rechnungswesen war mir sowas von fremd, dass es bald mehr als ein Running-Gag zwischen Falko und mir war, dass ich definitiv den falschen Zweig gewählt hätte. An einem Mittwoch Mitte Dezember froren wir, wie jeden Tag, an der Haltestelle am Fichtenweg und fuhren dann im Bus runter in die Stadt. Falko hatte nachts wieder keine drei Stunden geschlafen und war auch noch stolz darauf. Er lernte inzwischen Bass. Seine neueste Leidenschaft. Was er nicht lernte, war VWL. Das hatte er kurz nach Mitternacht schon erledigt. Ich musste im Bus irgendwelche Wirtschaftsgrundsätze auswendig lernen, die mir absolut nicht ins Hirn reinwollten. Ich rechnete zwar nicht damit, ausgefragt zu werden – ich stand auf einer soliden Drei –, aber man wusste ja nie, für was man Wirtschaft noch brauchen konnte. „Für

die Wochingerbräu-Wirtschaft!", sagte Falko und brüllte los, als habe er den lustigsten Witz aller Zeiten gemacht. Jedenfalls war dann doch ich das arme Schwein, das in dieser Stunde ausgefragt wurde. Ich stand an der Tafel und musste das Bruttoinlandsprodukt ausrechnen. Ich hatte einen totalen Blackout. Wusste die Formel nicht mehr und Falkos Vorsagen war so laut, dass es ein Wunder war, dass Herr Gembala nichts davon mitbekam. Was ich meinerseits nicht mitbekam, war das Stöhnen der Mädchen in der ersten Reihe: „Falko, du Blödmann, das ist das Bruttosozialprodukt!"
Wie gesagt, Totalausfall. Selbst, als nach einer gefühlten halben Stunde die richtige Formel an der Tafel stand, verrechnete ich mich so oft, dass Herr Gembala irgendwann Mitleid hatte. Er schickte mich zurück auf den Platz und fragte stattdessen eine der Klugscheißerinnen aus der ersten Bank aus. Den Sechser bekam ich trotzdem. Jetzt stand ich auf Vier Minus. Also wurde es auch in diesem Fach knapp.
Wenigstens die Pausen waren schön. Falko hatte einen Wasserkocher zum Glühweinkocher umfunktioniert. Am Gymnasium hätten sie uns hochkant rausgeschmissen, wenn wir auf dem Schulgelände Alkohol getrunken hätten. Erst recht während der Schulzeit. Frau Schweiger war es entweder Wurst oder sie merkte es nicht. Ich tendierte zu Ersterem, da der schwere Glühweingeruch noch stundenlang durch das Klassenzimmer waberte und die Stimmung nach der Pause auffällig heiter war. Bei Frau Schweiger lasen wir unseren Tschick weiter. Falko hasste das Buch, weil alle Erwachsenen als Alkoholiker dargestellt wurden, alle Lehrer als Arschlöcher und alle Asis hochbegabt. Als er mit Vorlesen dran war, ließ er Tschick nicht mit russischem Akzent sprechen, sondern mit Wiener. Das klang irre komisch und die halbe Klasse lag unter den Tischen vor Lachen. Wie gesagt, Glühweinpause.
In der sechsten Stunde bekamen wir die Rechnungswesen-Schulaufgabe heraus. Ich war recht optimistisch. Immerhin

hatte ich übelst gebüffelt und blieb jeden Montagnachmittag in der Schule, um am Nachhilfeunterricht BWR teilzunehmen. Außerdem arbeitete ich nicht auf eine Zwei im Zeugnis hin. Mir genügte eine Vier vollkommen. „Die Eins des kleinen Mannes", wie Falko ein Ausreichend immer nannte.
Die Schulaufgabe war tatsächlich recht gut ausgefallen. Es gab viele Einser, ein paar Zweier, jede Menge Dreier, wenige Vierer, keinen Fünfer und einen Sechser. Es war leicht festzustellen, wer welche Note hatte, weil Herr Gruber die sadistische Angewohnheit hatte, die Arbeiten nach Noten geordnet auszuteilen. Beginnend mit den Besten. Die Einser gingen natürlich an die Damen aus der ersten Bank. Die waren auf der Mädchenrealschule schon Rechnungswesen-Fanatinnen gewesen und würden alle einmal gute Industriekauffrauen und Notarfachangestelltinnen werden. Als sich das Feld immer mehr lichtete und weder ich noch Falko unter den Dreiern gewesen waren, fragte ich ihn schließlich, wie es ihm gegangen war. „Scheiße!", gab er zu. Und ehrlich gesagt, beruhigte mich das ein wenig.
Dann blieben nur noch drei Arbeiten übrig. Zwei Vierer und ein Sechser. Herr Gruber stolzierte theatralisch in die erste Reihe und knallte das Blatt auf den Tisch einer der Streberinnen. „Das war enttäuschend", sagte er in militärischem Ton und Eva brach in Tränen aus. Ein wenig übertrieben, fand ich. Denn, wenn jemand Grund hatte, in Tränen auszubrechen, dann waren das entweder Falko oder ich. Nun war besiegelt, dass einer von uns beiden den Sechser hatte. Als Herr Gruber in unsere Richtung stierte, hörte ich neben mir auf einmal ein abartiges Geräusch. Ein Aufheulen. Halb tierisch, halb menschlich. Falko war auf einmal käseweiß und rang quiekend nach Luft. Erst war ich überrascht, weil er sonst immer so cool war und Schulnoten ihn nicht interessierten. Weder gute noch schlechte. Doch jetzt sackte er auf einmal in sich zusammen und rutschte vom Stuhl. Die ganze Klasse schrie auf. Herr Gruber schüttelte genervt den Kopf, er hielt es wohl für die übliche Falko-Show. Falko lag flach

auf dem Boden, streckte alle viere von sich und wurde von Krämpfen geschüttelt. Sämtliche Glieder vibrierten und zuckten. Das Geschrei der entsetzten Mädchen wurde so laut, dass selbst Herr Gruber blass wurde. „Katrin, sofort ins Sekretariat, einen Krankenwagen rufen!"
Wir dachten alle, Falko stirbt. Seine Augen waren seltsam verdreht, sodass nur noch das Weiß zu sehen war, und aus seinem Mund troff Speichel. Hilflos stand ich daneben und keiner wusste, was zu tun war.
Keine Ahnung, ob es eine Minute dauerte oder fünfzehn. Jedenfalls, als Frau Linner vom Sekretariat mit einem Defibrillator ins Klassenzimmer stürzte, war Falko wieder bei Bewusstsein. Er stand auf, als wäre nichts gewesen, und wischte sich die Speichelfäden vom Mund. Ein wenig verwirrt schaute er um sich und ließ die Knöchel knacken. Als er begriff, dass alle ihn anstarrten, trat ein Grinsen auf sein bleiches Gesicht. „Keine Panik, ich hab mir nur kurz eine Auszeit genommen. Das passiert mir zurzeit öfter. Red Bull verleiht Flügel!" Er verzog entschuldigend das Gesicht. Einen endlosen Moment lang war es mucksmäuschenstill in der Klasse. Eine Mischung aus Entsetzen und Erleichterung hing in der Luft. Bis das Rascheln von Papier die Stille zerriss. Herr Gruber knallte die vorletzte Arbeit auf Falkos Platz. Und die letzte auf meinen.

8 Der Donnerschlag

Der 23. Dezember war auch dieses Jahr der letzte Schultag vor den Weihnachtsferien. Regulären Unterricht gab es seit Tagen nicht mehr, weil alle bereits gedanklich unterm Weihnachtsbaum saßen. Falko war seit dem Vorfall in der Gruber-Stunde nicht mehr in der Schule aufgetaucht. Seine Mama hatte ihm erst einige Tage strenge Bettruhe, Schlaf und Red Bull-Entzug verordnet. Als auch das nichts half und er weiter immer wieder Anfälle hatte, schickte sie ihn zum Arzt. Der schickte ihn weiter ins Krankenhaus. Und das Letzte, was ich von Falko mitgekriegt hatte, war eine WhatsApp, dass er für zwei Tage zur Überwachung dortbleiben müsse. „Ich bin auf kaltem Red-Bull-Entzug", schrieb er neben seinem Falko-Sonnenbrillen-Smiley.
Seitdem Funkstille. Anfangs hatte ich mir keine großen Gedanken gemacht, weil ich, wie jeder normale Mensch mit Last-Minute-Geschenkeinkäufen und den anstehenden Weihnachtsferien beschäftigt war. Im Unterricht wurden fast in jedem Fach Filme geschaut. Tschick zum Beispiel. Ich hatte das Buch nie ganz gelesen. Witzig war aber, dass der Film genau dort aufhörte, wo auch ich im Buch ausgestiegen war. In einer Stegreifaufgabe über die Lektüre hatte ich trotzdem eine Zwei bekommen. Deutsch war und blieb das einzige Fach, in dem ich was draufhatte. Schade nur, dass das in großen Industriebetrieben nicht so gefragt war. Gleichzeitig wollte ich nicht als armer Schriftsteller enden, so wie der Herrndorf. Nachdem wir den Film gesehen hatten, wurde noch darüber diskutiert, ob es in Tschick Hinweise darauf gab, dass der Autor todkrank war. Dass Herrndorf sich wegen einer Krankheit umgebracht hatte, wusste lustigerweise jeder. Das war in Oberstufen inzwischen genauso Allgemeinwissen wie, dass Goethe ein Kumpel von Schiller war. Oder Max Frisch was mit der Bachmann hatte. Die Diskussion verlief deshalb recht lustlos, so gut wie alle

Schullektüren-Autoren waren tot und in unseren Augen machte es keinen Unterschied, ob jemand 2013 oder 1830 gestorben war, wenn er zu Lebzeiten keinen YouTube-Channel oder Auftritt bei Böhmermann gehabt hatte.
Jedenfalls fiel in dieser bescheuerten letzten Stunde vor den Ferien ein erstes Mal das Wort „Glioblastom". So hieß der Gehirntumor, der Herrndorf das Hirn aufgefressen hatte. Die Auszüge aus dem Blog, die uns Frau Schweiger vorlesen ließ, gaben einen Eindruck von der Schwere dieses Gehirntumors.
Ich passte nicht wirklich auf, sondern dachte an Falko. Der leere Platz neben mir hatte einen unheimlichen Sog wie ein Schwarzes Loch entwickelt. Es riss sämtliche Gedanken in sich hinein und ließ einen an nichts anderes denken als an Falko: Wo war er? Wie ging es ihm? Was war nur los mit ihm?
Ich dachte daran, dass Falko sich seit Sommer verändert hatte. Seine phasenweise Arroganz, der Falko-Größenwahn. Wie oft er ein Arschloch war und im nächsten Moment wieder ein bester Freund. Ich dachte an die vielen Schwindelanfälle, die Kotz-Attacken beim Fortgehen. Und natürlich an den Anfall in der Gruber-Stunde. Ich hoffte, dass der Schlafmangel und die vielen Überdosen Red Bull Erklärung genug waren. Ich hoffte es so sehr.
Am Abend stand schließlich Frau Holzner vor der Tür. Sie sah aus, als hätte sie den ganzen Tag geweint und sich nur für diesen Besuch zittrig das Gesicht geschminkt. Sie sah gruselig aus. Sie drückte mir eine Entschuldigung für die Schule in die Hand und wollte etwas sagen, aber es kam kein Ton heraus. Sie räusperte sich und bat, ich solle das im Sekretariat abgeben. Ich sagte, dass Ferien seien. Die Information war ihr scheinbar schon zu viel. Sie schaute mich aus hohlen Augen an. „Dann halt nach den Ferien."
„Was ist denn los?", fragte ich. Ich machte mir nun ernsthafte Sorgen. „Hansi kann nicht in die Schule kommen." Als ich fragte, was er denn habe, verkrampfte sich ihr Gesicht,

sie machte eine wegwerfende Handbewegung und schüttelte stumm den Kopf. „Entschuldige“, sagte sie, drehte sich um und lief schnellen Schrittes über den Kies zurück zu ihrem Haus.
Verdattert blickte ich ihr nach, blieb verunsichert im Windfang stehen und etwas undefinierbar schweres bohrte sich in meine Magengrube. So hatte ich Falkos Mutter noch nie gesehen.
Ich ging zurück ins Haus und setzte mich wieder an den Schreibtisch. In meiner zitternden Hand bemerkte ich die zerknitterte Arbeitsunfähigkeitsbescheinigung. Ich warf einen zögernden Blick darauf und erstarrte, als ich las, dass die Bescheinigung auf drei Monate ausgestellt war. Hansi war noch nie länger als drei Tage krank gewesen. Ich musterte den Zettel. Natürlich stand der Grund der Erkrankung nicht darauf. Die Unterschrift des Arztes war unleserlich, aber auf dem Stempel darüber waren eine Münchner Adresse und der Schriftzug „Großhadern“ zu entziffern. Kannte ich nicht. Aber da bei uns der Grundsatz galt, dass die Einfachen nach Traunstein, die Eiligen nach Salzburg, die Irren nach Gabersee und die Schwerwiegenden nach München kamen, verhieß es nichts Gutes.
Ich muss wohl eine halbe Ewigkeit dagesessen haben, immer tiefer in Gedanken versinkend, als mir der Zettel auf den Boden glitt. Die Rückseite zeigte nach oben und ich entdeckte, dass darauf mit Bleistift etwas geschrieben stand. Es war die Handschrift von Falkos Mutter. „Sehr geehrter Herr Gembala“, stand dort. „Leider muss ich meinen Sohn Johann aus dem Unterricht abmelden. Er wird morgen operiert wegen Verdacht auf...“ Ein zweites Mal glitt mir der Zettel auf den Boden. Und ein zweites Mal an diesem Tag begegnete mir dieses hässliche Wort, von dem ich sofort, in diesem Moment, wusste, es würde mich nie wieder loslassen: „Glioblastom“ stand dort in zittriger Handschrift.

9 Schnee

Wie lange freut man sich eigentlich auf Weihnachten? Ein ganzes Jahr lang? Die vier Wochen im Advent? Ich kann mich an kein einziges Weihnachten erinnern, auf das ich mich nicht gefreut hätte. So richtig konnte ich mir auch nie vorstellen, wie Menschen tickten, die sich nicht auf Weihnachten freuten. Das konnten nur Psychopathen sein. Oder Arschlöcher.
Und jetzt war ich selber einer von ihnen. Die Nacht vor Heiligabend war die letzten Jahre immer ein Highlight gewesen. Im Haus der Jugend spielte die Band von einem Kumpel unplugged ein Weihnachtskonzert. Ich war jedes Mal mit Falko hingegangen, wir hatten ein wenig was getrunken und es war so schön, dass der übliche Weihnachts-Vorbereitungsstress mit der Familie nur halb so wild war. Dieses Jahr blieb ich zu Hause. Ohne Falko wollte ich nicht auf das Konzert gehen. Ich wollte überhaupt nirgends mehr hingehen. Ich wollte nur wissen, dass es ihm gut ging. Aber das wusste ich nicht. Ich blieb zu Hause und schaute die Nacht über fast eine gesamte Staffel Walking Dead an. Das beruhigte mich etwas. Schlafen konnte ich sowieso nicht. Und das echte Leben kam mir vor wie der schlimmere Horrorfilm.
Der Vierundzwanzigste lief ab wie immer. Mit dem Unterschied, dass ich keinen Funken Vorfreude empfand. Ich empfand überhaupt nichts. Nein, so ganz stimmt das nicht. Ich empfand schon etwas. Etwas, das im Magen lag und sich so anfühlte, als müsste man jeden Moment kotzen. Da ich nicht verliebt war, musste es etwas anderes sein. Angst.
Ich half Mama, das Haus zu putzen. Wir setzten eine Gemüsesuppe auf, schmückten den Baum. Meine Mama war genauso stumm wie ich und hatte gerötete Augen. Abends standen wir um den Baum herum. Papa, Oma und Opa. Wir sangen „Stille Nacht, Heilige Nacht“ und mitten drin brach es aus Oma raus: „Der arme Bub, der arme Bub!“. Da war es

wirklich eine stille Nacht. Jeder schaute bedröppelt auf die Geschenke und keiner wusste mehr, was er sagen sollte. Beim Wohnzimmerfenster hinaussah man Falkos Haus. Es war dunkel. Das war so ungefähr das deprimierendste Weihnachten, das man sich vorstellen konnte.
Nach einer weiteren Nacht, in der ich mich mit Zombies und bösartigen Menschen herumschlug, hielt ich es nicht mehr aus. Ich ließ mich früh morgens von Mama zum Bahnhof fahren und nahm den ersten Zug nach München.
Ich war noch nie am Weihnachtsmorgen im Zug gesessen. Und ich glaube, ich bin auch der einzige Mensch, der es jemals getan hat. Außer dem Schaffner natürlich. Ich saß mutterseelenallein im Intercity und versuchte nicht darüber nachzudenken, was mich in München erwartete. Draußen lag Schnee, es hatte über Nacht tatsächlich geschneit. Sowas hatte es seit Jahren nicht mehr gegeben. Scheiß auf weiße Weihnachten. Scheiß auf die Geschenke. Ich hatte nur einen einzigen Wunsch.

Die Haselnuss

1 Noch jemand

Das Klinikum Großhadern sieht aus wie Manhattan. Wolkenkratzer an Wolkenkratzer. Wie man sich das halt als Junge aus der Provinz, der noch nie dort war, vorstellt. Eine Stadt in der Stadt. Kaum kleiner als unsere Heimatstadt. Nur, dass hier nur Kranke leben. In Großhadern, meine ich. Inzwischen schneite es wieder heftig. So richtig dicke Schneeflocken. So wie man sich Weihnachten immer vorstellt. Zwischen der U-Bahn-Station und dem Klinikum war noch nicht geräumt. Mit jedem Schritt stapfte ich eine frische Spur in den weißen Schnee. Ich wurde immer langsamer, der Schnee immer tiefer und der Hochhausturm von Großhadern immer riesiger. Vor dem Gebäude war ein älterer Mann dabei, laut kratzend den Schnee beiseite zu schippen. Er wünschte mir frohe Weihnachten, als ich an ihm vorbeihuschte.
Am Eingang klopfte ich meine Stiefel sauber. Die große Halle war menschenleer. Ein mickriger Christbaum stand traurig in der Mitte. Aus einer unbestimmten Ferne hallten vereinzelte Stimmen. Wo musste ich hin? Eine Rolltreppe führte nach oben.
„Kann ich ihnen helfen, junger Mann?“
Erst jetzt sah ich, dass hinter der Rezeption eine Frau saß. Sie hatte noch kein Licht angemacht, blinzelte mich verschlafen an und hielt einen Kaffeebecher in der Hand.
„Guten Morgen“, sagte ich. „Ich möchte meinen Freund besuchen. Er heißt Falko Holzner.“ Ich biss mir auf die Lippen und korrigierte mich: „Entschuldigung, Hans Holzner heißt er. Nein, Johann Holzner.“

Die Frau schaute mich gelangweilt an: „Die Schizophrenen sind in der Psychiatrischen in Haar“, sagte sie. Als sie meinen verdutzten Gesichtsausdruck sah, huschte der Hauch eines Lächelns über ihr Gesicht: „Das war ein Scherz. Warte mal, ich schau' nach, wo dein Freund liegt.“
Sie tippte in ihren Computer. Schließlich murmelte sie eine Kombination aus Zahlen und Buchstaben, die mir spanisch vorkam.
„Und wo soll das sein?“
„Zum ersten Mal hier? Na, dann gebe ich dir lieber den Gebäudeplan.“
Sie drückte mir eine Landkarte in die Hand. Jedenfalls sah es so aus. Sie hatte einen bestimmten Bereich mit einem X markiert und mir eine Nummer daraufgeschrieben. Wahnsinn, dachte ich mir. Ein Krankenhaus, so groß, dass man einen Reiseführer braucht. Fehlte nur noch, dass Sehenswürdigkeiten darin empfohlen wurden.
Mit dem Plan in der Hand fuhr ich erst die Rolltreppe nach oben. Vor mir tat sich eine unendlich lange Halle auf, fast wie auf einem Flughafen. Links und rechts waren die Schaufenster der Geschäfte. Aber nicht H&M, C&A und so, wie in der Fußgängerzone. Nein, alle Läden waren Apotheken oder Fachgeschäfte für orthopädische Kleidung. Das war eine gigantische Einkaufsmeile für Kranke. Wegen Weihnachten waren alle Läden geschlossen und ich fragte mich, wie es hier an einem Werktag ausschaute.
Ich folgte der Einkaufsmeile und entdeckte, dass die Hochhaustürme des Klinikums alle über diese lange Halle verbunden waren. Schließlich erreichte ich den Aufzug, den mir die Frau mit einem X markiert hatte. Im Lift drückte ich auf den achten Stock. Penthouse. Super. Je kränker man war, desto weiter oben kriegte man ein Zimmer.
Der Aufzug fuhr so langsam, dass es kaum auszuhalten war. Er ruckelte und summte stöhnend vor sich hin und ich hatte von Stockwerk zu Stockwerk viel Zeit, um über Leben und Tod nachzudenken. Hauptsächlich über Letzteres. Und wie

man dieses Thema verdrängt, wenn man gleich seinem besten Freund gegenübersteht, der vielleicht bald nicht mehr da sein wird. Im sechsten Stock dachte ich kurz nach, auf den Nothalteknopf zu drücken und einfach auszusteigen. Falko wusste nicht, dass ich auf dem Weg zu ihm war. Ich musste mir das nicht antun. Ich wollte auch gar nicht wissen, wie er aussah. Ich stellte mir vor, dass sein Schädel kahl rasiert war und eine riesige Narbe, wie beim Frankenstein-Monster, quer über seinen Kopf verlief.

Dann ertönte das Signal, das den achten Stock ankündigte. Ich stieg aus und blieb vor einem riesigen Panoramafenster stehen. Man hatte hier oben eine atemberaubende Aussicht auf das verschneite München. Millionen Christbäume und Weihnachtsbeleuchtungen funkelten vor sich hin. Wenn ich nicht gerade an diesem fürchterlichen Ort gewesen wäre, hätte ich es direkt schön gefunden. Es dauerte eine Weile, bis ich mich von der Aussicht losreißen konnte. Von oben betrachtet sah die Welt richtig friedlich und trostspendend aus. Vielleicht wurde man im 8. Stock schneller gesund? Ich blickte auf meine Karte, schaute nochmal nach der Nummer, die mir die Frau aufgeschrieben hatte und begab mich auf die Suche nach Zimmer Acht.

Der Flur war nur mäßig beleuchtet. Ein Mann kam mir mit ausladenden Armbewegungen entgegen. Er schlurfte über den Boden und einen Moment lang war ich mir sicher, dass ich ihn im Staffelfinale von „The Walking Dead" bereits einmal gesehen hatte. Er stöhnte auch knurrend wie ein Zombie. Mitten auf seiner Stirn prangte eine schlecht verheilte Narbe. Ich schaute ein zweites Mal hin und erschrak. Er hatte dieselbe Größe wie Falko und die ausladenden Gesten kannte ich von Falkos schlechteren Falco-Imitationen. War das Falko? Das konnte nicht Falko sein! Vorsichtig näherte ich mich ihm. Er sah fürchterlich aus. Speichel rann aus seinem Mund. Der Mann hatte Schwierigkeiten, sich vorwärtszubewegen. Erleichtert stellte ich fest, dass es nicht Falko war. Aber recht viel älter als wir war er nicht. Als wir uns

kreuzten, sah er mich an. „Gu-ten Moa-gen“, sagte er langsam, Silbe für Silbe betonend, es bereitete ihm größere Mühe, zu sprechen. „Guten Morgen!“, antwortete ich erschrocken. Ich wusste im selben Moment, dass ich sofort umkehren würde, wenn ich Falko in einem ähnlichen Zustand antraf. Das war nicht auszuhalten.
Es war ein Fehler gewesen, hierherzukommen. Ich war noch nicht so weit. Mit wild pochendem Herz klopfte ich an Falkos Zimmertür. Keine Antwort. Oh Gott, dachte ich. Entweder er schläft noch, oder er kann nicht mehr sprechen. Was hatte ich erwartet? Die Operation war erst gestern gewesen. Vielleicht lag er noch im Koma oder sowas.
Langsam öffnete ich die Tür. Das Zimmer war hell, die Vorhänge weit offen. Das Bett war leer. Ich starrte das weiße Bettlaken, die zurückgeworfene Bettdecke an. Ich war zu spät. War er tot? Aber so sah nicht das Bett eines Toten aus. Es sah eher so aus wie das Bett eines Teenagers, der früher als gewohnt aufgestanden war und keinen Bock gehabt hatte, das Bett zu machen. Neben dem Bett lag auf einem Kästchen Falkos iPod und sein Kopfhörer. Er kann hören! Falko kann hören! Als wäre das die schönste Neuigkeit aller Zeiten, versuchte ich mich mit weiteren Indizien bezüglich Falkos Gesundheitszustand zu beruhigen. Es standen frische Blumen auf dem Tisch. Ein Familienfoto lehnte an der Vase. Falko sah darauf aus wie mit zwölf. Wahrscheinlich war er damals auch zwölf gewesen.
Ruckartig bewegte sich die Klinke und langsam ging die Tür auf. Herein kam aber nicht Falko, sondern der Zombie von vorhin. Er bewegte sich langsam und knurrend ins Zimmer und setzte sich auf das Bett gegenüber. Der Untote fixierte mich mit seinem wackelnden Blick und sagte langsam, aber deutlich genug, dass ich ihn verstehen konnte: „Suchst - du – Fal - ko?“
Ich war überrascht, dass er seinen Spitznamen kannte. Ich nickte.
„Er – ist - in – der – Kia - che.“

Hatte ich richtig verstanden? In der Kirche? Er konnte nicht meinen Falko meinen. Aber er hatte deutlich Falko gesagt. Und den echten Falco meinte er ja wohl auch eher nicht.
„Wo ist die?", fragte ich.
„Un - ten." Er deutete mit beiden Händen nach unten.
Also wieder zurück. Wieder durch den Gang. Wieder vorbei an zwei Personen, die große Narben am kahl rasierten Schädel trugen und irgendwie den Eindruck machten, als liefen sie ziemlich unrund. Und Falko in der Kirche. Ich seufzte und drückte auf den Liftknopf. Während sich der Aufzug nach oben kämpfte, schaute ich zum Fenster hinaus. Dort unten in der Stadt begann der Weihnachtsmorgen. Hier oben ein Horrorfilm. Zwei Welten, die nicht unterschiedlicher hätten sein können. Beide Welten ahnten voneinander. In der einen hofften sie, niemals hier hinaufzumüssen. Die hier oben beteten, bald wieder ein Teil von unten sein zu dürfen. Krass, dachte ich.
Die Aufzugtür öffnete sich und ein Junge in einem Rollstuhl fuhr heraus.
„Wolfgang!!!", rief er, als er mich sah. Falko. Er saß zwar in einem Rollstuhl, aber es war eindeutig Falko. Er trug einen lächerlichen Pyjama, er sah ein wenig blass aus, aber das Grinsen in seinem Gesicht war das alte. „Wolfgang, was machst du denn hier?"
„Ich wollt' mal checken, ob du noch lebst", sagte ich und fügte schnell hinzu: „Und dir schöne Weihnachten wünschen."
Einen Moment lang war Falko ganz still und die Freude über unser Wiedersehen war schon wieder dahin. „Ja, ich lebe noch", murmelte er. „Da ist wohl was dran." Als er zu mir hochschaute, sah ich, dass er geweint hatte.
„Du warst in der Kirche?", fragte ich ihn.
Er nickte. „Es ist Weihnachten."

2 Er versucht sich in Konversation

Eine Viertelstunde später saßen wir draußen auf einem eingeschneiten Kinderspielplatz auf einer Bank. Das heißt, wir saßen nicht auf der Bank, sondern auf der Kante der Banklehne. Ein eisiger Wind wehte uns ins Gesicht. Falko zündete sich eine Zigarette an.

„Ist das nicht ungesund?"

Er warf mir einen Blick zu, der die Frage in den Mülleimer der Lächerlichkeit schnipste. Falko wirkte fast wie immer. Erst nach mehrmaligem Hinsehen entdeckte ich die OP-Narbe an seinem Hinterkopf. Ein kleiner, etwa drei Zentimeter langer, frisch genähter Schnitt. Ansonsten sah man ihm äußerlich nicht an, dass er erst kürzlich operiert worden war. Er konnte kaum gehen. Den Weg zum Spielplatz war er im Zeitlupentempo neben mir her geschlurft. Den Rollstuhl hatte er oben gelassen. Er brauchte ihn eigentlich nicht.

„Ich war mir sicher, dass die Weihnachtsmesse voll wäre und hatte mir meinen eigenen Sitzplatz mitgebracht", hatte er erklärt und dabei gegrinst.

Falko sog lange an seiner Zigarette, als wollte er auch das letzte Gramm Nikotin heraussaugen. Dann blies er den kalten Rauch aus.

„Was haben sie eigentlich gemacht?", fragte ich.

„Sie haben mir eine Haselnuss rausgeschnitten", sagte Falko.

„Ist das gut oder schlecht?"

„Beides. Alles wegoperieren können sie nicht. Aber sie haben das meiste rausgeschnitten. Und davon machen sie jetzt eine Gewebeprobe." Falko schaute mich ernst an. Gleichzeitig grinste er, als könne nichts in der Welt sein Grinsen stoppen. „Die wollen eben sicher gehen, dass ich auch wirklich genau diesen unheilbaren Tumor habe. Und nicht vielleicht doch den, bei dem man noch zehn Jahre vor sich hinsiecht und sich dann, wenn man keinen Bock mehr auf Chemo hat, freiwillig die Kugel gibt."

„Und? Hast du schon ein Ergebnis?“
Falko schüttelte den Kopf. „Das dauert“, sagte er. „Aber die MRT-Bilder zeigen eindeutig, dass sich meine kleine Haselnuss bereits munter kreuz und quer in meinem Hirn verästelt hat. Die Schwester – by the way eine wirklich gutaussehende Frau – meint, ich solle mir keine allzu großen Hoffnungen machen. Ich soll versuchen, damit klarzukommen, dass die Haselnussreste und ich ab sofort ein Team sind.“
„Warst du deshalb in der Kirche?“
Falko schaute mich stirnrunzelnd an und blies verächtlich den Rauch aus. „Du meinst, ob ich jetzt so ein dauerbetender Hirnspast geworden bin? Spinnst du?“
Nach einer Weile gegenseitigen Schweigens nickte er. „Doch. Klar bin ich deswegen in die Kirche gegangen. Wenn nichts mehr hilft, kann man doch mal Beten ausprobieren, oder?“
Ich nickte.
„Und weißt du, was mich am meisten ankotzt?“, fragte er und ließ den Zigarettenstummel glühen. „Schau dich mal um. Überall Scheiß Winter. Es ist fucking kalt, alles ist schwarz-weiß. Als wären wir in den Vierzigern.“
„Du magst den Winter nicht?“
Falko sah mich an, als hätte ich überhaupt keine Ahnung, wer er sei. "Nicht mögen? Ich hasse den Winter! Weißt du, was der einzige Grund ist, warum ich den Winter Jahr für Jahr irgendwie aushalte?“
Ich schüttelte den Kopf.
„Weil nach diesen verdammten Monaten voller Kälte und Schneeschippen wieder Frühling kommt. Alles wird grün, du kannst wieder im T-Shirt nach draußen. Und sogar die verdammte Zeit wird so umgestellt, dass es länger hell bleibt.“
Falko seufzte resigniert.
„Was willst du damit sagen?“, fragte ich.
Falko öffnete seinen Mund, aber es kam nichts heraus. Seine Lippen mahlten lange aufeinander. Schließlich ließ er matt seine Zigarette sinken und sagte: „Acht Wochen.“

„Was acht Wochen?"
„Dieser nette Wichser von einem Arzt hat klar gesagt, dass ich ohne Therapie vielleicht nur noch acht Wochen habe."
Ehe ich etwas entgegnen konnte, nickte er matt. „In acht Wochen geht der Frühling los. Ich hab' keinen Bock, diesen bescheuerten Winter durchzuhalten, nur um im Frühling, wenn endlich alles wieder losgeht, zu sterben." Falko schaute mich an und fügte hinzu: „Im Frühling sterben ist scheiße."
Wir starrten auf die Spielplatzgeräte, die verloren unter der Schneedecke wie in einem Winterschlaf schlummerten. Dort, wo vor wenigen Monaten noch laut kreischende Kinder herumtobten, lag jetzt schwerer, stiller Schnee. Falko schnippte die Zigarette in den Schnee. „Komm, lass uns gehen. Man holt sich ja den Tod bei der Kälte!", sagte er und fügte ein ironisches „Hahaha!" hinzu.

3 Silvester

Silvester fand in der Stadt eine der größten Partys seit Jahren statt. Die halbe Schule hatte sich angesagt. Die andere Hälfte bestand aus denjenigen, die sowieso nie fortgingen und denen, die gerade wegen Hirntumoren in Krankenhäusern lagen. Und mir. Falko wartete weiter in Großhadern auf das Ergebnis der Gewebeentnahme. Das ließ aber noch einige Tage auf sich warten. Auch Ärzte und Labore feierten scheinbar Silvester. Und die Patienten würden das Ergebnis schon abwarten können, ob in ihrem Kopf eine tödliche Krankheit wütete, oder sie sich noch Hoffnung auf ein wenig Zukunft machen konnten. Was sind da schon ein paar Tage mehr oder weniger? So verbrachte ich Silvester zu Hause bei meinen Eltern. Es gab Fondue. Später saßen wir vor dem Fernseher, aßen Chips und schauten „Dinner for One“. Erst als Papa tatsächlich auf den Silvesterstadel umschaltete, sprang ich auf und sperrte mich eine Weile ins Klo ein. Hoffentlich hatten sie nicht gemerkt, dass ich weinte.
Ich fragte mich, wie es Falko ging, wenn schon ich mich so beschissen fühlte. Aber ich konnte ihm nichts schreiben, weil er sämtliche Smartphones und alles, was strahlte, aus seinem Leben verbannt hatte.
Beim Bleigießen fischte ich ein sonderbares Gebilde heraus. Für mich sah es aus wie eine sich nach sämtlichen Richtungen verästelnde silberne Kugel in der Größe einer Haselnuss.
„Und? Was ist es?“, fragte Mama gespannt.
„Ein Fisch“, sagte ich lustlos.
Um Mitternacht standen wir draußen neben Falkos Eltern und schauten runter auf die Stadt. Das Feuerwerk tobte und gelbe Leuchtraketen knallten. Wir wünschten uns gegenseitig ein gutes neues Jahr und wussten danach nicht mehr, was wir noch sagen sollten. Um halb eins war ich im Bett und hatte exakt so viel Sekt intus, dass ich sofort einschlafen konnte, ohne träumen zu müssen.

4 Jähzorn. Und eine gute Tat

Schließlich waren die Ferien zu Ende und ich saß wieder in der Schule. Neben mir ein leerer Platz. Eine Leerstelle, die nicht still und höflich leer war, sondern laut und schrill auf sich aufmerksam machte. Die Stimmung in der ganzen Klasse war gespenstisch. Niemand wagte es, den Namen „Falko“ auszusprechen und trotzdem war er die ganze Zeit da. Wir bekamen die überfällige Mathe-Schulaufgabe heraus. Recht große Hoffnungen hatte ich mir ohnehin nicht gemacht. Jetzt starrte ich die rote Zahl an und war immerhin so gut in Mathe, um mir auszurechnen, dass ich nun auch in diesem Fach auf einer Fünf stand. Gleichzeitig war mir nichts auf der Welt gleichgültiger. Nachdem Herr Günter alle Arbeiten ausgeteilt hatte, blieb eine einzige in seiner Hand zurück. Er starrte hilflos auf das Papier und wusste erst nicht, was er damit anstellen sollte. Als verließe ihn für einen Moment sämtliche Kraft, glitt das Blatt mit der Schulaufgabe aus seiner Hand. Er hob es auf und legte es auf Falkos Tisch. So als rechnete er damit, dass jeden Moment die Türe aufgehen könnte und Falko würde vom Klo zurückkehren. Ich linste auf die Note. Krass, er hatte eine Eins minus. Ich nahm mir vor, nach der Schule in der Neurochirurgie anzurufen und ihn ans Telefon zu holen. Eine Eins minus in Mathe! Er hatte immer prophezeit, dass dieser Tag einmal kommen würde! Dass er diesen Tag noch erleben würde! Aber eigentlich merkte ich, dass ich selber es war, der jemanden zum Reden brauchte. Es sah so aus, als würde ich auch dieses Jahr krachend durchfallen.
Am allerschlimmsten war, dass ich zu Hause inzwischen Narrenfreiheit hatte. Meine Eltern nahmen die nächste Fünf ohne Überraschung zur Kenntnis. „Wolfgang, du hast doch deine Mittlere Reife. Niemand erwartet von dir, Abitur zu machen.“

Und schließlich kam noch der Hinweis, der mich völlig ausrasten ließ: „Es gibt viel wichtigere Dinge im Leben als Schule. Denk an Falko."
Ich brüllte meine Wut heraus, knallte die Türen zu und sperrte mich in meinem Zimmer ein. „Es gibt Wichtigeres im Leben als Schule?", was war nur mit meinen Eltern los? Ohne Abitur war ich für immer ein Gefangener dieser Stadt. Ich würde nie studieren können, würde für den Rest meines Lebens in irgendeiner Firma versauern. Ohne Studium könnte ich nie ein Schriftsteller werden. Und selbst wenn ich mal ein Buch schreiben würde, wer würde das schon ernst nehmen, wenn der Autor nicht mal Abitur hatte?
Es klopfte an der Tür. „Nicht jetzt! Lass mich in Ruhe!", brüllte ich. Es klopfte nochmal.
„Telefon", sagte Mama mit ihrer verdammt gutmütigen Stimme, „Es ist Falkos Mutter."
Ich wusste sofort, was das bedeutete. Er hatte seine Ergebnisse bekommen. Falko wusste endlich, ob er noch eine Weile zu leben hatte. Ich sprang auf und entriegelte die Tür. Mama sah mich ernst an.
„Hallo?"
„Hallo Wolfgang, hier ist die Mama vom Hans", sagte Falkos Mutter. Sie war der einzige Mensch auf der Welt, der nicht „Falko" zu ihm sagte. „Wir haben heute die Ergebnisse bekommen", erklärte sie. Ihre Stimme war unaufgeregt, richtig ruhig. Das musste ein gutes Zeichen sein. Sie räusperte sich. „Hans wurde ein Gehirntumor der Stufe 4 diagnostiziert."
Mein Gehirn begann zu rattern. Was bedeutete das? Stufe 4 – war das gut oder schlecht? Wie viele Stufen gab es? Gehirntumor war besser als Glioblastom, oder? Oder war es dasselbe?
„Was bedeutet das?", fragte ich.
„Das heißt, dass der Tumor schnell wächst und bereits eine gefährliche Größe erreicht hat."

Ich wusste nicht, was ich antworten sollte. Ich wollte noch einmal nachfragen, ob das gut oder schlecht ist. Als ich am anderen Ende des Hörers ein leises Schluchzen hörte, wurde die Frage überflüssig.
„Das tut mir leid“, sagte ich. Es war der bescheuertste Satz von allen. In mir breitete sich auf einmal eine schwarze Leere aus. Eine Art Hoffnungslosigkeit von der Art, die nie wieder weichen würde, sobald sie sich festgesetzt hatte.
„Kann ich irgendwas für euch tun?“, fragte ich.
Kurze Stille am Telefon. Schließlich sagte sie: „Falko kommt morgen heim. Du könntest einkaufen für uns. Wir hatten seit Tagen keine Zeit mehr, einzukaufen.“
Im ersten Moment war ich völlig sprachlos. Ich hatte die Frage aus reiner Höflichkeit gestellt und mit irgendwas wie „Bete für uns“ gerechnet. Einkaufen erschien mir so banal, dass es mich gleichzeitig entsetzte, dass die Familie Holzner keine Zeit mehr hatte, selbst einzukaufen.
„Einkaufen“, sagte ich. „Natürlich. Das mache ich.“
Also ging ich einkaufen und sorgte dafür, dass Falko einen vollen Kühlschrank hatte, wenn er am nächsten Tag heimkommen würde. Der Vorratskeller sollte so voll sein, dass die Familie gute Überlebensaussichten hätte, sollte die nächsten Tage spontan ein Atomkrieg ausbrechen.

5 Erkenntnis

Ich hatte meine Aufgabe anscheinend mehr als gut erledigt. Denn die ersten Tage war von der Familie Holzner nichts mehr zu sehen. Sie reagierten nicht auf meine Anrufe. Was ja an sich nichts Ungewöhnliches war. Aber, nichts, so rein gar nichts von Falko zu hören, war einerseits äußerst unheimlich, andererseits war ich auch ein wenig erleichtert.
Erst hatte ich mir nichts dabei gedacht. Es war bereits später Abend, als der Wagen der Holzners über den Kies knirschte. Ich stand am Fenster und sah zu, wie die schwarzen Schemen von Falko, seinem Bruder Thomas, der die Weihnachtsferien zu Hause verbrachte, und ihren Eltern im Haus verschwanden.
Ich dachte, Falko würde sich gleich am nächsten Morgen melden. Also klingeln. Denn sein Handy benutzte er wegen der Strahlung ja nicht mehr.
Es waren die letzten Tage der Weihnachtsferien. Das Auto der Holzners stand unbewegt in der Einfahrt. Die Lichter gingen abends an und nachts irgendwann aus. Aber niemand war zu sehen.
Anfangs redete ich mir noch ein, es sei alles wie immer. Falko verbrachte die Zeit vor der Konsole oder bingete sich durch seine Lieblingsserien. Nach einem Tag wurde ich wütend. Warum meldete er sich nicht? Ich meine, ich starb seit Tagen vor Sorge und er? Er machte sich nicht mal die Mühe, mir Bescheid zu sagen, dass er wieder zu Hause war. Den folgenden Tag über versuchte ich mir vorzustellen, was hinter den Vorhängen im Hause Holzner wohl vor sich ging: Ich stellte mir vor, wie der Familienrat tagte. Telefonate mit den Fachärzten. Stundenlanges Googeln von Therapiemöglichkeiten und Kontaktaufnahme mit den wenigen Glioblastom-Patienten, die seit zehn Jahren oder länger noch am Leben waren. Ich schickte Falko telepathische Nachrichten: Wenn dir irgendwas an unserer Freundschaft liegt, dann

melde dich! Dann knips das Licht in deinem Zimmer an oder lass weißen Rauch aus dem Kamin aufsteigen oder sowas. Aber nichts geschah. Irgendwann wurde mir bewusst, dass ich seit Tagen wie gelähmt aus dem Fenster starrte und die letzte Möglichkeit, noch etwas Sinnvolles aus meinem Leben, oder wenigstens den Weihnachtsferien, zu machen, verstreichen ließ. Mir war inzwischen alles egal. Ich lag stundenlang im Bett und stellte mir vor, dass mich heute noch ein LKW überfahren könnte und dann würde Falko sich ärgern, dass er meine letzten Tage nicht mit mir verbracht hatte. Ich verkroch mich unter der Bettdecke und heulte, weil ich mich selber so pathetisch fand. Ich schlief am frühen Nachmittag ein. Schlief den restlichen Tag tief und fest. Als ich am Abend aufwachte, ging es mir deutlich besser. Ich wusste jetzt, was zu tun war. Ich duschte, zog mir frische Kleidung an, dann ging ich nach unten und rüber zu den Holzners.

6 Vienna Calling

Mama wunderte sich, wer um diese Zeit noch bei uns läutete. Mir war natürlich sofort klar, wer draußen stand. Ich würfelte rasch, schlich mich knapp an der Schlossallee und dem fetten Hotel, das Thomas daraufgestellt hatte, vorbei direkt auf Los, sprang auf und öffnete die Tür.
Wolfgang sah fertig aus. „Alter, was ist denn mit dir los?", frage ich und lachte.
Endlich huschte auch über sein Gesicht die Andeutung eines hochgezogenen Mundwinkels.
„Das sollte ich eigentlich dich fragen!", sagte er.
Ich verzog das Gesicht und strich über meinen Hinterkopf. „Na ja, bis auf diese permanenten Kopfschmerzen, gegen die auch zwanzig Aspirin nichts helfen, geht's mir eigentlich recht gut."
Wolfgangs Augen flackerten. So, als würde er jeden Moment anfangen zu heulen. „Ganz ehrlich, Kumpel! Ich komm' klar. Bleibt mir ja nichts anderes übrig."
Wolfgang schaute verlegen auf den Boden. Dann rückte er endlich raus: „Was hast du denn die letzten Tage gemacht? Du hättest wenigstens ans Telefon gehen können."
„Du meinst das Festnetz? Das ist doch kaputt. Mama hat das Internet geschrottet und die Telekom kommt erst nach den Ferien. Warum hast du nicht einfach Thomas eine WhatsApp geschrieben? Oder bist vorbeigekommen?"
Wolfgang druckste rum, als hätte ich ihn auf ganz außergewöhnliche Ideen gebracht.
„Ganz ehrlich", sagte er schließlich, als er sich wieder gefangen hatte. „Du hast dich drei Tage lang daheim verkrochen. Was hast du die ganze Zeit gemacht?"
„Monopoly gespielt!", sagte ich.
„Wie bitte? Monopoly?"
„Und Risiko und Spiel des Lebens. Wieso?"
„Ihr habt drei Tage lang gespielt?"

Ich grinste. Ja, es war wirklich großartig. „Wir haben gespielt. So wie früher! Wie in unseren besten Familientagen. Ich habe Thomas zweimal in Risiko besiegt. Das habe ich noch nie geschafft.“
Wolfgang schaute mich noch immer verdattert an, als hätten wir etwas ganz und gar ungewöhnliches getan. Er begann zu lachen. „Ihr habt drei Tage lang gespielt!“
„Na ja, zwischendurch gab es deine Tiefkühlpizzen. Gute Wahl übrigens. Western Pizza! Ich liebe es. Und geschlafen habe ich auch ein wenig. Diese Haselnuss macht ziemlich müde.“ Ich deutete wieder an meinen Kopf.
Wolfgangs Augen begannen wieder so komisch zu flackern. Er war ja schon immer nah am Wasser gebaut. Besonders, wenn es um seine Mädchenangelegenheiten ging. Ich hatte keine Lust auf eine sentimentale Szene vor meinem Haus und umarmte ihn. Warum ich dabei selber beinahe zu heulen begonnen hätte, weiß ich nicht. Der kleine Melancholiker steckte mich wohl an.
„Komm doch rein!“, sagte ich und wir gingen ins Wohnzimmer. Wolfgang nahm das Schlachtschiff und machte sich gleich dran, aufzuholen. Ein paar Straßen waren noch zu haben.
Wir saßen zu fünft um unseren großen Familientisch. In der Mitte das Monopoly-Brett. Auf dem Tisch standen mehrere halb angebrochene Spezi-Flaschen, zwei Schüsseln voller Chips und Salzstangen. Wir spielten und spielten, so wie früher. Es wurde wenig geredet und wenn, dann nur Geschäftliches: „Wenn du mir die Bahnhofsstraße verkaufst, kriegst du das Elektrizitätswerk“, und so Sachen.
Es war schön. Genau aus dem Grund, weil wir über nichts anderes reden mussten. Meine Eltern hatten mir versprochen, bis zum Ende der Weihnachtsferien mit keinem Wort meine „Haselnuss“ und ihre Behandlung zu erwähnen.
Wenn wir spielten, war jeder so vertieft, dass keiner in die Versuchung kam, sich über mich Gedanken zu machen. Außer, wie sie mich besiegen konnten. Meine Eltern spielten

defensiv wie immer. Sie kauften sich eine Straße nur, wenn sie genügend Geld hatten (Papa) oder sie die Farbe mochten (Mama). Wolfgang und ich verbündeten uns gegen Thomas und obwohl Thomas bereits die Schlossallee bebaut hatte und wir eigentlich keine Chance gegen ihn hatten, gelang es uns, ihn in den Bankrott zu spielen. Thomas fluchte und beschimpfte uns als kapitalistische Wichser und hätte am liebsten das Spielbrett umgeschmissen. Wolfgang und ich feierten uns, als hätten wir das Spiel bereits gewonnen. Sieger war am Ende lustigerweise meine Mama, die ziemlich viele Lieblingsfarben hatte.

Es war späte Nacht, als wir schweigend am Tisch saßen. Mama räumte das Monopoly-Spiel zurück in die Schachtel. Papa gähnte, wünschte uns gute Nacht und ging nach oben ins Bad.

Irgendwann saßen Wolfgang, Thomas und ich allein am Tisch. Thomas fragte vorsichtig, ob jemand noch „Activity" spielen wollte. Aber Wolfgang und ich schüttelten müde den Kopf.

Wir schauten uns schweigend an. Es war klar, dass keiner von uns die unausgesprochene Omerta brechen würde. Und es war auch klar, dass es Wolfgang sein würde, weil er ja nichts von unserem Schweigepakt wusste.

„Wie geht es jetzt weiter?", fragte er.

Ich sah langsam auf und setzte mein schönstes Falko-Grinsen auf: „Du wirst die Schule schmeißen, Groß- und Außenhandelskaufmann beim Kreiler lernen und für immer Jungfrau bleiben!", sagte ich.

Thomas kicherte.

„Du Arschloch", murmelte Wolfgang.

„Sorry, aber was soll ich darauf sagen? Ich weiß es doch selber nicht. Meine fünf Fach-Ärzte haben mir sechzehn verschiedene Strategien vorgeschlagen. Sechzehn beschissene Therapiemöglichkeiten, die nur eines gemeinsam haben. Dass ich danach... ach leck mich."

Ich hatte keine Lust, Wolfgang zu erklären, was die Fachärzte mir und meinen Eltern tagelang mehr schlecht als recht versucht hatten zu erklären. Operation, Bestrahlung, Chemo. Mal könnte ich einige Monate rausholen. Mal verlor ich einige Monate, hätte aber eine gute Chance auf ein, zwei gute Jahre. Was für eine Scheiße.

„Ich will nach Wien!“, sagte ich schließlich und deutete auf Thomas.

„Da wohnt mein eigener Bruder in Falcos Stadt und ich war trotzdem noch nie da!“, sagte ich.

„Vielleicht deswegen“, murmelte Thomas mit Chips im Mund.

„Ich will nach Wien!“, sagte ich noch einmal. „Am liebsten gleich morgen. Thomas, nimm mich mit!“

Thomas verdrehte die Augen. „Fängst du schon wieder damit an! Ich dachte, wir haben das besprochen! Du kannst jetzt nicht nach Wien. Musst du nicht erst eine Scheiß Therapie oder sowas machen? Und wenn du wieder fit bist, dann kannst du mich im Frühling immer noch besuchen!“

„Im Frühling! Im Frühling kannst du mich dann handlich verpackt in einer Urne mitnehmen und auf deine Fensterbank stellen, du Sepp!“, fuhr ich ihn an. „Außerdem hab‘ ich doch überhaupt keinen Bock, dich zu besuchen! Ich will nach Wien! Und nicht zu dir!“

„Was nichts daran ändert, dass die Ärzte dir verboten haben, dich stundenlang in einen Zug ohne ärztliche Versorgung zu setzen. Der nächste epileptische Anfall könnte dich killen!“

Das war natürlich völlig übertrieben und es war mir auch total neu, dass Thomas so autoritätshörig geworden war.

„Ich will aber nach Wien!“, argumentierte ich mit den Argumenten derjenigen, die nichts mehr zu melden haben.

„Ich will auch nach Wien“, schaltete sich Wolfgang ein.

„Da, hörst du, Thomas? Alle wollen nach Wien!“

„Falko, wir könnten Thomas ja wirklich besuchen, sobald es dir besser geht.“

„Mir wird es nie wieder besser gehen“, fuhr ich ihn an.

„Jetzt halt mal die Luft an, du kleiner Giftzwerg", ging Thomas dazwischen. „In Wien wird es dir besser gehen, wie ich dich kenne. Ich verspreche dir hoch und heilig, dass ich euch eine Woche in Wien Quartier biete, wenn du deine verdammte Therapie anständig durchziehst."
Ich grinste. Mehr wollte ich im Grunde gar nicht hören. Mein Bruder hatte sich breitschlagen lassen.
„Hand drauf!"
„Hand drauf." Thomas schlug ein.
„Weißt du eigentlich, warum Falko unbedingt nach Wien will?", fragte mein Bruder Wolfgang.
„Ja, wegen Falco halt", antwortete er.
Thomas grinste und sah meinen ahnungslosen Freund mitleidig an und dann mich.
„Du hast es ihm noch gar nicht erzählt?"
„Wann denn?" Ich zuckte die Schultern.
„Was denn?", fragte Wolfgang.
Thomas schüttelte den Kopf und lachte auf. „Falko will nicht nur nach Wien. Er will in Falcos Wohnung einbrechen. Los, erzähl es ihm schon!"
Ich schaute Wolfgang theatralisch an, um die Spannung zu erhöhen. „Erinnerst du dich an meinen Mitpatienten?"
Ich erinnerte mich nicht gerne an dessen zombiehaftes Auftreten und nickte.
„Der hat mir erzählt, dass er im Darknet einmal zufällig über ein Forum gestolpert ist, in dem es darum ging, dass in Falcos alter Wohnung noch ein Geheimversteck ist."
„Warum im Darknet?"
„Weil es um Drogen ging. Falco hat da drin wohl seine Drogen gebunkert."
„Ja und? Willst du dort einbrechen, um Falcos Drogen zu klauen?"
Ich schüttelte den Kopf.
„Im Darknet wird behauptet, dass in dem Geheimversteck bis heute eine Zedernholzschatulle liegt. Und da drin soll ein

Manuskript mit der Originalversion von Junge Römer versteckt sein."
„Dein Lieblingslied von Falco?"
Ich nickte. „Der Originaltext soll zu krass gewesen sein. Falco hat ihn trotzdem aufgehoben und jetzt liegt er bis heute in diesem Geheimversteck in der Schatulle."
„Krass", murmelte Wolfgang.
„Idiotisch", sagte Thomas. „Und seitdem Falko das weiß, plant er den großen Coup, um in Falcos Wohnung einzubrechen."
Da hatte mein Bruder in der Tat recht. Die Vorstellung, dass es da draußen eine zweite Version von „Junge Römer" gab, ließ mich eine Gänsehaut bekommen.
Thomas schüttelte den Kopf. „Was für eine Schnapsidee", sagte er und verabschiedete sich ins Bett.

7 Hinter uns die Sintflut

Als Thomas weg war, kehrte das Schweigen wieder zurück. „Wie geht es dir eigentlich?“, fragte ich Wolfgang schließlich, als mir die Stille zu blöd wurde. „Was geht mit den Frauen? Hast du meine Abwesenheit nutzen können?“
„Du Idiot“, entgegnete er barsch. „Als ob mir diese ganze Scheiße am Arsch vorbeigeht.“
„Was ist mit der kleinen Bäckerstochter? Wenn du dich ausnahmsweise mal anstrengst, geht da sicher was.“
„Falko! Ich hab‘ gerade echt andere Sorgen als irgendwelche Bäckerstöchter!“
Ich schaute ihn spöttisch an: „Alter, jetzt schieb bitteschön nicht mir die Schuld an deinem Misserfolg bei den Frauen zu! Mein Zustand hat damit rein gar nichts zu tun!“
Wolfgang stierte mich beinahe hasserfüllt an: „Du bist so ein arrogantes Arschloch. Du denkst, die ganze Welt dreht sich nur um dich.“
Er schüttelte den Kopf und bleckte die Zähne. So kannte ich Wolfgang gar nicht. „Hast du auch nur ansatzweise gecheckt, dass ich gerade dabei bin, mein Leben die Kloschüssel runterzuspülen? Hallo? Kannst du dich überhaupt ansatzweise in andere Leute reinversetzen?“
Er war echt sauer! „Ich hab‘ mich schon immer gefragt, was in deinem Hirn so vorgeht. Gut, jetzt wissen wir es ja. Aber da drin“, Wolfgang deutete auf sein Herz, „ist hoffentlich alles in Ordnung.“
Einen Moment war ich baff. Dann fiel mir nichts Besseres ein, als theatralisch in die Hände zu klatschen. „Touché“, sagte ich. „Hast ja Recht. Möge der werte Herr mir verzeihen, dass ich die letzten Wochen in der Tat nur mit mir selbst beschäftigt war.“
„Du warst aber früher auch schon so“, murmelte Wolfgang.

Ich reichte ihm die Hand. „Du, entschuldige bitte, Wolferl. Echt. Tut mir wirklich leid, dass es in der Schule nicht so läuft."
Wolfgang seufzte. Dann lächelte er und sagte: „Und mir tut es leid, dass sich das Bäckermädchen nicht für mich interessiert…"
„Wusste ich es doch!", gab ich triumphierend zurück. „Aber hast du es überhaupt probiert?"
Wolfgang schüttelte den Kopf.
Ich sah ihn lange an. Schließlich fragte ich ihn: „Stell dir vor, du wärst in meiner Situation. Stell dir vor, du sitzt vor deinem Arzt und der sagt, du wirst sterben."
„Falko, da brauch' ich keinen Arzt. Auch ich werde eines Tages sterben."
„Du weißt, was ich meine: Stell dir vor, du kapierst, dass der Rest deines Lebens jetzt begonnen hat. JETZT! Final Countdown. Der Arzt sagt, du hast noch einige Wochen, vielleicht Monate. Dann Finito. Exitus. Final Curtain. Was würdest du tun? Was würdest du ändern?"
„Nichts", behauptete er.
„Bullshit! Du würdest nicht gleich morgen in der Schule zu ihr hin und sie nach ihrer Nummer fragen?"
„Scheiße, die Schule. Ich muss ja morgen aufstehen!", entfuhr es ihm. „Ich muss dringend ins Bett!"
Ich schlug auf den Tisch. „Wolfgang! Musst du nicht! Jetzt ist hier! Schlafen kannst du morgen bei der Schweiger auch noch. Ganz im Ernst: Was würdest du tun, wenn du in diesem geilen Open World Game namens 'Wolferls Life' totale Narrenfreiheit hättest, weil dein Alter angekündigt hat, dir in einer halben Stunde den Strom abzuschalten?"
Wolfgang trank seinen Spezi leer und überlegte. „Ich glaube, ich würde morgen nicht in die Schule gehen."
„Wieso? Dann siehst du doch unsere wunderschönen Klassenkameradinnen gar nicht. Also ich würde sofort wieder in die Schule gehen, sobald mir die Ärzte ihr Go geben."

„Bei mir ist es sinnlos“, sagte er. „Wenn ich mein Abi nicht schaffe, ist Schule doch reine Zeitverschwendung.“
Ich hob die Augenbrauen. „Wolfgang, so kenn’ ich dich gar nicht. Was ist mit Wissensvermittlung, tolle Schullektüren, der“, ich machte ein Pups-Geräusch, „inspirierende Deutschunterricht?“
„Ich würde mein ganzes Geld zusammenkratzen und auf Reisen gehen. Keine Ahnung wohin. Nach Amerika wahrscheinlich. Da wollte ich schon immer hin. Nach New York.“
„Und da einsam und allein von Sehenswürdigkeit zu Sehenswürdigkeit watscheln und traurige Selfies auf Instagram posten?“
„Wieso? Du kommst doch mit!“, sagte Wolfgang und ich musste lachen.
„Du hast nur noch vier Wochen zu leben und du würdest mit mir auf Reisen gehen? Du hättest die Chance, Greta Kotter flachzulegen und würdest lieber mit mir, deiner ewigen Nemesis in Frauenfragen, einen Road-Trip machen?“
Wolfgang nicke. Ich grinste.

8 Abgewiesener Angriff

Den ganzen Januar und Februar lag eine fette Schneedecke über der Stadt und Falko und ich gingen jeden Tag Skifahren.

Natürlich nicht. Falko sah ich so gut wie gar nicht mehr. Er musste mehrmals die Woche runter ins Krankenhaus, wo sie mit einer Strahlenkanone auf die Haselnuss schossen. Klingt nach ungleichem Kampf, wie bei Star Wars, wenn AT AT Walker die Ewoks angreifen. Eigentlich klar, wer die Schlacht gewinnen müsste. Ultramoderne Technik gegen evolutionären Zellenwiderstand. Wir alle wissen, wie der Film ausging. Diesmal stand ich allerdings bedingungslos auf Seiten des Imperiums.

Falko ließ sich also vormittags mit Strahlen beschießen und schlief nachmittags stundenlang. Wir versuchten es noch, das eine oder andere Mal, Monopoly zu spielen. Aber Falko war träge und gereizt und hatte Schwierigkeiten, zu lesen, und mit dem Rechnen klappte es auch nicht mehr so gut. Sprich, es machte nicht nur keinen Spaß, sondern es jagte mir eine Scheißangst ein. Sie waren dabei, Falkos erst kürzlich entstandenes Superhirn wieder wegzuballern. Und was blieb dann übrig? Falkos Mutter versprach mir, die Einschränkungen seien temporär. Aber so ganz sicher war sie sich nicht, ob sie die Ärzte richtig verstanden hatte.

Einen Vorteil hatte der ganze Glioblastom-Trubel allerdings. Ich bekam sozusagen dank Falkos Erkrankung noch eine Chance, mich dennoch notenmäßig zu stabilisieren.

Die große BWR-Schulaufgabe, mit der ich mich irgendwie auf eine Vier retten musste, wurde wegen der Unruhe, die Falkos Krankheit in der Klasse ausgelöst hatte, auf die Zeit nach dem Zwischenzeugnis verschoben.

9 Kein Karneval

Früher freute ich mich immer auf die Faschingsferien. Wir waren schon am Unsinnigen Donnerstag auf den Faschingsball gegangen, hatten letztes Jahr beim Donisl sogar durchgemacht und waren in unserer Verkleidung am Freitag in den Unterricht gegangen und hatten uns grinsend unser Zwischenzeugnis abgeholt.
Dieses Jahr hatte ich keinen Bock auf Fasching. Und das lag nicht nur an Falko. Das lag in erster Linie am Zwischenzeugnis selber.
Als Frau Schweiger es austeilte, nahm ich es entgegen, ohne einen Blick darauf zu werfen. Es war ja sowieso ungefähr klar, dass ich in drei Hauptfächern eine ausreichende Note krachend verpasst hatte. Der blaue Brief war schon vor Tagen zu Hause angekommen. Meine Mama hatte mich nur mitleidig in den Arm genommen. Was viel schlimmer war als die überfällige elterliche Schimpfe. Papa hatte zwar gestöhnt und mit den Augen gerollt. Aber mehr, weil ich seiner Meinung nach dabei war, ein Jahr zu verschwenden. In seinen Augen waren alle Abiturienten besserwisserische Idioten und die Welt bräuchte viel mehr Handwerker und weniger Theoriedeppen.
Meine Eltern versuchten mich erneut zu überreden, einen Termin beim Berufsberater auszumachen. Auf nichts in der Welt hatte ich weniger Lust und ich wehrte mich erfolgreich dagegen.
Mit dem Zeugnis, das mir den Rest des Lebens versauen würde, radelte ich nach Hause. Ich hielt es Mama unter die Nase und studierte eine Regung in ihrem Gesicht, die mir verriet, ob vielleicht nicht doch ein Wunder geschehen war und ich mir vielleicht falsche Zensuren in meinen Notenspiegel eingetragen hatte. Stattdessen hielt sie sich die Hand vor den Mund und erst dachte ich, sie würde lachen. Dann

sah ich ihr Entsetzen. Sie starrte mich voller kaum auszuhaltender Mutterliebe an und sagte mehr zu sich selber als zu mir: „Natürlich nimmt dich Falkos Krankheit mehr mit, als wir alle ahnen. Natürlich. Wie sollte es auch anders sein."
Sie warf mit einer lässigen Handbewegung das Zeugnis beiseite und nahm mich in den Arm. „Es gibt Wichtigeres im Leben als Abitur", sagte sie. Ich dachte, ich müsste sterben.
„Gibt es nicht", murmelte ich.
Ich löste mich aus ihrer Umarmung und sagte kleinlaut: „Tut mir leid, Mama."
Sie schüttelte sofort den Kopf: „Das sind nur Noten, Wolfgang. Aber bitte, bitte, versprich mir eines!" Ich schaute sie erwartungsvoll an. „Bitte geh zum Berufsberater!", sagte sie.
Ich wählte noch am Nachmittag die Nummer, die ich im Internet gefunden hatte und wähnte mich in der trügerischen Sicherheit, dass die Beamten im Arbeitsamt sicher schon alle im Faschings-Urlaub waren. Aber ich wurde zu irgendeiner Telefon-Hotline durchgestellt. Und ich bekam sogar noch einen Termin am Dienstnachmittag. Faschingsdienstag. Was für ein Mensch arbeitete am Faschingsdienstag? Da ich dieses Jahr meinerseits nicht wirklich geplant hatte, auf den Faschingszug im Nachbarort zu gehen, nahm ich den Termin an.
So gut es ging, ignorierte ich das Faschings-Wochenende. Alle posteten irre lustige Kostümfotos von den Faschingsbällen und am meisten ärgerte ich mich, dass auch Greta Kotter dieses Jahr auf den Rosenmontags-Ball gegangen wäre. Einzig die Erkenntnis, dass ich mich sowieso nicht getraut hätte, mit ihr zu tanzen, half mir, Montagabend nicht völlig durchzudrehen. Es schien, als hätte die ganze Welt Spaß und ich war der einzige Mensch, dem Falkos Schicksal naheging. Ich würde wohl nie wieder Spaß haben, das war sicher. Das Allerschlimmste aber war, dass ich ganz genau wusste, dass ich mir nur einredete, wegen Falkos Krankheit nicht auf den Ball zu gehen. Ich war einfach zu feige, ohne

ihn hinzugehen. Ich war zu feige, Greta Kotter anzusprechen, obwohl wir uns jeden Tag in der Schule sahen. Und ich hatte Angst. Angst vor allem, was vor mir lag. Im September begannen die Ausbildungen. Und wenn ich die Elfte nicht schaffte, brauchte ich eine Ausbildung. Die Wahrscheinlichkeit, die Elfte zu schaffen, ging gegen Null. „Bereite dich gut vor für das Beratungsgespräch", schärfte mir meine Mutter ein. Ich war in der Hölle angekommen.

10 Kalt erwischt

Als ich in die Stadt radeln wollte, lief ich Falko über den Weg, der gerade von der Bestrahlung kam. Er sah müde aus. Wie immer in letzter Zeit. Aber er grinste sein Falko-Grinsen, das ich seit Wochen nicht mehr gesehen hatte.
„Was ist los? Gute Nachrichten?“, fragte ich.
Er nickte. „Falko vs. Haselnuss 1:0!“, sagte er.
Ich atmete erleichtert aus und wäre ihm am liebsten um den Hals gefallen.
„Noch eine Woche Bestrahlung, dann kehre ich wieder unter die Lebenden zurück. Ich dürfte sogar in die Schule, sagt der Arzt.“
Ich schaute ihn verwundert an. Auf die Idee, dass Falko wieder in die Schule zurückkehren könnte, war wirklich keiner gekommen.
„Du denkst wirklich darüber nach, in die Schule zu gehen?“
Er zuckte die Achseln. „Vielleicht“, sagte er. „Was geht bei dir?“
„Es geht abwärts“, sagte ich leise. „Mama hat mich zu einem Termin beim Berufsberater verdonnert.“
Falko lachte. „Dein erster Schritt Richtung Hartz IV. Ich gratuliere!“
„Idiot!“
Falko zwinkerte mir zu: „Wie schaut es eigentlich mit einem fahrbaren Untersatz aus? Kannst du das Auto deiner Eltern demnächst klarmachen?“
„Wieso?“
„Schon vergessen? Unser Roadtrip durch halb Europa? Wir können ja mit was Kleinem anfangen.“
Ich zuckte die Achseln. „Ich frag‘ Mama, ob wir ihr Auto kriegen.“
„Tu das, Alter! Tu das! Und viel Erfolg beim Stempeln!“
„Ich hab‘ ein Beratungsgespräch!“
„What ever…“

Ich verabschiedete mich und radelte runter in die Stadt und weiter zum Arbeitsamt.
Die Theke im Berufsinformationszentrum war nicht besetzt. Das sind wahrscheinlich die einzigen normalen Menschen im Amt, dachte ich mir. Die einzigen, die sich den Faschingsdienstag frei genommen haben. Ich ging die Treppe nach oben und suchte nach dem im Einladungsschreiben genannten Büro von Herrn Schneider. Es war nicht schwer zu finden. Die Tür stand offen und er sprang gleich auf und streckte mir die Hand entgegen: „Herr Schreiber, ich grüße Sie!"
Herr Schneider war ziemlich alt, sicher schon fünfzig, aber er schien nett zu sein. Wobei es mir ziemlich egal war, ob ein Berufsberater nett ist oder nicht. Hauptsache, er sagte mir, wie es mit mir weiterging.
Herr Schneider versuchte, mich in ein Gespräch zu verwickeln. Er fragte mich, ob ich einen Parkplatz gefunden hätte. Als ich sagte, ich sei mit dem Rad da, fragte er, ob es nicht zu eisig draußen sei und so weiter und so fort. Er hörte gar nicht mehr auf mit dem Smalltalk und schaute mich dann so pseudo-freundlich an, nickte mir mehrmals zu und wartete darauf, was ich ihm erzählte. Aber ich wollte ihm ja gar nichts erzählen. Ich wollte, dass er mir sagte, was zu tun ist. Nach gefühlten fünf Stunden fragte er mich endlich, warum ich denn eigentlich hier sei. Und erst jetzt merkte ich, dass ich es gar nicht wusste. Ich wollte sagen: „Weil die Mama mich geschickt hat", aber verkniff es mir. Also erzählte ich von der Schule, dass ich in der Elften schon einmal episch durchgefallen war und gerade dabei war, dieses Kunststück zu wiederholen.
Herr Schneider tat so, als hörte er mir aufmerksam zu, aber es war ihm anzusehen, dass sein Gehirn auf Hochtouren ratterte.
Irgendwann seufzte er und lehnte sich zurück. „Herr Schreiber, stellen Sie sich kurz vor, es würde Ihnen im Leben alles

gelingen. Alles wäre möglich. Was würden Sie in, sagen wir mal, drei Jahren machen?"
Ich zuckte die Achseln. Drei Jahre waren eine verdammt lange Zeit. Vor drei Jahren war ich noch ein halbes Kind das dachte, ewig in die Schule zu gehen. „Ich weiß es nicht", sagte ich. Schließlich versuchte ich das Bild in Worte zu bringen, das sich in meinem Kopf geformt hatte: „Ich studiere Literatur in Hildesheim", sagte ich.
Herr Schneider blickte interessiert auf. „Literatur also."
„Ich weiß selber, dass das nicht klappt. Aber Sie haben doch gefragt!"
Herr Schneider lächelte sanft, fast provozierend sanftmütig. „Mal abgesehen von Ihrem Wunsch, Schriftsteller zu werden – wie sehen Sie ihre Zukunft? Was brauchen Sie zum Leben?"
Was sollte denn diese Frage? War das jetzt ein Berufsberater oder ein Lebensberater?
„Ich meine, haben sie vor, eine Familie zu gründen? Ist Ihnen ein gutes Einkommen wichtig?"
Ich verzog das Gesicht. Ich hatte noch nie eine Freundin gehabt, wie sollte ich mir da auch nur im Ansatz über Kinder Gedanken machen? „Klar will ich mal Geld verdienen und Kinder haben. Aber erst später, wenn ich dreißig bin oder so."
Herr Schneider lächelte. „Da haben Sie auch wieder recht. Bis dahin ist noch genügend Zeit, um einen Beruf zu lernen und Schriftsteller zu werden."
„Wie meinen Sie das?", fragte ich. Langsam hatte ich das Gefühl, dass mich der Typ nicht ganz ernst nahm.
„Ich versuche nur, eine Perspektive aufzubauen", sagte der Berater und lächelte stoisch weiter. „Sie haben bereits selbst erkannt, dass Ihnen das Literaturstudium zum jetzigen Stand nicht möglich ist. Aber langfristig könnten Sie beispielsweise erst eine Ausbildung machen, anschließend die Berufsoberschule besuchen und immer noch fertig studiert haben, noch bevor Sie dreißig sind."

Als er die Zahl „30“ aussprach, hatte ich auf einmal Falko vor mir. Falkos Kopf. Die kleine Narbe an seinem Hinterkopf.
„Dreißig“, murmelte ich und schob mich auf dem Stuhl langsam zurück.
„Wissen sie, wie viele großartige Künstler mit 27 gestorben sind?“
„Janis Joplin und Jimi Hendrix“, antwortete er.
Ich schnaufte verächtlich aus. „Dreißig, sagen sie! So viel Zeit hab‘ ich nicht. Ich hab‘ nur jetzt. Scheiß auf dreißig!“
Langsam stand ich auf. Irgendwie hoffte ich, dass mich Herr Schneider zurückhielt. Dass er sich entschuldigte. Dass er lachte und sagte, das sei alles nur ein großer Scherz gewesen und natürlich könnte ich auch jetzt, sofort, ein großartiger Schriftsteller werden, dazu brauche man weder Abitur noch Studium. Aber er sagte nichts. Er beobachtete, stupide lächelnd, wie ich aufstand, meine Tasche nahm und langsam Richtung Türe ging.
„Auf Wiedersehen, Herr Schreiber“, sagte er und lächelte weiter, als erlebte er derartiges jeden Tag.
Ich drückte die Klinke nach unten und dachte, das darf doch alles nicht wahr sein. Schließlich drehte ich mich noch einmal um. „Eine Frage hätte ich noch“, sagte ich.
Herr Schneider nickte mir aufmunternd zu.
„Wenn sowieso alles egal ist, weil ich meine Träume eh nicht erreichen kann. Macht es dann überhaupt einen Sinn, noch weiter auf die Schule zu gehen?“ Ich schaute den Berufsberater beinahe flehend an.
Herr Schneider lächelte. „Diese Frage können nur Sie selbst beantworten“, sagte er und lächelte, als sei er auf Drogen oder Schlimmerem. „Aber ich habe das Gefühl, Sie wissen die Antwort…“ Das letzte Wort ging im Knallen der Tür unter.
Ich rannte die Treppe runter, hetzte raus aus diesem Amt, so schnell ich konnte. Der war ja völlig irre.
Als ich zurück nach Hause radelte, dachte ich noch einmal über seinen letzten Satz nach. Wusste ich die Antwort auf

die Frage? Dieser bescheuerte Berater hätte doch einfach „Ja“ oder „Nein“ sagen können. Stattdessen ließ er mich mit meinem Konflikt allein. Mein Kopf ratterte und die Gedanken flogen wie wild durch die Gegend.
Als ich zu Hause ankam, fragte mich Mama natürlich als Erstes, wie es war.
„Scheiße!“, sagte ich. „Er hat mir geraten, die Schule abzubrechen.“

11 Der Tod von Altötting

An einem Freitag im März starteten wir unseren Roadtrip. Ich hatte gerade meinen zweiten Praktikumsblock in der Firma und war froh, als die Farce mittags vorerst für eine Woche wieder vorbei war.
Wir klauten kein Auto, fuhren weder nach Wien, noch zum Gardasee oder sonst wohin, wo es interessant geworden wäre. Falko hatte sich Altötting gewünscht. Altötting! Ich dachte erst, ich hör' nicht richtig, aber Falko bestand darauf: Er wollte zu irgendeinem Wallfahrtsort fahren und dort eine Kerze anzünden. Lourdes war zu weit weg, also fuhren wir gleich nach der Schule im Skoda von Falkos Mama ins Mekka Oberbayerns.
„Du weißt schon, dass man zu Fuß nach Altötting gehen muss?", zog ich ihn auf.
Falko nickte knapp und schwieg.
Fast eine Stunde lang fuhren wir im Schneckentempo den LKWs hinterher und durchquerten die trostlosesten Städte des Voralpenlandes von Trostberg über Tacherting und Garching. Da hätten wir ja gleich zu Fuß gehen können.
Obwohl das neue Album von Bilderbuch auf Repeat lief, wollte keine richtige Roadtrip-Stimmung aufkommen. Ich seufzte. Tödliche Krankheiten hin oder her, aber wenn man den ganzen Tag Trübsal bläst, kann man sich auch gleich erschießen. Das sagte ich ihm auch. Falko wandte mir nur kurz sein Gesicht zu, dessen Ausdruck ich nicht entschlüsseln konnte. Die restliche Fahrt über strafte er mich weiter mit Schweigen. Ich konzentrierte mich wieder auf die Straße. Es war ein sonniger, milder Frühlingstag. Erste grüne Sprenkel zeigten sich auf den kahlen Büschen links und rechts der Straße und mir war schon klar, dass es der Situation gegenüber unangemessen war, wenn ich jetzt laut herum gejauchzt

hätte. Aber ich war glücklich. Ich war mittendrin im Frühlingsfieber und es war ein wirklich außergewöhnlich schöner Tag.
Die letzten Wochen war es endlich wieder aufwärtsgegangen. Seit ich wusste, dass ich jederzeit die Schule abbrechen konnte, ging ich wieder richtig gern hin. Und die Noten verbesserten sich merklich. Was heißt, dass ich nur noch in zwei Fächern auf einer Fünf stand.
Die restliche Fahrt über versuchte ich zu verstehen, was in Falko vorging. Warum war er so schlecht gelaunt, obwohl er die Therapie so gut überstanden hatte?
Am Ortseingang von Altötting lief uns die erste Pilgergruppe über den Weg. Zehn ältere Frauen, alle in Schwarz gekleidet, schlurften über den Rad- und Fußgängerweg. Eine von ihnen hatte ein kleines Holzkreuz geschultert. Durch das offene Fenster hörte man, untermalt von den Bilderbuch-Synthesizern, das monotone „Dubistgebenedeitunterdenfrauen" der Pilgerinnen. Falko schaute ihnen interessiert nach und ein erstes Mal glaubte ich, eine Regung in seinem Gesicht zu erkennen.
„Wir sind gleich da", sagte ich.
Das Navi leitete uns zu einem Parkplatz am Bahnhof.
Falko stieg umständlich aus.
„Geht es?", fragte ich.
Er nickte. „Die Schmerzen sind heute stärker. Scheiß Föhn."
Seit der Bestrahlung hatte Falko Schwierigkeiten, zu gehen. Die Koordination seiner Beine lief irgendwie unrund. Und somit er selber auch. Er machte inzwischen eine Ergotherapie, aber die Fortschritte waren kaum sichtbar.
So trottete ich neben ihm her, als ginge ich mit meiner achtzigjährigen Oma spazieren.
Wir folgten den Schildern Richtung Kapellplatz. Falko hielt sich an meiner Hand fest, was mir anfangs peinlich war, obwohl ich wusste, dass das Bullshit ist. Er ging achtsam Schritt für Schritt, und wir waren noch langsamer als die Pilgerfrauen, die uns auf Höhe der Raiffeisenbank überholten.

Und dann geschah das Unfassbare. Ich konnte es kaum glauben, aber Falko begann, die Litaneien der Marienverehrerinnen mitzubeten. „Heiligemariamuttergottesbittefürunssünder…“
Falko war seit der Firmung nie wieder in der Kirche gewesen. Sieht man von der Kindermette an Weihnachten ab. Ihn jetzt beten zu hören, verursachte in mir etwas, das entweder Angst oder Übelkeit oder beides war. Ich wollte nicht, dass Falko starb. Aber noch weniger wollte ich, dass Falko nicht mehr Falko war.
„Geht's dir gut?“, fragte ich und er drückte bei jedem Schritt meine Hand so fest, dass es schmerzte.
Falko nickte und murmelte die Gebete weiter mit, selbst als die Pilgergruppe außer Hörweite verschwunden war.
Ich hätte gerne verstanden, was Falko vorhatte, was in ihn gefahren war. Ihn hier inmitten der bayerischen Hauptstadt der Katholiken zu sehen, jagte mir mehr Angst ein, als die Erkenntnis, dass er sterben würde.
Bereits aus der Ferne hörten wir zeitgleich tausende Glocken läuten.
„Entweder der Papst ist gestorben, oder das ist das traditionelle“, ich schaute auf die Uhr, „Zehn-vor-Zwei-Läuten“, sagte ich und schaute zu Falko. Er reagierte nicht auf meinen Witz.
Der Kapellplatz war, obwohl die eigentliche Pilgersaison noch nicht begonnen hatte, gefüllt von Dutzenden Menschen. Vielleicht waren es auch gar keine Pilger, sondern Beamte in der Mittagspause. Es roch nach Weihrauch. In den Geschäften verkauften sie Kerzen, Kruzifixe und Weihwasser. Ich deutete auf die Weihwasserbehälter. „Das kommt in Altötting sicher aus der Wasserleitung“, sagte ich. Falko verzog keine Miene.
Die Kapelle, nach der wir suchten, befand sich in der Mitte des Platzes. Im Gegensatz zu den riesigen Sakralbauten, mit denen halb Altötting zugebaut war, wirkte die Gnadenkapelle klein und bescheiden, beinahe sympathisch.

Im Kreuzgang drehten die Pilgerinnen gerade betend ihre Runde. Der alte Falko hätte einen Lachkrampf bekommen. Aber der Hirntumor-Falko machte etwas Sonderbares. Er griff nach einem der Holzkreuze, die vor der Kapelle herumlagen und hievte es auf seine Schulter. Er humpelte den betenden Frauen hinterher und murmelte laut das „Gegrüßet seist du Maria". Ich weiß nicht mehr, was ich in dem Moment dachte, aber so stellte ich mir die Hölle vor. Sieben Runden drehten wir um die Kapelle und ich dachte, ich muss sterben. Unzählige Male wiederholte Falko das „Heilige Maria Mutter Gottes, bitte für uns Sünder, jetzt und in der Stunde unseres Todes, Amen."

Obwohl meine innere Stimme, nach drei Jahren als Ministrant bestens indoktriniert, jede Silbe mitbetete, brachte ich es nicht über mich, meine Lippen auch nur ein Wort des Gebetes formen zu lassen. Alles in mir sträubte sich und ich betete nur, dass uns keiner, der uns kannte, so sah.

Schließlich blieb Falko stehen. Er sah mich ernst an: „Ich bin jetzt bereit. Gehen wir rein?"

Die Kapelle war schummrig und bis in den hintersten Winkel gefüllt mit Menschen. Es roch nach Kerzenwachs und alten Leuten. Die Menschen drängten sich um die Statue der Mutter Gottes. Die Hautfarbe der Maria war schwarz. Das hatte ich gar nicht gewusst. Was für eine ironische Referenz an die heutigen Flüchtlingskrisen, dachte ich mir.

Falko wartete, bis in einer der seitlichen Bänke ein Platz frei wurde, und kniete sich hin.

Es war still in der Kapelle. Nur ab und an war das Schnäuzen von Taschentüchern zu hören. Und etwas anderes, schwer Definierbares. Ich lauschte in die Stille und versuchte, das Geräusch zu bestimmen. Es klang unmenschlich. Wie das leise Wimmern eines Tieres. Und auf einmal hörte ich es neben mir auch.

Ich wagte es nicht, mich zu rühren. Wie versteinert saß ich auf der harten Holzbank, starrte auf die schwarze Madonna

und versuchte, nicht auf dieses gespenstische Geräusch neben mir zu achten. Ich wusste nicht, was ich tun sollte. Sollte ich ihn in den Arm nehmen? Sollte ich etwas sagen?
So schnell es gekommen war, war es auch schon wieder verstummt. Falko wischte sich über sein Gesicht und räusperte sich. „Hast du ein Taschentuch?“, fragte er.
Rasch reichte ich ihm eines.
„Alles klar?“, fragte ich.
Falko nickte. „Jetzt geht es mir besser. Viel besser.“
Ich strich ihm über den Arm. „Tut mir echt leid, Mann“, sagte ich, „Sollen wir jetzt die Kerze anzünden?“ Ich schaute ihn mitleidig an.
Aber Falko grinste und schüttelte den Kopf. „Nein, nicht mehr nötig. Lass uns verschwinden!“
Er drängte mich aus der Bank und ich war wieder wie vor den Kopf gestoßen. Wie machte Falko das nur, innerhalb von Sekunden den Schalter zwischen Verzweiflung und Tatendrang umzuschalten?
„Wo willst du hin?“, rief ich, viel zu laut und einige Köpfe reckten sich.
Falko verließ rasch die Kapelle und humpelte schnurstracks auf die Kirche nebenan zu.
„Ich habe da noch ein Hühnchen zu rupfen“, rief er mir zu.
„Ich und Thomas, wir sind als Kinder mit unserer Oma jedes Jahr nach Altötting gefahren“, erklärte er mir, als ich ihn eingeholt hatte. „Jedes Jahr zündeten wir eine Kerze für sie an und mussten für sie beten, dass sie gesund und munter bleibt. Hat zwar beim letzten Mal nicht mehr funktioniert, aber es war immer ein schöner Ausflug gewesen“, sagte Falko und riss die Tür zur Kirche auf.
„Nach dem Kerzen-Anzünden sind wir jedes Jahr noch hier rein, das war der Höhepunkt für uns Kinder. Denn wir wollten kein Gnadenbild anschauen. Wir wollten den ‚Tod vo‘ Edding‘ anschauen!“ Falko deutete nach oben.

Oberhalb der Tür war eine Uhr befestigt. Auf der hölzernen Uhr stand die winzige Statue eines Skeletts. „Irgendwie hatte ich den größer in Erinnerung“, murmelte Falko.
Das Skelett hatte eine Sense in der Hand und bewegte sich. Alle paar Sekunden schnitt der Sensenmann einmal durch die Luft.
„Jede Sekunde sterben die Menschen“, sagte Falko. „Das hat mich als Kind ungemein beeindruckt. Oma hat erzählt, wenn der Tod die Sense aufzieht, wird ein Mensch geboren. Aber das hat uns Kinder nicht interessiert. Spannender war, dass dieses Skelett, ratsch, ratsch, ein Menschenleben nach dem anderen dahinmäht.“
„Eindrucksvoll!“, sagte ich.
„Findest du?“ Falko grinste. „Dann pass mal auf!“ Er schaute sich um. „Komm mit“, sagte er und ging zielstrebig auf eine holzvertäfelte Tür zu.
„Was hast du vor?“
„Das wirst du gleich sehen!“ Er drückte die Türklinke nach unten. „Glück gehabt. Sie ist offen!“
„Wo führt die hin?“
„Nach oben!“, sagte Falko und warf mir einen verschwörerischen Blick zu.
Hinter der Tür führte eine Treppe zur Orgel-Empore. Ich stieg Falko hinterher, der auf einmal wieder Laufen konnte wie ein Zehnjähriger mit Zuckerschock.
Falko blieb am Geländer stehen und schaute nach unten. „Perfekt, wir sind die Einzigen in der Kirche!“
Ich hatte keinen Schimmer, was Falko vorhatte. Dann tasteten sich seine Hände Meter für Meter nach links. Er rüttelte an der eisernen Stange. Und blieb auf Augenhöhe mit dem Tod von Altötting stehen.
„Du wirst doch nicht…“
„Doch!“, rief Falko und winkte mich zu sich. „Halt mich fest!“
„Du spinnst doch! Das kannst du nicht bringen.“
„Wieso denn?“

„Weil das ein bayerisches Heiligtum ist!“
Falko zeigte mir den Mittelfinger. „Jetzt komm schon, halt mich fest!“
Er stieg auf das Geländer und versuchte, mit der anderen Hand, den Tod von Altötting zu fassen zu bekommen. Das kleine Skelett war zu weit weg und mähte unablässig eine Seele nach der anderen nieder.
„Los, halt mich fest!“, zischte Falko und verlagerte das Gewicht nach vorne.
„Pass auf, dass du nicht runterfällst!“
„Pass du auf, dass du mich nicht loslässt!“
Seine Hände näherten sich langsam dem Tod von Altötting. In dem Moment ging die Tür auf. Ein älteres Paar kam herein. Falko zog sofort die Hand zurück und verharrte still in seiner Position. Das Paar ignorierte den Tod von Altötting und schlurfte in Zeitlupentempo Richtung Altar.
„Jetzt oder nie!“, flüsterte Falko und ließ sich langsam nach unten sinken. Seine Fingerspitzen berührten vorsichtig den Kopf vom Tod von Altötting. Dann umfassten die Finger seiner Hand den hin und her pendelnden Totenschädel. Falko schloss die Faust und erst passierte nichts. Der Tod von Altötting hielt in halber Schnitter-Drehung inne und sein Totenschädel grinste uns verdutzt an. Auf einmal hörte man aus dem Inneren der Uhr ein dumpfes Krachen. Ich schaute entsetzt nach unten zu den alten Leuten. Aber sie schienen schwerhörig zu sein und knieten betend in der vordersten Reihe.
„Los, lass uns abhauen!“, flüsterte Falko und ich hievte ihn zurück.
„Der Tod von Altötting senst so schnell keine Seele mehr um!“, verkündete Falko und grinste mich triumphierend an. Wir gingen so schnell und so leise wir konnten die Treppe nach unten und bei der Tür hinaus. Noch einmal warf Falko einen Blick zum Tod von Altötting hinauf. Er lächelte. Dann verließen wir die Kirche, als sei nichts gewesen.

Als wir wieder im Auto saßen, jagte mir das Adrenalin durch die Adern. Wir lachten beide ausgelassen und jubelten schreiend.
Falko wurde plötzlich still. Er drehte seinen Kopf zu mir und sah mich an. Er öffnete den Mund und sagte mit fester Stimme: „Ich werde nicht sterben."

Im Frühling sterben ist scheiße

1 Das Leben der Wünsche

Der Frühlingsanfang war gleichzeitig Falkos erster Tag zurück in der Schule. Ein Freitag und wir hatten Kurzstundenplan, weil sich die Schülersprecher für Schulschluss eine Gemeinschaftsaktion ausgedacht hatten. Einen Diversitäts-Tag unter dem Motto „Wir sind bunt".
„Wie passend", ätzte Falko schon am Morgen im Bus.
„Mein erster Tag zurück und ich darf beim Diversitäts-Tag gleich den Quoten Behindi spielen." Er fuchtelte mit seinem Schwerbehindertenausweis durch die Luft. Die ganze Geste sah aber mehr danach aus, die Neuntklässlerinnen der Mädchenrealschule zu beeindrucken.
„Und was machen wir so beim Diversitäts-Tag?", fragte er.
„Ich bin beim Luftballon-Aufblasen eingeteilt", sagte ich.
Falko brach fast zusammen vor Lachen. „Das passt zu dir, du Blasi."
„Ja, warte nur. Wer zuletzt lacht, lacht am besten. Ich sorg' schon dafür, dass du auch mithelfen musst!"
„Und was machen wir mit den Luftballons?", fragte er.
„Soweit ich es verstanden habe, schreibt jeder auf einen Zettel, was er an sich gut findet oder was er anderen Menschen wünscht. Und dann lassen wir die Ballons steigen."
„Klingt nach Montessori-Quatsch."
„Ich find's ganz nett", entgegnete ich.
„Nett ist die kleine Schwester von Scheiße!", sagte Falko und aus den vorderen Sitzreihen ertönte gackerndes Lachen.
Falko zelebrierte seine Rückkehr standesgemäß. Er trug Anzug und Krawatte und selbstverständlich seine Ray-Ban-Brille. Er schleifte sein linkes Bein etwas nach und auch sein

linker Arm hing schlaff nach unten, ansonsten war er wieder der Alte. Als er sich der Raucherecke näherte, verteilte er Kusshände und war in kürzester Zeit umringt von Menschen. Die Aufregung war groß und die halbe Schule starrte ihn an, als sei er der leibhaftige Falco oder wenigstens Jesus am Ostersonntag.

Ich ließ ihm die Freude und betrat das Schulgebäude ohne ihn. Irgendwas versetzte mir einen Stich, als ich den Eingangsbereich der Schule betrat. Ich war einerseits erleichtert, weil ich dachte, dass Falko und ich nie wieder gemeinsam im Bus zur Schule sitzen würden. Gleichzeitig ließ mich das Gefühl nicht los, dass unsere kurze gemeinsame Schulkarriere bald beendet sein würde. Und das lag nicht an Falkos Krankheit.

Langsam ging ich die Treppe hinauf ins Klassenzimmer. Es war noch niemand da. Ich setzte mich und starrte die leere Tafel an.

„Warum bist du hier?“, schien auf ihr zu stehen. Dann kam Greta Kotter zur Tür hinein, lächelte und die Buchstaben verschwanden wieder.

Falko war die Sensation des Tages, das kann man nicht anders bezeichnen. Sogar Herr Gruber verdrückte eine Träne der Rührung, ihn wiederzusehen. Falko genoss es, wieder im Mittelpunkt von Menschen zu stehen, die keinen weißen Kittel trugen.

Bis zum Schulschluss gelang es mir, dass auch Falko in die Luftballon-Truppe eingeteilt wurde. Er beschimpfte mich halbherzig, aber irgendwie war er zu happy, über sein Comeback, als dass er ernsthaft sauer gewesen wäre.

Wir standen zu sechst im SMV-Raum und pumpten Hunderte Luftballons mit Helium auf. Bald war die ganze Decke voller bunter Ballons und die Luft vom Helium getränkt. Falko sog mehrmals die Luft aus den Ballons wieder raus und sang mit quietschender Stimme „Nie mehr Schule, keine Schule mehr…“

Mit jeder Minute wurde die Stimmung alberner und es wurde lauter und lauter über Nichtigkeiten gelacht. Die Rektorin lugte kurz herein und kommentierte knapp: „Hier sieht's ja aus wie im Bällebad“, und alle brachen zusammen vor Lachen. Ich meine das wörtlich. Wir kugelten uns. Auch Falko hielt sich den Bauch und krümmte sich und kriegte sich gar nicht mehr ein. Frau Gembala, die es nicht gewohnt war, eine Spaßkanone zu sein, sah uns amüsiert an, zuckte die Schultern und ging wieder. Es musste am Helium liegen.
„Was ist eine Frau ohne Arsch?“, fragte eines der Mädchen aus dem Sozial-Zweig. „Ein Single!“, rief sie und alle brachen wieder in lautes Gelächter aus.
Falko sog erneut Helium ein und fragte mit Piepsstimme: „Was sitzt nachts auf dem Baum und winkt? Ein Schuhu!“
Wir lachten so laut, dass eine Aufsichtslehrkraft bei der Tür hereinschaute. „Ist alles in Ordnung bei euch? Ihr klingt, als hättet ihr Helium und Lachgas verwechselt.“ Wieder fielen wir alle in ein brüllendes Gelächter.
„Warte, einen hab‘ ich noch!“, sagte die Steffi aus der Parallelklasse: „Kann man mit einem Tampon schreiben?“
Alle warteten gespannt auf die Antwort.
„In der Regel schon!“
Das Lachen wollte gar kein Ende nehmen.
„Warte, warte, jetzt ist mir auch noch einer eingefallen!“, rief Falko. „Fragt der Mann den Arzt: Wie lange habe ich eigentlich noch zu leben? Sagt der Arzt: Zehn! Wie zehn? Wochen? Monate? Tage? Sagt der Arzt: Neun, acht, sieben…“
Falko lachte, aber die anderen schauten ihn entsetzt an. Erst als ich lachen musste, weil Falkos verdutztes Gesicht so unbezahlbar war, begannen auch die anderen, einer nach dem anderen zu lachen.
Wir brauchten über eine Stunde, dann waren dreihundert bunte Ballons aufgeblasen und der Festakt konnte beginnen.

2 Hoch wie nie

Diesen Anblick muss man sich nun einmal vorstellen. Dreihundert Schüler auf einem Fleck, die ausnahmsweise mal nicht für das Klima streikten, sondern für was anderes Wichtiges demonstrierten. Dicht gedrängt, das Best-of von FOS-BOS, Schülern und Lehrern und jeder, wirklich jeder Einzelne hielt einen dieser lächerlichen Ballons in Herzchenform in der Hand. Ehrlich, es sah aus wie auf einer Hochzeit. Hätte ich die letzte Stunde nicht schon meinen Lach-Vorrat der vergangenen Wochen völlig aufgebraucht, ich hätte mich noch einmal krummgelacht. Alle standen gespannt herum und im Grunde warteten alle nur darauf, wer wohl der Idiot sein würde, der den ersten Ballon aus Versehen losließ. Die meisten schauten auf mich, aber den Gefallen wollte ich ihnen nicht tun. So passierte natürlich nichts, autoritätshörig wie wir FOS-Schüler waren.
Der Ethiklehrer, der den Diversity-Tag organisiert hatte, bestieg einen Hocker, den der Hausmeister extra hingestellt hatte und räusperte sich, um seine von allen sehnsüchtig erwartete Rede zu beginnen. Das Mikrofon hatte traditionell einen Wackelkontakt, aber nach gefühlten zwei Stunden konnten auch wir in den hinteren Reihen verstehen, was uns Herr Nickel mitzuteilen hatte. Er appellierte dafür, dass alle Menschen gleich sind und lobte unsere Gesellschaft, in der man heutzutage schwul, transsexuell, Flüchtling oder evangelisch sein konnte ohne, dass man deswegen ausgegrenzt wurde. Als die Rede auf schwerbehinderte Menschen kam, hätte ich ihm gerne mit den Krücken gewunken, aber ich war so eingekeilt von den anderen, dass ich nur an meinem Herz-Ballon zupfen konnte und ihn versehentlich losließ. Verdammt.
Statt dem erwarteten Gelächter wogte ein langgezogenes „Aaah" durch die Menge. Wolfgang drückte mir sofort einen

Ersatzballon in die Hand. Mann, ich war wohl zu vorhersehbar.
Als Nächstes mussten wir alle unsere Wunschzettel an den Ballon knoten. Alle Schüler hatten die letzten Reli- und Ethikstunden dazu aufwenden dürfen, sich über diverse Anliegen den Kopf zu zerbrechen und einen Wunsch für einen Menschen ihrer Wahl zu formulieren. Der Quoten-Nazi aus der Parallelklasse hatte zum Beispiel geschrieben, dass er von ganzem Herzen allen Flüchtlingen die glückliche Rückkehr in ihre Heimatländer wünsche. Jedenfalls hat er das auf Instagram gepostet. Wolfgang wollte mir seinen Spruch nicht verraten, aber so wie ich ihn kenne, hat er sich sicher etwas wie „Volle Genesung“ oder anderen hirnrissigen Quatsch für mich gewünscht. Was ja einerseits rührend ist, aber auf der anderen Seite halt auch genauso unrealistisch wie der Wunsch nach Weltfrieden. Dafür haben sich ungelogen einige Mädchen aus unserer Klasse entschieden. Aber die waren schon vorher nicht wirklich die Hellsten. Nun kann man so eine Luftballon-Geschichte an sich ja schon eher kritisch sehen. Allein schon vom Plastik-in-der-Umwelt-Gedanken her. Aber wenn man da schon einen Wunsch draufschreibt, den vielleicht auch noch irgendein Mensch irgendwo einmal zu lesen bekommt, dann sollte es schon ein konkreter, erfüllbarer Wunsch sein. Wie „Hilf Robert aus der 11e, dass er endlich kapiert, dass er schwul ist, und einen liebevollen Partner findet“. Das ist realistisch und sogar netter gemeint, als es sich auf den ersten Blick anhört. Da mir diesbezüglich alle, die Robert kennen, zugestimmt hätten, bis auf Robert selbst vermutlich, habe ich ganz was anderes draufgeschrieben.
Jedenfalls mussten wir jetzt alle unseren Wunsch, für den wir die Patenschaft übernahmen, mit der Ballonschnur verknoten.
Dann stimmte Herr Nickel gemeinsam mit uns den Countdown an: „Zehn, neun, acht, sieben…“ Und schon flog die Hälfte der Ballons Richtung Traunsteiner Himmel. „Drei,

zwei eins…" Zugegeben, wir haben echt gejubelt, als unsere Ballons zu schweben begannen. Die ersten blieben in den Bäumen hängen und ich sah schon vor mir, wie die kleinen Realschüler am nächsten Tag hinaufkletterten und sich über die bescheuerten Wünsche der FOSler einen ablachten.
Die meisten Ballons allerdings schafften es. Sie stiegen höher und höher und der Wind trug sie weiter über die Dächer der Stadt in Richtung Berge.
Für einen Moment, einen wirklich winzigen Moment, als ich meinem Ballon nachschaute, fand ich die ganze Aktion sogar wunderschön. Diesen kurzen Moment lang ärgerte ich mich über meinen Zettel und wünschte, dass ich einen anderen Wunsch daraufgeschrieben hätte, als diesen: „Ich wünsche mir, dass Herr Nickel nie wieder auf so eine blöde Idee wie einen Diversitäts-Tag kommt." Das war wohl nicht gerade das, was man an so einem Tag der Welt mitteilen sollte. Besonders in meiner Situation. Und da wünschte ich mir wirklich, wirklich, wirklich, dass Wolfgang vielleicht doch diesen einen Wunsch aufgeschrieben hatte, den auch ich mir von Herzen wünschte.

3 Ein bissel was geht immer

In den Osterferien holte Falko scheinbar den ganzen Schlaf der letzten Wochen nach. Jedenfalls schlief er die ganze Zeit. Da das ja auch kein Zustand war, überredete ich ihn, am Freitag etwas mit mir zu unternehmen. Es war einer der ersten richtigen Frühlingstage, der Schnee war so gut wie weg und das Thermometer knallte mit fast zwanzig Grad auch die restlichen Schneehaufen weg.
Eigentlich wollten wir runter zum Stadtplatz, Eis essen und über die Passanten lästern, wie wir es früher immer gemacht hatten. Aber schon auf halber Strecke schnaufte Falko wie ein hyperventilierender Diabetiker vorm Süßigkeitenladen.
„Sorry, Kumpel. Schalte bitte einen Gang runter." Falko hielt sich an den Knien fest und japste nach Luft. „Ich muss zurzeit recht starke Tabletten nehmen. Mein Scheiß Körper quillt über vor Gift", keuchte er.
„Wie beim echten Falco", sagte ich und Falko grinste.
Wir bogen unten an der Brücke ab und setzten uns ans Ufer. Das Gras war so grün, dass es den Augen weh tat. Der Boden war nur ein wenig feucht. Wir setzten uns und ich schloss die Augen. Die Traun hatte mehr Wasser als gewöhnlich und floss plätschernd an uns vorbei. Ich lauschte den summenden Insekten und Falkos regelmäßiger werdendem Atem.
Schließlich räusperte er sich. „Wir müssen reden", sagte er. Ich öffnete die Augen und sah ihn an.
„Es gibt Neuigkeiten."
„Gute oder schlechte?", fragte ich.
„Kommt darauf an."
Er schaute mit glasigen Augen auf das träge vorbeifließende Wasser.
„Was für ein seltsamer Bach", sagte Falko. „Im Sommer hat er so wenig Wasser, dass man durchwaten kann. Und kaum

schmilzt ein wenig Schnee, verwandelt er sich in einen reißenden Fluss."
„Ist es das, worüber wir reden müssen?", fragte ich.
Falko schüttelte den Kopf. „Ich wollte nicht gleich mit der Tür ins Haus fallen."
„Fall einfach!"
Er räusperte sich. „Also, da du mich bezüglich deiner life changing decisions immer mit einbezogen hast, muss ich dir etwas Wichtiges mitteilen."
Sein Blick flackerte. Er setzte er seine Ray-Ban wieder auf. „Was willst du zuerst hören? Die gute oder die schlechte Nachricht?"
„Die schlechte natürlich!", sagte ich bestimmt.
Falko lachte. „Verdammt, ich weiß gar nicht, welche gut und welche schlecht ist."
„Jetzt spuck schon aus!"
„Also, ich werde meine Schulkarriere endgültig beenden."
„Du wirst was?", entfuhr es mir. „Aber… aber ich dachte, du freust dich so, dass…"
„Tu ich auch", entgegnete er. „Tu ich doch auch. Aber bei mir steht wieder Chemo an und ich schaff es auch so kaum." Falkos Stimme klang einen Moment lang brüchig. Dann fing sie sich wieder. „Zum anderen habe ich in zwei Wochen einen wichtigen Termin."
„Ist das die gute Nachricht?"
„Vielleicht", sagte Falko. „Ich bin in die Uni-Klinik Heidelberg eingeladen worden."
„Was heißt das?"
Falko lächelte einen kurzen Moment, dann senkten sich seine Mundwinkel wieder. „In Heidelberg arbeiten sie an einem Projekt. Die infizieren Tumorzellen mit Viren. Sie hoffen, dass man damit vielleicht ein Glioblastom heilen könnte."
„Aber das ist ja sensationell!", rief ich und wäre ihm am liebsten um den Hals gefallen.

Falko unterbrach mich sofort. „Da gibt es noch keinen Grund zum Jubeln. Zum einen ist die Studie noch ziemlich am Anfang. Zum anderen müssen die noch ungefähr hunderttausend Tests mit mir machen. Das Projekt funktioniert nämlich nur bei einer bestimmten Art Glioblastom. Und dann müssen sie mich auch noch nehmen. Jeder will da mitmache, wie du dir denken kannst."
„Oh", machte ich.
„Außerdem nehmen sie nur Patienten, bei denen ein Rezidiv festgestellt wurde."
„Was bedeutet das?"
„Der Tumor ist zurückgekehrt."
„Aber das ist doch schlecht?"
Falko nickte. „Es muss also was Schlechtes passieren, damit ich etwas Gutes bekomme."
Falko versuchte zu grinsen und sagte: „Die gute Nachricht dabei: Die Wahrscheinlichkeit, teilzunehmen und zu überleben, so winzig sie auch ist, ist tausendfach größer als die", er lachte kurz auf, „...als die, nicht teilzunehmen und zu überleben."
In meinem Kopf ploppten Wahrscheinlichkeits-Rechnungen aus der zehnten Klasse auf. Aber ich kapierte trotzdem nicht, was er meinte. „Das ist mir zu philosophisch", sagte ich.

4 Nie mehr Schule

Wolfgang schaute ununterbrochen auf die kackbraune Brühe, die vor uns hin und her schwappte. Ich konnte nicht wirklich sagen, wie er die News aufgenommen hatte.
„Ist das trotzdem cool mit uns, auch wenn ich nicht mehr in die Schule komme?", fragte ich vorsichtshalber nochmal.
Wolfgang griff nach einem Treibgut in der Wiese und wiegte es in der Hand.
„Was soll ich dann überhaupt noch alleine in der beschissenen Schule?", fragte er. Und – ja, jetzt war klar, dass er sauer war.
„Abitur machen!", sagte ich.
„Hast du mein Zeugnis gesehen? Wo wir grad von Wahrscheinlichkeitsrechnungen reden. Die Wahrscheinlichkeit, dass ich das Abi schaffe, ist noch geringer als, dass du…"
Mehr sagte er nicht.
„Warum schmeißt du nicht auch?"
„Wer kämpft, der kann verlieren", sagte er und starrte auf das Treibholz. „Wer nicht kämpft, hat schon verloren."
Was für ein lahmarschiger Kalenderspruch. Den hatte uns unser Fußballtrainer immer in der Halbzeit vorgebetet, wenn wir 2-0 hinten waren.
„Da ist noch etwas anderes", sagte ich. Ich hatte mir die letzten Tage gut überlegt, ob ich ihn fragen sollte. Aber im Grunde war es gar kein Thema, ob ich ihn fragen würde.
„Ich werde ungefähr eine Woche in Heidelberg bleiben. Wenn es gut läuft, auch noch länger. Also, wenn es schlecht läuft. Wenn sie ein Rezidiv feststellen sollten und ich sofort an der Studie teilnehmen kann. Hast du Lust, mitzukommen?"
„Klingt nach Pest und Cholera?"
„Was? Ob du mitkommst, oder nicht?", fragte ich und lachte.

Wolfgang schaute mich an und schüttelte den Kopf: „Das ist doch gar keine Frage, dass ich mitkomme. Ich habe dir doch versprochen, dass ich mit dir auf Reisen gehe."
„Da war noch von New York die Rede."
„Heidelberg, New York – wenn man aus Traunstein kommt, ist da nicht viel Unterschied."
„Aber was machst du mit der Schule?" Wolfgang hatte noch immer nicht begriffen, was ich ihm damit sagen wollte.
„Wie willst du mit mir wochenlang nach Heidelberg mitkommen, wenn du eigentlich Schule hast?"
„Scheiße", sagte er.
Wolfgang schaute lange auf den Fluss hinaus. Dann warf er das Stück Treibholz ins Wasser. „Ich mach's", sagte er. Seine Augen leuchteten sogar ein klein wenig. „Scheiß aufs Abi, scheiß aufs Studium! Man lebt nur einmal. Ich mach's!"
„Ich will aber nicht, dass du es nur wegen mir machst!", sagte ich vorsichtshalber.
Wolfgang schüttelte den Kopf und sagte noch einmal: „Scheiß auf alles! Ich mach's!"

Heidelberg

1 Natürlich, ein Frauenzimmer!

Heidelberg, das waren die folgenden drei Stunden erstmal ein langer grauer Gang, ich glaube, das nennt man auch linoleumgrau. Jedenfalls war weit und breit kein Grün oder irgendeine erkennbare Farbe zu sehen. Kaum zu glauben, dass Heidelberg für Romantik bekannt ist. Ich war ein wenig müde. Wir waren gestern Nachmittag losgefahren und stundenlang im Stau gestanden und als wir ins Hotel eincheckten, war es schon zu spät, um etwas in der Stadt zu unternehmen. Dabei wollte ich unbedingt das Schloss sehen. Stattdessen saß ich seit drei Stunden in einem tristen Krankenhaus. Und hatte nichts Besseres zu tun, als aus dem Fenster auf die gegenüberliegende graue Wand zu starren und den Bilderbuch-Kanal auf Spotify zu hören. Die ausgelegten Zeitungen kannte ich ebenfalls schon alle auswendig. Irgendein Schlagerpärchen hatte sich getrennt. Als ich nichts mehr zu lesen hatte, versuchte ich, die anderen Wartenden zu lesen.
Die anderen waren wahrscheinlich alles Angehörige. Sie schauten auf alle Fälle nicht krank aus. So richtig gesund aber wirkten sie auf mich aber auch nicht. Blass waren sie alle. Und lachen habe ich den ganzen Vormittag lang auch keinen gehört. Aber das hört man auf Krankenhausfluren vermutlich eher selten. Da saßen junge Mütter mit ihren kleinen Kindern. Da saßen Ehemänner alleine und grübelnd. Wenn man sie lange genug beobachtete, war deutlich der Wechsel zwischen Angst und unbändiger Hoffnung in ihren Gesichtern zu lesen. Und genauso fühlte ich mich auch. Dieses Entsetzen der letzten Monate, dass Falko bald an einer unheilbaren Krankheit sterben würde, das konnte man nicht einfach so wegmachen. Genauso wenig wie man diese

unbändige Hoffnung ausklammern konnte, dass es den Heidelbergern vielleicht gelang, das Unmögliche wahrzumachen. Wir hatten alles im Internet gelesen, was es zu dem Heidelberger Programm zu googeln gab. Klar, einen wirklichen Durchbruch hatte es noch nicht gegeben. Aber einige Teilnehmer überlebten zwei Jahre länger als die Vergleichsgruppe. Zwei Jahre länger sind auch zwei Jahre länger. Und warum sollte nicht Falko der Erste sein, bei dem die Therapie hinhaute? Warum denn nicht?
Und genau so dachten sie vermutlich alle. Jeder Einzelne, der hier in diesem beschissenen Warteraum saß. Und dann dachte ich wieder an die Statistik, dass sich nur bei jedem achten eine signifikante Besserung einstellte. Wir saßen zu acht im Warteraum. Nur einem von uns würde das Heidelberger Programm statistisch gesehen helfen. Also nicht selbst, sondern dem, auf den wir warteten. Wer von uns würde es sein? Und was würde aus den anderen werden?
Ich wartete. Selbst wenn man auf den Tod persönlich wartet, wird die ganze Warterei auf Dauer ziemlich langweilig. Ganz ehrlich, angenommen, ich hätte gewusst, dass das die letzten drei Stunden meines Lebens sind, hätte ich nach zwei Stunden regelmäßig auf die Uhr geschaut und gehofft, dass der Sensenmann endlich auftaucht.
Natürlich war es nicht mein Leben, um das es ging, sondern das von Falko. Deshalb fühlte ich mich sofort wieder schlecht, solche Dinge zu denken, und wartete geduldig weiter.
Und was passierte schließlich? Die Tür ging auf und ein lachender und schäkernder Falko kam heraus. Neben ihm eine junge Krankenschwester, nicht viel älter als wir. Und eine schöne obendrein. Wobei ja eigentlich alle Krankenschwestern schön sind. Das scheint Einstellungsvoraussetzung zu sein.
Da wartete ich stundenlang auf Falko und wäre vor Langweile fast gestorben und er flirtete mit einer Krankenschwester.

„Das ist Ines!“, sagte er und seine Stimme überschlug sich beinahe vor Begeisterung.
Ich gab ihr die Hand und schaute sie unsicher an. Sie erwiderte meinen Blick freundlich. Sie hatte echt schöne blaue Augen. Klar, sie war ja auch blond. Und sie war groß. Falko stand auf diese Art Frau. Sie sah mich an mit ihren großen Augen und lächelte. Da rutschte mir irgendwas in die Hose. Hoffentlich war es das Herz. Auf diese Art Frau stand ich nämlich irgendwie auch. Und so lernte ich Ines kennen.
„Ines ist meine Krankenschwester!“, sagte Falko und glühte über das ganze Gesicht, sowas hatte ich lange nicht mehr bei ihm gesehen.
„Krankenschwester in der Ausbildung“, korrigierte Ines. „Drittes Lehrjahr.“
„Eigentlich hätte Ines diese Woche Urlaub gehabt, den sie kurzfristig absagen musste!“, fuhr es aus Falko heraus. „Was für ein Dreckgslück ich doch habe! Ist sie nicht herrlich?“
Ines errötete auf eine natürliche Weise. Sie war wirklich verdammt hübsch. Ich versuchte, ein betont entspanntes oberflächliches Lächeln in ihre Richtung zu schicken. Vielleicht war sie ja ein Mädchen, das nicht auf die lauten, wilden Jungs stand.
„Und weißt du, was das Beste ist?“, fuhr es aus Falko heraus – er war aufgedreht, als hätte er gerade erfahren, dass Heidelberg der Durchbruch im Kampf gegen unheilbare Tumore gelungen sei.
„Was denn?“, fragte ich und versuchte aus Ines Blick zu lesen, wie die beiden nach ihren gemeinsamen drei Stunden im Krankenhaus wohl zueinander standen.
„Wir haben ein Date!“, rief er und grinste mich triumphierend an.
„Ein Date?“, stotterte ich und fragte mich, ob das überhaupt legal war – er war immerhin ihr Patient. Aber dann fiel mir ein, dass das ja eher für Ärzte galt und nicht für Krankenschwestern in der Ausbildung.

„Genau! Ines hat um sechs Dienstschluss und wir treffen uns um sieben an der Eichelwolf Anlage!“
„Eichendorff Anlage“, korrigierte ihn Ines.
Mir blieb einen Moment lang die Spucke weg und ich wusste nicht, was ich mit dieser Informationsflut anzufangen hatte.
„Und die Tests?“, fragte ich stattdessen.
„Scheiß auf die Tests. Vor morgen gibt es eh kein Ergebnis und man lebt nur einmal! Jetzt sag schon, kommst du mit?“
Ich schaute beide verdattert an. „Wie? Mitkommen? Ich dachte, ihr habt ein Date!“
„Haben wir auch! Steht in irgendeinem Bro-Code geschrieben, dass der beste Freund bei einem Rendezvous nicht mitkommen darf? Du denkst doch nicht, dass ich dich allein im Hotelzimmer hocken lasse!“
Ehrlich gesagt, hatte ich auf nichts in der Welt weniger Bock. Ines lächelte mich aufmunternd an.
„Okay, ich bin dabei!“
Ines lächelte zufrieden. „Schön, das freut mich. Ich muss leider wieder zurück. Offensichtlich arbeite ich hier. Also bis später. Wolfgang, merk dir ‚Eichendorff Anlage‘. Dein Freund interessiert sich ja mehr für österreichische Poeten.“
„Hast du gehört? Sie nennt Falco einen Poeten!“, sagte Falko, als Ines hinter einer sich automatisch schließenden Tür verschwand. „Ines ist göttlich. Du wirst sie mögen. Ich werde sie heiraten!“ Falko grinste. „Nö, werde ich nicht. Aber sie ist trotzdem ein Engel in diesem bekackten Krankenknast. Sie hat mich im Rollstuhl durch die Gegend gefahren.“
„Brauchst du einen Rollstuhl?“
„Spinnst du? Eher erschieß’ ich mich. Aber wenn dich so ein Engel durch die Gegend schiebt, sagst du nicht nein. So und jetzt google mal diese Aichinger Anlage.“

2 Schickt mir die Post schon ins Spital

Mein erster Tag in Heidelberg und ich habe bereits die außergewöhnlichsten Sehenswürdigkeiten der Stadt gesehen. Ich zähle auf: das hässlichste Krankenhaus der Welt. Gut, es war trotzdem super. Ich habe eine süße Krankenschwester klargemacht, aber was hab' ich davon? Die haben sie mir doch sowieso nur zur Seite gestellt, dass der Hirnkranke nicht völlig durchdreht. Logo bin ich in Heidelberg, weil ich will, dass die mich wieder gesund machen. Mein Hirn ist aber auch nicht derartig beschädigt, dass ich nicht checke, dass mir das keiner versprechen kann. Jeder einzelne dieser supergescheiten Ärzte hat mir so auf pseudoverständnisvoll tief in die Augen geschaut und gesagt: „Herr Holzner, ich möchte sie darauf hinweisen, dass ihre Chancen, sofort am Programm teilzunehmen, gegen Null gehen." Und dann hat tatsächlich jeder dieser nobelpreisverdächtigen Doktorspasten denselben Spruch gebracht: „Wir nehmen nur Fälle mit frisch aufgetretenem Rezidiv auf die Warteliste. Und das wünschen wir Ihnen bei Gott nicht, nicht wahr, Herr Holzner?" Beim ersten bin ich schon halb an die Decke gegangen. Beim zweiten kam es mir komisch vor, beim dritten war ich bereits von der dämlichen Redundanz gelangweilt. Ines ist wirklich ein Phänomen. Hatte ich nach jedem Arztgespräch gute Lust, ein bisschen Amok zu laufen, hat sie mich Sekunden später wieder zum Lachen gebracht. Sie wird sicher mal eine tolle Krankenschwester. Und die Jungs werden sich in Scharen vor Autos werfen, nur um von ihr gepflegt zu werden. Wolfgang war logischerweise hin und weg von ihr. Der Gute hat echt kein Pokerface. Herrlich, wie ihm die Kinnlade runtergeklappt ist, als er sie gesehen hat. Wollte erst nicht mitkommen, weil er beleidigt war, dass ich sie vor ihm entdeckt hatte. Aber insgeheim weiß er so gut wie ich, dass eine Kopfgeburt wie er bei den richtig guten Mädchen keine Chance hat. So oder so. Wir beide freuten uns auf den

Abend. Ines hatte versprochen, dass sie uns etwas zeigen würde, was wir so schnell nicht vergessen würden.
Unser Hotel lag ziemlich zentral am Bismarckplatz. Vom Fenster aus konnte man den Straßenbahnen zuschauen. Wir hatten als Erstes unsere Betten auseinandergeschoben, Doppelzimmer gab es wohl nur für Paare. So eng befreundet waren wir dann auch wieder nicht.
Nach den Strapazen im Krankenhaus musste ich mich eine Weile ausruhen und wir lagen auf unseren getrennten Betthälften. Wolfgang fragte mich aus, was ich alles über Ines wusste. Aber viel wusste ich selber noch nicht. Außer, dass sie Krankenschwester war, in Rohrbach bei ihren Eltern wohnte und ihr Papa eine Bäckerei hatte. „Rohrbach!", da musste ich selber lachen. Ich hatte eine Verabredung mit einer heißen Krankenschwester aus Rohrbach. Das ist fast so gut wie die Friseuse aus Petting. Wolfgang fand den Witz natürlich gar nicht lustig.
Um dreiviertel sieben starteten wir und liefen über den Platz zur großen Brücke über den Fluss und landeten direkt in einer Reichensiedlung. Es gab nur Villen, wohin man auch schaute. Dort wohnten sicher die Ärzte, die mich heute untersucht hatten. Sowas kann man sich nur leisten, wenn man zwei, drei Nobelpreise gewonnen hat. Wir gingen an einem Bistro vorbei, an dem draußen junge Paare saßen, Rotwein tranken und Oliven aßen. Oliven! Eine feine Stadt war dieses Heidelberg. Wolfgang fand es okay. Er fragte, was ich denn zum Wein essen würde.
„Erstens trinke ich keinen Wein, ich bin ja noch kein Rentner", sagte ich. „Und zweitens isst man dazu Chips oder Salzbrezeln. Außer, man ist ein totaler Spießer."
„Oder hat keinen Geschmack", konterte Wolfgang.
Ich konnte nichts zurückkontern, weil es auf einmal den Berg hinaufging und ich völlig aus der Puste geriet. Außerdem merkte ich, dass ich einen Schwindelanfall bekam. Ich musste mich kurz an eine Hauswand lehnen.
„Alles in Ordnung?", fragte Wolfgang.

„Nein, diese olivenfressenden Hobbysommeliers machen mich völlig fertig. Ich brauch' eine Pause."
„Es ist nicht mehr weit. Gleich dort oben muss es sein."
„Wie kommt dieses Mädchen darauf, ihre Patienten auf einen BERG raufzujagen? Die hat doch meine Krankenakte gesehen!"
Wolfgang gab mir eine Flasche Wasser, die er in seinem Rucksack verstaut hatte. Der alte Pfadfinder hatte wieder an alles gedacht. Nach zwei, drei Schluck ging es mir tatsächlich besser und wir gingen weiter.

3 Ines aus Rohrbach

Heidelberg hatte mir bisher nicht wirklich gefallen. Verstopfte Straßen, das riesige Krankenhaus. Das Viertel rund um unser Hotel war ein wenig besser. Nette Parkanlagen, aber auch hier viel zu viel Verkehr. Als wir über den Neckar gingen, dachte ich, das hört gar nicht mehr auf. Von der Brücke aus hatte man eine schöne Aussicht auf das Industriegebiet Heidelbergs und dahinter konnte man Mannheim erahnen, die hässlichste Stadt Deutschlands - glaubte man dem Internet. Ich war so auf Falko konzentriert, der in für seine Verhältnisse viel zu flottem Tempo über die Brücke eilte, dass ich erst nach der Hälfte auf die andere Seite schaute. Ich hielt ihn fest. „Schau mal!" Und ja, die Aussicht war so ziemlich das Gegenteil von dem, was wir bisher gesehen hatten. Grüne Hügel, prächtige Villen und ganz hinten die Schlossruine. Das war also das Heidelberg, von dem alle gesagt hätten, es sei eine unfassbar schöne Stadt.
Falko hielt sein Tempo nicht lange durch und musste immer wieder pausieren und verschnaufen. Seit ich ihn damals im Rollstuhl gesehen hatte, war ich froh, dass er überhaupt wieder laufen konnte. Aber mir machte die Langsamkeit nichts aus. Die Aussicht war zu schön. Die Sonne ging gerade unter und die letzten Strahlen ließen die Altstadt und das dahinter liegende Schloss rötlich leuchten. Von hier oben sah überhaupt alles schön aus, kein Vergleich zum Krankenhauslinoleum. Heidelberg, fand ich, sah ähnlich aus wie Salzburg. Nur grüner. Von hier oben waren nur mittelalterliche Bauten zu sehen. Keine Ahnung, ob sie aus dem Mittelalter waren, jedenfalls alt. Viele Kirchen. Eine steinerne Brücke über den Fluss. Kein einziger Wolkenkratzer oder Glaspalast oder irgendwas, was die Stadt modern gemacht hätte, wie Frankfurt beispielsweise. Falko sah mich von der Seite an: „Aha, ein Kaff, in dem die Zeit stehengeblieben ist. Genau dein Ding, was?"

Ich nickte nur. Über der Altstadt rauschten die Wälder die Hügel hinauf. Das kann man echt nicht anders erklären: Sie rauschten in sattem Grün und umspülten, umrankten dieses alte Schloss, das als Ruine über der Stadt thronte. Man müsste ein Dichter sein, um das zu beschreiben. Besser gesagt, man wollte Dichter werden, wenn man das sah. Falko gab mir einen Schubser. „Genug romantisiert, weiter geht's. Da hinten ist die Eichenkopf-Anlage. Und schau mal, wer dort sitzt!"
Ines saß auf einer der Bänke. Sie saß einfach da und schaute sich die Aussicht an. Stopp, das stimmt gar nicht. Sie hatte die Augen geschlossen. Und wenn ich es richtig erkannte, lächelte sie dabei. Sie saß einfach da in der schönsten Landschaft der Welt und lächelte träumend in sich hinein. Denn auch die Eichendorff-Anlage war schön. Logisch. Eine kleine Parkanlage voller Blumen auf einer Terrasse hoch oben über den Dächern der Altstadt.
Mir fiel auf, dass hier sehr viele junge Menschen im Gras saßen und aus Bierflaschen oder Wein in Bechern tranken. Heidelberg war entweder eine Stadt, in der es keine alten Menschen gab, oder die Jugend hatte hier einen Sinn für Romantik. Hier war wirklich alles schön. Und - so kitschig das jetzt klingen mag - in dem Moment fand ich ehrlich gesagt, dass das Allerschönste hier Ines war.
Wir waren schon beinahe bei ihr, als sie, so als hätte sie uns gespürt, lächelnd die Augen öffnete. „Da seid ihr ja endlich!" Wir waren zehn Minuten zu spät dran. Sie stand auf und umarmte erst Falko und dann mich. Ein intensiver Blütenduft stieg mir in die Nase. War das ihr Parfum?
„Herzlich willkommen im richtigen Heidelberg", sagte sie und breitete die Arme präsentierend aus. „Das ist einer meiner Lieblingsplätze. Und wie ihr bereits merkt, nicht nur meiner."
„Super, du hast uns ins Touristenepizentrum gelockt", maulte Falko grinsend.

Ines schüttelte sofort den Kopf: „Sperr mal deine Augen auf. Hast du jemals so coole Touristen gesehen?"
„Du hast recht, die schauen eher nach Studenten aus."
Ines nickte. „Aber was die alle hier oben wollen, das erkläre ich euch später. Jetzt trinken wir erstmal was."
Sie deutete in Richtung eines kleinen Kiosks, der sich oberhalb der Anlage befand. „Ich empfehle heute: Weißweinschorle."
„G'spritztn", korrigierte Falko.
„Du wirst nie ein echter Österreicher", versuchte ich ihn aufzuziehen. Fragte dann aber die Frage, die mir schon seit Wochen im Kopf rumgeisterte: „Sag mal, ist das schlau, wenn du was trinkst?"
Falko zuckte die Achseln. „Diese Frage gebe ich mal an meine Krankenschwester weiter."
Ines sah mich an. „Falko weiß natürlich, dass Alkohol nicht unbedingt zur Heilung beiträgt. Während einer Chemo kann Alkohol die Gifte sogar verstärken und somit starke Nebenwirkungen verursachen. Aber da momentan weder eine Chemo, noch eine Strahlentherapie ansteht: Meinen Segen hat er."
„Vielen Dank, Frau Doktor", sagte Falko und bestellte „Drei G'spritzte."
Die Kioskbesitzerin sah ihn fragend an.
„Das ist Wienerisch für Weinschorle", antwortete Falko mit seinem aufgesetzten Wiener Akzent.
Die Kioskbesitzerin schaute ihn misstrauisch an und sagte mit starkem Pfälzer Dialekt: „Du zeigst mir jetzt erstmal deinen Ausweis, bevor du mich weiter foppen tust."
„Meinen Organspendeausweis? Tut mir leid, den hab' ich daheim vergessen."
„Wir sind schon 18", sagte ich und zeigte der Frau meinen Ausweis. Sie musterte auch die anderen beiden misstrauisch, dann zuckte sie die Schultern. „Ferzbeidel", sagte sie und schenkte uns die Weinschorlen ein.

„Ich danke Ihnen recht herzlich, gnädige Frau“, sagte Falko und machte einen Hofknicks.
Da alle Bänke inzwischen besetzt waren, setzten wir uns in die Wiese. Wir schauten den Ausflugsschiffen zu, die über den Neckar tuckerten und beobachteten das Schloss, dessen Farbe von Rot ins Grau wechselte.
„Dort unten wohne ich“, sagte Ines und deutete mitten in die Altstadt. „Dort ist unser Schwesternheim.“
„Ich dachte, du wohnst bei deinen Eltern in Rohrbach?“, sagte ich.
„Zweitwohnsitz“, sagte sie und grinste. „Am Wochenende bin ich meistens daheim bei meinen Eltern. Mein Papa hat eine kleine Bäckerei. Eigentlich wollte er, dass ich Bäckerin werde. Aber ich arbeite lieber mit Menschen als mit Mehl und Teig.“
„Wobei manche Menschen in deinem Krankenhaus eher Mehl als Mensch sind“, meinte Falko.
„Das Haus meiner Eltern ist sogar richtig berühmt“, fuhr Ines fort. „Das war früher mal ein bekanntes Gasthaus. Zum roten Ochsen hieß das.“
„Haben dort Wiener Popstars genächtigt?“, fragte Falko.
„Mozart? Nicht, dass ich wüsste. Aber der Eichendorff, nach dem sie diesen Park hier benannt haben, der hat dort mal gewohnt.“
„Gähn!“, rief Falko und machte ein Pupsgeräusch.
„Halt die Klappe. Mich interessiert das!“
„War ja klar.“
„Jedenfalls wird in Rohrdorf bis heute erzählt, dass sich der Eichendorff hier in eine Müllerstochter verknallt hatte, für die er alle seine guten Gedichte schrieb. Und da wahre Liebe unerfüllt ist, hat sie ihm das Herz gebrochen und Eichendorff hat Heidelberg überstürzt verlassen.“
„Was für ein Weichei!“, sagte Falko.
„Finde ich auch.“ Ines nickte. „Aber das war die Zeit, als sich Goethe und seine Kumpels wegen Frauen massenhaft umbringen wollten.“

Ich hob vorsichtig den Finger: „Du weißt schon, dass das historisch nicht ganz korrekt ist?"
„Klugscheißer!", rief Falko und beide lachten.
Je dunkler es geworden war, desto mehr Menschen strömten den Philosophenweg hinauf. Manche machten kurz Halt an der Eichendorff-Anlage, kauften sich ein Getränk oder wanderten den Weg am Kiosk vorbei den Berg weiter hinauf.
„Der Weg, der hier auf halber Höhe den Berg entlangführt, das ist der Philosophenweg", erklärte Ines.
„Ah, jetzt gibt es endlich eine Stadtführung", sagte Falko und prostete ihr zu.
„Sehr gerne. Also der Philosophenweg führt hier an der Eichendorff-Anlage vorbei durch viele Gärten bis zum Hölderlin-Denkmal."
„Der nächste Philosoph?", fragte Falko.
„Schätze schon. Jedenfalls hat Hölderlin das beste Gedicht aller Zeiten über Heidelberg gedichtet. Fragt mich nicht, wie es geht. Aber die haben es in Stein gemeißelt, so gut ist es."
Falko lachte. „Ich finde, sie sollten auch Vienna Calling in Stein meißeln und in Wien eine Falco-Anlage aufbauen."
„Jedenfalls werden wir dorthin NICHT gehen", betonte Ines. „Wir gehen, wie die anderen auch, den Berg hinauf."
„Wie bitte, Bergsteigen?", rief Falko. „Ines, du weißt schon, dass ich gesundheitlich ein wenig angeschlagen bin und deshalb die Himalaya Rundreise wohl canceln werde?"
„Falko, das ist nicht der Nanga Parbat, sondern der Heiligenberg"
„Der bitte was? Das ist ja noch schlimmer. Willst du für mich da oben eine Messe lesen lassen? Ein Kerzerl anzünden? Das haben wir schon erledigt. Gell, Wolfgang?"
Ines schüttelte den Kopf: „Da oben war zwar mal ein Kloster, von dem ist aber nur noch ein Turm übrig. Nein, da oben ist was viel Besseres: Ein alter Kultplatz, eine sogenannte Thing-Stätte, die die Nazis zu einer Arena ausgebaut haben."

„Wow, Kelten und Nazis. Jetzt wird es interessant", sagte Falko.
„Da oben befindet sich also die Ruine einer großen Arena für ein paar Tausend Menschen, in der die Nazis Kundgebungen abhalten wollten."
„Und da treffen sich heute die Identitären und Neonazis und feiern Walpurgisnacht?"
„Nein, natürlich nicht!" Ines schüttelte den Kopf. „Es sind ganz normale Studenten und viele junge Heidelberger. Sie feiern dort oben eine riesige Party. Wartet ab, das wird euch gefallen!"
Falko verdrehte die Augen. Dachte ich jedenfalls. Als seine Augen zu flackern begannen, war klar, dass etwas mit ihm nicht stimmte.
„Alles in Ordnung, Falko?" Ines Blick wurde auf einmal ernst und für den Bruchteil einer Sekunde meinte ich, aus den Augenwinkeln eine Teufelsfratze aus Falkos Augen grinsen zu sehen. Ein flackerndes Weiß dort, wo die Pupillen sein sollten. Aber genauso schnell wie es gekommen war, war es schon wieder weg. Falko fasste sich an den Kopf.
„Was war das denn?", fragte ich besorgt.
Falko verzog sein Gesicht und rieb sich die Schläfen. „Kein Stress, kein Stress", sagte er und versuchte, seine Stimme stark und bestimmt klingen zu lassen. „Das kommt ab und zu. Dann geht es wieder."
Ines schaute ihn nachdenklich an. „Das hast du dem Arzt aber nicht gesagt."
Falko zuckte die Achseln. „Kommt manchmal vor, wenn ich Alkohol trinke. Ich erzähl' doch nicht jedem Arzt, dass ich ganz gern einen hebe. Ich bin siebzehn! Außerdem ist es ja nur kurz. Und dann ist wieder Ruhe."
Ines sagte nichts mehr. Aber man konnte ihr ansehen, dass sie sich ihre Gedanken machte.
Als wir ausgetrunken hatten, war es bereits so dunkel, dass die ersten Lichter in der Stadt und die Beleuchtung der Burg nach und nach eingeschaltet wurden. Ines schlug vor, dass

wir jetzt hinausgehen sollten und wir reihten uns in den Strom der Studenten ein.
Ich fand es schade. Ich wäre gerne für immer hier sitzen geblieben. Es war schön, träumend die unfassbar schöne Stadt und Ines anzuschauen und Falko quatschen zu hören. Aber Ines behauptete, es lohne sich, nach oben zu gehen. Also brachen wir auf.

4 The Sound of Musik

Kurz wurde es nervig. Wolfgang hörte nicht mehr auf, Ines anzustarren. Das machte er immer, wenn er was getrunken hatte. Er checkte einfach nicht, dass Frauen wenig mehr lieben als pickelige Jungs, die ihnen verpeilt Löcher in den Busen starren. Und Ines sagte seit meiner kleinen Migräne-Episode auch nichts mehr. Logo, sie machte sich Sorgen. Sie war ja nicht zum Spaß Krankenschwester. Hätte also wissen können, auf was sie sich heute Abend einließ. Jedenfalls war bald die Sonne weg und ich hatte genug von dem blöden Garten. Ich langweilte mich und erzählte Ines die Geschichte vom toten Hund. Das mache ich immer, wenn ich eine Situation nicht mehr aushalte. Ich war heilfroh, als Ines endlich vorschlug, auf das Fest zu gehen.

Ines' süßer Hintern wackelte also voraus, am Kiosk vorbei, den Feldweg den Berg hinauf. Vielleicht sollte ich noch ein paar Worte zu Ines sagen: Ich mochte sie auf Anhieb, weil sie so spontan war. Egal, ob sie mich im Rollstuhl antauchte und durch den halben Flur fetzen ließ, oder mich in einer Untersuchungspause kurz in die Pathologie runterfuhr, bloß weil ich noch nie eine Leiche gesehen hatte. Ja, das haben wir wirklich gemacht. Ines war wirklich supercool. Welche Frau verabredet sich schon mit einem Hirnkranken und seinem hirnverspasteten Freund, gleich nach der ersten Begegnung?

Nach einer Weile fragte ich mich allerdings, ob nicht wir einen gewaltigen Fehler gemacht hatten. Ines war eine Wald- und Wiesen-Enthusiastin und offensichtlich langjähriges Mitglied im hiesigen Wanderverein. Während es mir die Lunge rauszuhauen begann, als sei ich ein Kettenraucher, tänzelte Ines den Berg hinauf, als sei es die Fußgängerzone. Und dann begann sie auch noch die Bäume zu erklären (Douglasien) und umarmte einen dieser Bäume sogar. Bei jedem anderen Mädchen hätte ich jetzt die Flucht ergriffen.

Bei Ines fand ich es irgendwie süß. Bei Wolfgang weniger. War schon klar, dass bei ihm die Sicherungen durchbrechen würden. Jedenfalls fing auch er an, Bäume zu umarmen. Ich fragte eine der Studentinnen, wie weit es noch sei und sie beruhigte mich, dass wir gleich angekommen seien.
Auf dem Weg nach oben saßen mitten auf dem Weg zwischen aufgestellten Kerzen junge Leute, die Gitarre spielten und Lieder von Wanda sangen. Da hätte ich mich am liebsten für den Rest des Abends dazugesetzt. Ich bat den Gitarrenspieler, „Junge Römer" für mich zu spielen, aber das konnte er nicht. Er spielte stattdessen etwas von Bilderbuch, was sich akustisch eher so semi anhörte.
Als wir weitergehen wollten, spielte er eine schnelle Version von „Lucia" und die war unfassbar großartig. Ich packte Ines und wirbelte sie in einem Tanzkurs-Anfänger-Foxtrott wild im Kreis. Ines war erst überrascht, dann ließ sie sich komplett gehen, schrie und jubelte und alles, was in Hörweite war, brüllte gemeinsam „Tu mir weh, Lucia!"
Es war herrlich. Nur Wolfgang stand unbeteiligt herum, als sei er beleidigt, und Ines und ich schimpften ihn schreiend: „Weil du weiße Zähne hast, obwohl du ständig rauchst, ist der Thomas verliebt in dich und ich auch!"
Der Abend war endlich meine Kragenweite und die Nacht konnte beginnen.

5 Walpurgisnacht

Ich war echt naiv. Auf der Eichendorff-Anlage hatte ich kurz, nur ganz kurz das Gefühl gehabt, dass Ines meinen Blick erwidert. Dass da etwas war. Aber klar, Ines hatte ein Date mit Falko. Und selbst wenn sie ein Rendezvous mit mir gehabt hätte, hätte sie nur Augen für Falko gehabt. So war es doch immer gewesen. Aber bei Ines hatte ich die ganze Zeit das Gefühl gehabt, dass sie anders war als die Mädchen daheim. Aber jetzt war sie Falkos Charme endgültig erlegen. Ich hatte ihr gerade erzählt, warum mir die Bücher von Thomas Glavinic so gut gefallen, da packte sie Falko und begann wie ein Wahnsinniger mit ihr herumzutanzen. Da existierte ich auf einmal nicht mehr und Falko ließ mich hämisch wissen, dass ihm schon klar sei, dass wir beide in Ines verknallt wären und sie uns beide wehtun würde. Aber in Wahrheit würde sie nur mir wehtun. Und dass sie weiße Zähne hatte, war mir völlig wurst. Ich drängte zum Weitergehen, wollte endlich diese Thing-Stätte sehen und Falko schimpfte, ich sei eine Spaßbremse. Das würde eine lange Nacht werden...

Dann hatten wir den Parkplatz vom Heiligenberg erreicht. Ines erzählte, dass hier oben einmal ein Kloster war. Es sei aber nicht mehr viel übrig, außer einem Aussichtsturm.

„Kann man da raufgehen?", fragten Falko und ich gleichzeitig.

Wir waren leider nicht die Einzigen, die diese Idee hatten. Wir stellten uns sozusagen hinten an. Als die Gruppe vor uns wieder heruntergestiegen war, folgten wir den endlosen Stufen den Turm hinauf. Es dauerte ewig, weil Falko alle zehn Stufen eine halbe Stunde Pause machen musste und die Schlange unter uns wurde immer länger. Aber wir schafften es bis ganz hinauf. Ich war sofort überwältigt von der unfassbar schönen Aussicht auf Heidelberg. Die ganze Stadt lag golden leuchtend in dieser lauen Frühlingsnacht. Der

Neckar zog sich als schwarze Fläche durch das Lichtermeer. Über der Stadt leuchtete golden das Schloss und darüber formte der Berg eine schwarze Halbkugel vor einem hellen, sternendurchsprenkelten Himmel. Ines stand neben mir und ich konnte ihren Atem hören. Keiner sagte etwas. Ich spürte Ines' Schulter ganz nah an meiner. Irgendwann flüsterte sie in mein Ohr: „Das ist schön, nicht?“ Ich hielt den Atem an und wartete, bis dieser Wunsch, sie zu küssen, wieder vorbei war.
„Au“, sagte Falko und ich dachte, der dumme Zyniker wollte die schöne Situation zerstören. Dann sah ich, wie er sich wieder an die Schläfe fasste.
„Falko?“, sagte Ines.
Er schüttelte den Kopf. „Alles gut, alles gut. Schon vorbei.“
Ines schaute ihn sorgenvoll an. „Das sieht nach epileptischen Anfällen aus. Bist du sicher, dass nichts ist? Sonst fände ich es langsam besser, wenn wir wieder runtergehen.“
„Noch bevor wir gesehen haben, warum hier alle rauf wandern? Niemals!“, antwortete Falko bestimmt.
Da sich gerade das nächste Pärchen lautstark polternd ankündigte, stiegen wir die Stufen wieder hinunter.
Die Thing-Stätte befand sich am Ende des Parkplatzes. Von außen konnte man nichts Besonderes erkennen. Es war dunkel hier oben und nur die Kerzen, Fackeln und Handylichter des nicht enden wollenden Stromes der Menschen erhellten den Wald und die Mauern. Wir folgten den Leuten durch einen kleinen Tordurchgang. Ein ummauerter Weg führte um die Ecke und auf einmal standen wir vor einem gigantischen Meer aus Lichtern. Vor uns breitete sich das riesige Amphitheater aus, meterhoch, Reihe für Reihe. Tausende Lichter, wie wenn die Milchstraße auf die Erde gefallen wäre. Wir befanden uns am unteren Ende eines Kegels aus Lichtern. Ein leiser, aber stetiger Schwall von Gemurmel, Stimmen, Gelächter war zu hören. Ich brachte wortwörtlich den Mund nicht mehr zu. „Zu viel versprochen?“, fragte Ines.

„Formidabel. Außerordentlich formidabel. In der Tat", lobte Falko.
Wir betraten den Innenraum des Theaters. Ich konnte mich kaum sattsehen an den vielen flackernden Kerzen. Das Wort „Lichtermeer" bekam hier eine völlig neue Bedeutung. Auf der Bühne des Amphitheaters jonglierten junge Leute mit Fackeln. Einer spuckte Feuer. Immer, wenn einem der Jongleur eine besonders spektakuläre Aktion gelang, hallte ein Raunen das Gemäuer entlang.

6 Ein Fest fürs Leben

Über die Seitenaufgänge stiegen wir langsam die Stufen nach oben. Auch Falko blieb immer wieder stehen, drehte sich um und ließ seinen Blick über das Lichtermeer schweifen. Sein feierliches Schweigen verriet, dass auch er beeindruckt war von der Szenerie. Er, der in jeder Situation einen flotten Spruch auf den Lippen hatte, war sprachlos.
Wir suchten uns einen freien Platz im oberen Drittel des Theaters und Ines packte ihren Rucksack aus. Sie hatte an alles gedacht: Sie zündete drei Kerzen an, drückte jedem von uns einen bunten Plastikbecher von Ikea in die Hand und kramte eine Flasche Weißwein hervor. „Mit Schraubverschluss", verkündete sie stolz. „Letztes Jahr hatten wir ein Korkenproblem." Sie lachte fröhlich.
Wir stießen miteinander an und ließen nach einigen Schlucken süßlichen Weißweins die Szenerie auf uns wirken. Die Architektonik der Thing-Stätte transportierte jeden Mucks von unten nach oben. Das Stimmengewirr aus zehntausend Kehlen hallte den Stein entlang nach oben und wieder zurück. Es klang, wie in einem gewaltigen Bierzelt, in dem keine Musik gespielt wurde. Durch die Zigtausend Kerzen waberte ein intensiver Geruch nach Wachs durch die Luft, wie in einer riesigen Kapelle, und es kam mir vor, dass in der Summe die vielen Kerzen ein wenig Wärme spendeten. Nur wenige unromantisch veranlagte Seelen hatten ihr Handylicht angeschaltet und wo auch immer ein Witzbold auf die Idee kam, die anderen zehntausend Menschen mit seiner Spotify Playlist zu beglücken, wurde er analog gemaßregelt. Es gab, so wie es wohl schon vor hundert Jahren gewesen sein musste, einzig die Menschen, Kerzenlicht und mitgebrachte Getränke. Nur Nazis waren keine da. Jedenfalls keine, die sich als welche zu erkennen gaben. Bis auf das Rauschen der Stimmen war es beinahe still. Ganz leise waren

einige vereinzelte Gitarrenspieler zu hören und irgendwo summte ein Didgeridoo.
Wir saßen lange still und ehrfürchtig da und ließen die Atmosphäre auf uns wirken.
„Das ist übrigens alles illegal“, sagte Ines in die Stille hinein. „Die Behörden sehen diese Veranstaltung nicht gerne. Deshalb gibt es hier weder Strom noch Licht, noch Verkaufsstände. Die Menschen kommen einfach, weil sie jedes Jahr hierherkommen. Und seit die Walpurgisnacht hier verboten ist, kommen sie sowieso noch dreifach lieber.“
Wir leerten den Wein und mit jedem Schluck begann Falko aufzutauen.
„Wisst ihr, an was mich das erinnert?“, fragte er.
„Jetzt kommt sicher irgendeine Falco-Anekdote“, stöhnte ich.
„Sehr richtig, Herr Professor. Diese ganze Atmosphäre, die geht einem bis ins Blut. Euch nicht? Die ganze Zeit frage ich mich schon, woher ich dieses Gefühl kenne.“
Ich lächelte. Inzwischen kannte ich Falko gut genug und wir hatten ähnliche Konversationen bereits öfters geführt. „Aus dem ‚Junge Römer‘- Video?“
Falko nickte begeistert.
„In der Tat! Aus dem ‚Junge Römer‘-Video. Schaut euch die Menschen an: Junge Menschen. Junge Römer. Junge Heidelberger! Hört ihr die Trommeln? Hört ihr den Rhythmus? Die Nacht gehört uns bis zum Morgen! Falco muss etwas Ähnliches erlebt haben, als er diese Zeilen schrieb. Es ist alles da: Die Nacht, die Inspiration, die...“, er grinste Ines an, „...die Frau. Alles! Lass diese Reise niemals enden!“
Wir stießen an und ich wollte ihm zustimmen. Aber so weit kam ich nicht, weil jemand gerade einen Dolch in mein Herz rammte. Mit offenem Mund musste ich zusehen, wie Ines wie aus dem Nichts und ohne Vorwarnung Falko küsste. Und dann war es kein Kuss mehr, sondern eine wilde Knutscherei. Ich starrte fassungslos geradeaus nach unten, glaubte feuergespuckte Flammen zu sehen, aber eigentlich sah ich

gar nichts mehr und ich achtete nur noch darauf, dass ich jetzt nicht kotzen musste.

7 Bussi Baby

Und dann hatte ich Ines' Zunge zwischen meinen Lippen und es ging alles ganz schnell. Seien wir mal ehrlich, wir hatten beide gewusst, dass es passieren wird. Die Frage war nur, wann. Ines hatte es gewusst und ich glaube, Wolfgang hätte es auch kapieren müssen, wenn er nicht völlig auf dem Schlauch stand. Aber so, wie er neben mir zur Salzsäule erstarrte, während ich mit Ines ein bisschen herum küsste, hatte er sich doch größere Chancen bei ihr ausgerechnet, als ich ihm zugetraut hätte.
Augen zu und durch. Sie schmeckte nach süßem Wein und ich mochte es, wie sich ihr glückliches Lachen durch meinen Mund sozusagen von innen ins Ohr übertrug. Und sie lachte mir mehrmals in meinen Mund hinein. Wie kann man es beschreiben, wenn man ein Mädchen wie Ines küsst? Vielleicht so, es fühlte sich so gut an, wie wenn ein Todgeweihter eine Weile vergisst, dass er sterben muss und, im Gegenteil, sich unverwundbar fühlt. Das hätte von Wolfgang sein können, aber Wolfgang stierte beleidigt nach unten und tat so, als bemerkte er gar nicht, was zwischen uns passierte. Und während wir so vor uns hin knutschen, fiel mir auf, dass man in so einer stummen Angelegenheit, so aufregend sie auch sein mag, verdammt viel Zeit hat, um nachzudenken. Während sich unsere Zungen berührten, dachte ich zum Beispiel darüber nach, ob es normal ist, dass man sich schon beim ersten Kuss fragt, ob man zusammenbleiben wird, oder ob es nur für eine Nacht ist. Ich dachte an Falco und wie Falco schmusend die besten Songtexte in seinem Kopf reimte.
Und dann war es schon wieder vorbei. Ines wischte sich den Mund ab. Bei anderen Mädchen regte mich das auf. Wahrscheinlich, weil ich es mir selber untersagte, obwohl ich den Drang dazu verspürte. Aber bei Ines war es irgendwie okay. Denn sie gab mir noch einen längeren Kuss. Dann schaute sie mich fragend an. Auch das fand ich bei anderen Mädchen

nervig. Ich machte eine Kopfbewegung Richtung Wolfgang und sie zuckte die Achseln. Hatte wahrscheinlich keine Ahnung, was ich ihr sagen wollte.
Langsam wandte sich Wolfgang uns wieder zu. „Dann darf ich dem jungen Glück wohl gratulieren?“, fragte er und seine Stimmte konnte sich nicht zwischen Ironie, Erstaunen und offener Wut entscheiden.
„Jetzt komm schon und sei brav. Vielleicht küsst sie dich ja auch noch“, sagte ich und hielt es für nicht mal unwahrscheinlich, so wie ich sie bisher kennengelernt hatte.
Ehe Wolfgang etwas entgegnen konnte, knallte es und alle blickten zum Himmel. Ein gelber Feuerwerkskörper explodierte und alle riefen „Aaah!“. Auch Wolfgang schaute erstaunt nach oben. Schon explodierten die nächsten Feuerwerkskörper. Eine Rakete nach der andere pfiff in den Heidelberger Sternenhimmel hinauf, explodierte funkensprühend wie ein Feuerrad und es regnete Gelb und Silber zur Erde, erst dann hörte man den lauten Knall, der sich mit den „Aaahs“ und „Ooohs“ der Menschen vermischte.
Alle schauten nach oben, bis das kleine Feuerwerk wieder vorbei war und der Duft nach Wachs einem alles überdeckenden Schwefelgeruch wich.
Ich spürte Ines Busen an meinem Arm, während sie sich an mich kuschelte und ich merkte auf einmal, wie ich Bock auf Ines bekam. Und ich rede jetzt von richtig Bock. Und ich fing wieder an, Ines zu küssen.

8 Macht's nur so weiter

Das Feuerwerk war wirklich schön. Fast schon magisch. Die Milchstraße aus Wachskerzen unten. Dann die silbernen Linien, die sich wie Sternschnuppen von unten nach oben zogen, schließlich der stumme Knall, den der Kopf sofort in das Auseinanderfunkeln der gelben Lichterfäden hineinkomponierte, der helle Schein, der kurz die ganze Thing-Stätte, die tausend nach oben gereckten Köpfe, in gleißendes Licht tauchte und am Schluss erst das Knallen der Explosion, die sich in die begeisterten Rufe der Zuschauer mischte. Am allerschönsten aber war, dass Ines mich dabei anschaute. Sie lächelte mich an und ich war sicher, so sicher wie in wenigen Dingen meines Lebens zuvor, dass da irgendwas war. Und plötzlich tauchte Falkos Kopf hinter ihr auf, seine Arme begrapschten sie wie die einer Krake von hinten und er zog sie zu sich nach unten und begann die Knutscherei von vorhin fortzusetzen. Etwas Animalisches war in seinem Blick, etwas, das nur sehr selten auftauchte, etwas, das mir aber Angst machte.
Regungslos starrte ich dorthin, wo kurz zuvor noch Ines' schöne grüne Augen mich angeschaut hatten und wo sich nun zwei Zungen gegenseitig abschleckten. Verdammt, sie hätten es ja zumindest ohne dieses Sabbern machen können. Vielleicht hätte ich gar nichts dagegen gehabt, wenn sich beide romantisch geküsst hätten, wie vorhin auch. Aber jetzt sah es so aus, als ob sie sich jeden Moment an die Wäsche gehen würden. Und mir das anzuschauen, darauf hatte ich wirklich keinen Bock.
Wie durch ein Wunder musste ich in dem Moment aufs Klo. Hätte ich noch eine Minute dem Schmatzen zuhören müssen, hätte es mir ohnehin den Magen umgedreht.
„Ich muss aufs Klo!"
„Lass dir Zeit!"

Wie gern hätte ich ihm jetzt eine reingehauen. Ich sprang auf, zwängte mich an den anderen vorbei und rannte die Stufen nach unten. Dann erst fiel mir ein, dass es hier gar keine Toiletten gab. Und obwohl ich Lust hatte, irgendwelche Liebespärchen anzupinkeln, suchte ich mir einen Baum im Wald.
Als ich mich wieder beruhigt hatte, saß ich zusammengekauert an irgendeinem Baumstamm im Dunkeln. Ich hatte nur kurz geweint. Der Liebeskummer, oder was auch immer das war, was mir den Stecker gezogen hatte, war rasend schnell verschwunden. Wurde aufgelöst. Aufgelöst von der einzigen Säure, die noch ätzender war als die Wut in mir. Aufgelöst von diesem einen, winzigen Gedanken. Der, dass Falko sterben würde. Sollte Falko doch so viele Frauen vögeln, wie er wollte. Ich hätte den Rest meines Lebens noch Zeit. Falls mich jemals eine toll finden sollte.
Dieser eine scheiß Gedanke war so übermächtig, dass ich mir mit einem Mal lächerlich vorkam und mich ein bisschen schämte. Also klopfte ich die Tannenadeln von meiner Hose, wischte mir das Nasse aus dem Gesicht und hoffte, dass ich mich nicht in der eigenen Pisse gewälzt hatte.
Als ich wieder zurück am Parkplatz der Thingstätte war, blinkte das Blaulicht eines Rettungswagens. Die würden hier wohl einige Einsätze haben, wenn sie die ganzen Alkoholleichen wieder nach unten transportieren mussten, dachte ich. Zwei Sanitäter sprangen aus dem Wagen und rannten mit ihren Einsatzkoffern Richtung Thingstätte. Dort hatte ich sie bald wieder eingeholt, weil sie im Gedränge nur langsam vorwärtskamen. Da sie auch den Weg rechts nach oben nahmen, konnte ich ihnen problemlos hinterher spazieren, weil die Leute vor ihnen eilig auseinander stoben und sozusagen eine Rettungsgasse bildeten.
Nach der Hälfte hielt ich Ausschau nach den anderen. Logischerweise war in der Dunkelheit kaum jemand zu erkennen.

Also stieg ich weiter den Sanitätern hinterher die Stufen hinauf und reckte den Kopf, ob ich irgendwo zwischen den matt illuminierten Köpfen ein bekanntes Gesicht erkannte. Schließlich sah ich die rudernden Arme von Ines. Sie war irgendwo oben, noch weiter oben, als ich es in Erinnerung hatte, und winkte mir wie wild: „Hier! Hier sind wir!"
Ich lächelte und winkte zurück. Kurz hatte ich gedacht, dass die beiden vielleicht durchgebrannt waren.
Zusammen mit den Sanitätern, die ihrerseits schneller wurden, rannte ich die letzten Stufen nach oben. Ines war so schlau, mir mit ihrem Smartphone den Weg zu leuchten. Sie schwenkte es wie einen kleinen Leuchtturm, sodass sie nicht zu verfehlen war.
Erst als die Sanitäter auch in unserer Reihe abbogen, kapierte ich langsam, dass nicht ich es war, dem Ines den Weg leuchtete. Wo war Falko?
„Lassen Sie uns durch! Bitte machen Sie Platz!", riefen die Sanitäter, die plötzlich hektisch wurden.
„Beeilt euch!", schrie Ines und spätestens jetzt begriff auch mein benebeltes Hirn, dass etwas Schlimmes passiert war.
Ich zwängte mich hinter den beiden durch die Reihen und reckte den Kopf nach Falko.
Er lag zitternd auf den Stufen, Arme und Beine wurden durchgerüttelt und immer wieder bäumte er sich stöhnend auf. Falko hatte Schaum vorm Mund und seine Augen waren weiß wie die eines Zombies.
„Was ist passiert?", fragte der Rettungssanitäter, als er Falko erreichte.
„Epileptischer Anfall. Er hat einen Gehirntumor."
„Okay, kein Grund zur Panik."
Die beiden Sanitäter hatten die Situation schnell im Griff. Nachdem sie Falko eine Spritze verabreicht hatten, lag er bald ruhig und reglos in Ines' Arm. Sie tauschte einen Blick mit mir aus, den ich nicht deuten konnte. In ihren Augen flackerte noch pure Panik.

Der Sanitäter, der sich als Notarzt vorstellte, tauschte mit Ines einige Worte im Fachjargon aus, die ich nicht verstand, während der andere verschwand, um eine Bahre zu holen.
„Wir kennen uns vom Krankenhaus, oder?", fragte der Arzt schließlich. Ines nickte.
„Keine Angst, Sie haben alles richtig gemacht. Dem Patienten wird es bald wieder besser gehen. Aber er muss natürlich zur Überwachung in die Klinik."
„Ich fahre mit!", sagte Ines bestimmt.
Der Arzt lächelte. „Fräulein Wedekind – wir nehmen Sie natürlich mit, wenn Sie die Ehefrau oder Schwester des Patienten sind. Die Mutter sind Sie offensichtlich nicht."
„Können Sie keine Ausnahme machen? Auf dem kurzen Dienstweg? Wir können ihn doch nicht allein lassen."
Der Arzt lächelte nachsichtig. „Erstens sind Sie nicht dienstfähig. Oder sind Sie die einzige Person auf dem ganzen Heiligenberg, die heute nichts getrunken hat?"
Ines schüttelte den Kopf.
„Zweitens: Sie haben die Zwischenprüfung bestanden?"
Ines nickte.
„Wie lange wirkt die Sedation in der Dosis, die ich dem Patienten verabreicht habe?"
„Acht Stunden. Minimum."
„Sehr gut, Frau Wedekind. Ihr Freund wird bis morgen früh schlafen. Dann können Sie ihn gerne besuchen."
Während wir auf die Bahre warteten, bemerkte ich all die fremden Menschen, die neugierig einen Kreis um uns gebildet hatten. Betrunkene Studenten, die unverwandt Falko anstarrten und miteinander tuschelten. „Ist er tot?", fragte einer sogar. „Nö, nur ein Junkie." Ich hätte am liebsten jedem Einzelnen eine gewischt.
Nach einer halben Ewigkeit kam der Sanitäter mit einem Kollegen zurück und beide schnallten Falko auf die Bahre. Er sah in dem Moment friedlich aus. Als träumte er etwas Angenehmes.

Langsam trugen sie Falko die Treppe nach unten. Eine Gasse von Menschen mit Kerzen in der Hand bildete sich. Unten sangen einige Mädchen leise im Chor „Let it Be“ von den Beatles, als der aufgebahrte Falko an ihnen vorbeigetragen wurde. Ines und ich trotteten der Bahre langsam Schritt für Schritt hinterher. Ines hatte die Hände vor sich gefaltet und den Kopf gesenkt. Es sah so aus, als ob sie weinte. Dann erst sah ich, dass sie vor Erleichterung lachte.
Als wir das untere Ende der Thingstätte erreicht hatten, knallten gleich mehrere Raketen gleichzeitig. Das Licht erhellte das gesamte untere Rund des Theaters und auf das „Ooh“ der Menschen folgte ein brandender Applaus, während Falko durch das Tor aus der Thingstätte getragen wurde. Kurz musste ich grinsen. Der Abgang hätte Falko gefallen. Außer, dass die Mädchen statt „Let it be“ „Baby Blue“ in der Falco Version hätten singen sollen.

9 Die Arbeit der Nacht

Wir schauten dem blinkenden Blaulicht noch eine Weile nach, bis es hinter den Bäumen in der Dunkelheit verschwand.
Ines machte die ganze Zeit den Eindruck, cool und abgeklärt zu sein, aber jetzt sackte sie zusammen. Ich fing sie auf, ich hielt sie fest und sie fing an zu weinen.
„Ist ja nochmal gutgegangen“, versuchte ich sie zu beruhigen.
„Das ist es ja“, schluchzte sie und wischte sich über das Gesicht.
„Ich habe das schon viel zu oft erlebt. Es sind immer die guten Kerle, die es erwischt. Es wird nie gut werden!“
Ich hielt Ines in den Armen und versuchte nicht darüber nachzudenken, was für eine Art Mensch sie war. Warum sie erst Falko im Arm hielt, jetzt mich. Ob das normal war, ob alle Frauen so waren, oder ob es einfach schön war. Ich hielt sie fest und streichelte ihr über den Rücken, der sich gleichzeitig weich und fest anfühlte. Ines roch nach frisch geschlagenem Holz, sie roch wie ein Wald im Frühling. Sie roch gut. Ihre Haare kitzelten meinen Nacken und ich hörte ihrem Atmen zu. Etwas Flüssiges bahnte sich seinen Weg zwischen unseren Wangen, vermischte sich und benetzte salzig meine Lippen.
„Lass uns wieder runtergehen“, sagte sie.
Ich nickte, obwohl es das Allerletzte war, was ich wollte.
Ines schaltete ihr Smartphonelicht an und beleuchtete den Waldweg nach unten.
Es war bereits recht spät. Das Murmeln aus dem Amphitheater war nur noch ein Hauch des wuchtigen Raunens bei unserer Ankunft. Auf dem Weg nach unten begegneten uns nur noch wenige vereinzelte Gruppen oder Pärchen. Die übrigen, die noch oben waren, übernachteten dort.

Ich folgte Ines, die stumm dem Lichtkegel ihres Handys folgte. Was für eine verrückte Nacht, dachte ich mir die ganze Zeit. Was für eine verrückte Nacht. Und insgeheim wünschte ich, dass sie niemals endete.
Als wir die Eichendorff-Anlage erreicht hatten, nahm ich meinen ganzen Mut zusammen. Ich griff nach ihrer Hand und zog sie zurück.
„Ines!“, sagte ich.
Sie blieb stehen.
„Ines, wir können jetzt sowieso nichts für ihn tun. Aber wir könnten einfach aufbleiben und ihn gleich morgen Früh besuchen.“
„Wie meinst du das? Das ist doch sowieso der Plan.“
„Ja, aber willst du wirklich unten in dem gruseligen Krankenhausflur warten? Oder…“, ich biss mir auf die Lippen, „…oder hier.“
Ines Blick war leer. Man konnte ihr ansehen, dass sie zu erschöpft war, um irgendwelche Entscheidungen zu treffen. Ohne etwas zu sagen, steuerte sie auf eine der Bänke zu und setzte sich.
Sie sah wirklich müde aus. Ihre Haare standen ein wenig zerzaust von ihr ab. Ihr Rücken war etwas gekrümmt und ihre Schultern hingen lasch nach unten. Ich hatte noch nie etwas Schöneres gesehen.
Ich setzte mich neben sie, weit genug weg, um nicht aufdringlich zu sein. Gleichzeitig nah genug, dass sich bei kleineren Bewegungen unsere Arme streiften, sich unsere Beine berührten. Schweigend starrten wir auf das Schloss, das vor uns in der Nacht lag.
„Ich wollte mich noch entschuldigen“, sagte Ines auf einmal in die Stille hinein.
Ich sah überrascht auf. „Wofür denn?“
„Na, du weißt schon.“
Ich tat so, als wusste ich es nicht.
„Das war nicht fein dir gegenüber.“
Ich zuckte die Achseln.

„Ich weiß nicht, was in ihn gefahren ist. Und vor allem weiß ich nicht, was in mich selber gefahren ist, was mit mir los war."

Ich machte „Mhmh."

Ines lächelte. „Das passiert dir wohl öfter? Dieser Falko…"

Ich schüttelte vehement den Kopf.

„Als du weg warst, ist Falko immer wilder geworden. Und da fing es an, unangenehm zu werden", fuhr sie fort.

„Er hat angefangen, meine Titten zu…" Ines verstummte, schaute mich erschrocken an. „Ach, was erzähl' ich dir da. Entschuldige bitte."

„Schon gut, schon gut. Ich will unbedingt jedes Detail wissen!", behauptete ich.

„Jedenfalls schubste ich ihn weg und da ist es passiert. Er hat auf einmal die Augen so komisch verdreht und fing an zu zittern. Dann hat es seinen ganzen Körper durchgerüttelt. Und im nächsten Moment fühlte ich mich wie im praktischen Test der Zwischenprüfung. Das war wirklich…" Ines schüttelte den Kopf. „Du weißt, dass Falko das bis zum Schluss haben wird?"

Ich nickte.

„Manchmal wird für einige Wochen Ruhe sein. Aber es wird wieder und wieder passieren."

Ich holte tief Luft und atmete langsam aus, wie es mir meine Mutter einmal beigebracht hatte, wenn ich Prüfungsangst hatte.

„Das macht mich echt fertig. Dass Leute wie Falko von Monat zu Monat abbauen, bis am Schluss das Licht ausgeht. Das ist nicht fair, verstehst du? Das Leben ist einfach nicht fair!"

Ich hörte Ines lange zu, sie erzählte mir Anekdoten von anderen Krebspatienten, mit denen sie sich angefreundet hatte.

„Verdammt, ich war schon auf drei Beerdigungen von Leuten, die ich in der Arbeit kennengelernt habe. Drei! Kannst du dir das vorstellen? Was ist denn nur los mit mir, dass ich mich ständig mit Patienten anfreunde?"

Ich wusste wirklich nicht, was ich hätte sagen sollen.
In dem Moment nahm sie meine Hand. „Ich labere und labere über meine Probleme, dabei muss das für dich alles der pure Horror sein“, sagte sie.
Ich nickte. Es war einer der schönsten Momente meines Lebens, als sie keine Anstalten machte, meine Hand wieder loszulassen.
„Ich bin hundemüde“, sagte Ines und gähnte. „Erzählst du mir noch was, Wolfgang? Sonst schlaf' ich noch ein. Fang einfach von vorne an und erzähl mir dein Leben.“
Ines durfte nicht einschlafen. Nicht, solange sie meine Hand streichelte. Also begann ich ihr von mir zu erzählen. Von der Schule und dass ich kurz davor war, von der FOS zu fliegen. Von meinem Traum, einmal an einer Uni zu studieren. Ich erwähnte beiläufig die eine und andere Mädchengeschichte, um mich nicht als die erwachsene Jungfrau zu verraten, die ich inzwischen war. Außerdem vermied ich es tunlichst zu erwähnen, dass mir beinahe jedes Mädchen, das ich jemals gemocht hatte, Falko vor der Nase weggeschnappt hatte.
Als mir die Worte ausgingen, war sie eingeschlafen. Ich hielt noch immer ihre Hand, die reglos in meiner lag. Ich dachte an Falko und hoffte, dass es ihm gut ging. Ich versuchte, mich nicht schlecht zu fühlen, weil ich die Hand seines schlafenden Rendezvous hielt. Es war zu schön, als dass es nicht richtig hätte sein können.
Als ich die Augen wieder aufriss, war ein ohrenbetäubender Lärm in der Luft. Vögel zwitscherten in einer Lautstärke, wie ich es noch nie gehört hatte. Es dämmerte gerade und das Schwarz war einem schmutzigen Grau gewichen, das sich gerade in Farbe zu verwandeln begann.
Ines hielt immer noch meine Hand. Ihr Kopf lehnte an meiner Schulter. Ihr Atem wurde regelmäßiger und ich spürte an meiner Wange, wie sie blinzelte.
„Ich bin eingeschlafen. Wie spät ist es denn?“
„Fast halb fünf. Die Sonne geht gerade auf.“
Die oberen Ziegel des Schlosses färbten sich gerade rötlich.

„Die Vögel!“, sagte sie. „Die Vögel haben mich aufgeweckt!“
„Was die für einen Lärm machen!“
Sie ließ meine Hand los, um sich gähnend zu strecken. Ich seufzte enttäuscht und spürte ihrer warmen Berührung nach, die noch in meiner Handfläche kribbelte. Da griff sie erneut nach meiner Hand und legte sich mit ihrem Kopf auf meinen Schoss.
„Ich sehe einen dieser lauten Vögel auf dem Baumwipfel sitzen“, sagte sie und hielt nicht nur meine Hand, sondern meinen ganzen Arm in ihren beiden Armen fest. „Ist das eine Lerche? Warum zwitschern die um diese Jahreszeit so laut?“
„Paarungszeit“, antwortete ich.
Ines lachte herzlich. „Zwitschern und vögeln also“, sagte sie.
Wir hörten den Vögeln beim Zwitschern zu und beobachteten die Heidelberger Altstadt, wie sie von einem exakt ein Lichtjahr entfernten Maler in die altbekannten Farben getaucht wurde.
„Weißt du, Wolfgang, das war gestern gleichzeitig der schrecklichste und der schönste Tag in diesem Jahr“, sagte sie.
Ich fragte mich, ob sie absichtlich „gestern“ gesagt hatte, statt „heute“ und fühlte mich auf einmal unendlich verloren.
„Lass uns jetzt zum Krankenhaus aufbrechen“, sagte Ines und ließ mich endgültig los.
Ganz so, als erwachte ich aus einem schönen Traum, war mit einem Mal alles anders. Es war Tag, Ines‘ Blick hatte etwas Strenges angenommen und mein Herz fühlte sich klamm an, weil mein bester Freund irgendwo im Krankenhaus lag, während ich eine Affäre mit den Händen seines Dates gehabt hatte. „Es ist, was es ist“, murmelte ich und stand auf.

10 Die Flaschen von gestern

Der einzige Mensch auf dieser schönen, weiten Welt, der seinem Körper innerhalb weniger Monate mehr Chemikalien zugeführt hatte als ich, war Falco höchstpersönlich.
Anfangs schmiss er sich das Zeug rein, weil es Spaß machte. Weil es in Wien, im U4 zum guten Ton gehörte. Das war alles nichts. Das war Spiel. Aber dann kam sein Erfolg. Und hier geht es nicht um einen banalen Erfolg, wie die nächtliche Eroberung eins netten Mädchens mit heißem Body, oder eine Zwei plus in der schwierigsten Matheschulaufgabe aller Zeiten. Nein, Falco musste sich mit dem in seinem ureigenen Leben maximalst möglichen Erfolg auseinandersetzen: Er hatte ein Kunstwerk erschaffen, das die Menschen noch in hunderten von Jahren bewundern würden. Hatte eine Platte aufgenommen, die nicht nur in der Wiener Szene durch die Decke ging, oder auf Ö3 rauf- und runtergespielt wurde, sondern in halb Europa auf Eins schoss. Und schließlich sogar in den USA, dem Mutterland des Rock and Roll, der Heimat von Elvis und Bob Dylan, in den Clubs abgefeiert wurde. Das musst du seelisch erst einmal verkraften. Und ich rede da noch gar nicht von „Amadeus“.
„Der Kommissar“, das war nicht einfach eine absolut ohrwurmtaugliche Hip-Hop-Nummer in deutscher Sprache. Das war mehr, das war ein genialer Text, das war Falcos Seele in Worten. Und wenn das, was du bist, das, was dich im ureigentlichen Sinne zu deinem Ich macht, auf einmal derartig knallt wie das „Einzelhaft“-Album und dich mit einem Fingerschnipsen zum Multimillionär macht und die halbe Welt dein tiefstes Inneres mitgrölt – das muss dein Kopf erst einmal verkraften.
Ich stellte mir das so vor, dass es sich für Falco ähnlich anfühlte, als habe jemand seinen Kopf aufgesägt, die Schädelplatte herausgenommen, um den Inhalt der ganzen Welt zu

zeigen. Die intimste Gedankenwelt, ein Museum, das 24/7 offen hatte, und die halbe Welt wollte hineinschauen.
Und schließlich der Druck, dieser unvorstellbare Druck, dass in diesem an sich eher schüchternen Kopf drin weiterhin spektakuläre Dinge passieren mussten.
Eine sensible Seele wie seine konnte das gar nicht aushalten. Alkoholexzesse, Psychopharmaka. Vom weißen Gold gar nicht zu reden. Hans Hölzel hat das nicht lange ausgehalten. Er hat nach „Einzelhaft" noch genau zweieinhalb gute Alben eingespielt. Danach war der Superstar Falco tot. Wenigstens außerhalb Österreichs.
Daran musste ich denken, als ich aufwachte. Das letzte Ereignis, das mir mein Erinnerungsvermögen darbot, war der Sonnenuntergang auf der Eichelhäher-Anlage. Jetzt lag ich in einer Räumlichkeit, die arge Ähnlichkeit mit einem Krankenhauszimmer hatte. In welcher Stadt ich mich befand? Ich hoffte, dass es noch immer Heidelberg war. Wenn sie mich nach Großhadern geflogen hätten, hätte ich wohl die Nacht meines Lebens gehabt und darüber hinaus ein ernsthaftes Problem. Wobei – das hatte ich ja sowieso. Welches Datum war heute eigentlich?
Ein leichtes Neigen meines Hauptes ließ mich ein kleines, rotes Knöpfchen entdecken. In der Hoffnung, dass ich in Ines' Krankenhaus lag, drückte ich den Knopf. Vielleicht war es ja meine Lieblingskrankenschwester, die auf mein Signal reagieren würde. Es stellte sich unwillkürlich die Kernfrage, wo die beiden gestern eigentlich abgeblieben waren.
Nach einer gefühlt unendlich dauernden Wartezeit, ging die Tür auf und es kam tatsächlich Ines herein. Sie sah allerdings nicht wie eine Krankenschwester aus. Sie sah aus wie eine Partymaus, die durchgemacht hatte. Und so roch sie auch. Hinter ihr trottete mein Wolferl herein. Der sah seinerseits aus, wie kürzlich ausgekotzt. Ich hielt mir die Nase zu, da es unglaublich penetrant nach Rauch, Wachs und Alkohol stank.

„Ja sagt's mal, wo kommt ihr denn her?", fragte ich durch meine zugehaltene Nase hindurch.
„Mein Gott, geht es dir gut?", fragte Ines, setzte sich auf mein Bett und strich mir über die Stirn.
„Gott passt zwar auch, aber nenn mich lieber wieder Falko", sagte ich und grinste.
Sie knuffte mich in die Seite. „Du bist so ein Idiot!"
„Wolfgang, mein alter Krankenpfleger! Was hab' ich verpasst heute Nacht? Hast' auf meine Liebste gut aufgepasst?"
Wolfgang stand komplett konsterniert im Raum und trat von einem Bein aufs andere, so als müsse er sich dringendst Erleichterung verschaffen. Oder als hatte er ein schlechtes Gewissen. Wolfi würde nie ein Pokerturnier gewinnen. Es war ihm sofort anzusehen, dass irgendwas zwischen ihm und Ines gelaufen war. Wahrscheinlich hatte er es gewagt, ihr verliebt in die Augen zu schauen, oder sogar, ihr Händchen zu halten und starb gerade vor schlechtem Gewissen.
„Raus mit der Sprache, hast du mir meine Krankenschwester ausgespannt, während ich im Koma lag. Lag ich im Koma?", fragte ich Ines.
Sie schüttelte sofort den Kopf. „Hat er nicht!", sagte sie mit einer Stimme, die mir meinem Geschmack nach ein My zu aufgeregt erschien. „Und im Koma warst du auch nicht."
„War meine reizende Freundin Epilepsine zu Gast?", fragte ich und tat so, als tangiere es mich nicht im Geringsten, dass nun zweifelsfrei feststand, dass etwas zwischen den beiden vorgefallen war.
„Falko, du hattest einen ziemlich schweren epileptischen Anfall", erklärte mir meine liebe Ines und druckste weiterhin herum. Langsam breitete sich eine Leichenstimmung im Raum aus, die ganz und gar nicht nach meinem Geschmack war. Gleich würden sie mir gestehen, dass sie noch in der Nacht heimlich geheiratet hatten und in Tränen ausbrechen oder sich vor Scham ins Messer werfen.

„Falko, gleich wird der Arzt kommen und mit dir ein ausführliches Gespräch führen. Du weißt, was das bedeutet, oder?"
Ich grinste sie noch eine Weile an. Natürlich wusste ich, was das bedeutet. Ich war ja nicht blöd. Da klopfte es schon an der Tür.

11 Zweifel und Erwägungen

Schon in der Straßenbahn fielen mir die Augen zu. Ich war seit über dreißig Stunden auf den Beinen und wusste nicht mehr, wo mir der Kopf stand. Ines hatte versucht, mir zu erklären, was ein Rezidiv ist.
So ganz kapiert hatte ich es noch immer nicht. Außer, dass es ziemlich scheiße ist. Aber jetzt auch nicht so scheiße, dass es zwingend dazu führt, dass das Licht ausgeht. Aber dann, wenn irgendwann das Licht aus ist, war meistens das Rezidiv schuld.
Ines hatte erklärt, dass das Rezidiv glücklicherweise so günstig liegt, dass man es gut herausoperieren könne. Der Arzt hätte bereits mit Falkos Eltern telefoniert und sie wären schon auf dem Weg nach Heidelberg. Wenn alles gut ginge, könnte Falko nach wenigen Tagen schon wieder nach Hause und dort die Bestrahlungstherapie beginnen.
„Wenn alles gut ging", dachte ich und fand diesen Satz in Bezug auf eine Operation im Gehirn ziemlich bescheuert.
Als wir nach dem Ärztegespräch noch einmal an Falkos Zimmertür klopften, hatte er dieses nervige Dauergrinsen im Gesicht. Nur sein blasses Gesicht verriet, dass er begriffen hatte, was ihm bevorstand. Ines umarmte ihn lange und als ich Falkos Hand drückte, ließ er sie erst gar nicht mehr los.
„So gebe ich mich denn meinem Schicksal hin", sagte er in seiner Falco-Stimme, als wir uns verabschiedeten.
Ines musste einige Stationen vor mir aussteigen. Sie versprach mir, mich anzurufen, sobald es Neuigkeiten gab.
Ich schlich gleichzeitig hoffnungslos übermüdet und so hellwach, dass es mir unmöglich schien, jetzt einzuschlafen, in unser unbenutztes Hotelzimmer.
Als ich mit weit aufgerissenen Augen die Hoteldecke anstarrte, kreisten alle Gedanken um die vielen Probleme, die sich nun aufgetan hatten: 1. Das Hotelzimmer war für noch genau eine Nacht bezahlt. Mehr Budget war für Heidelberg

nicht vorgesehen. 2. Wollte Falko überhaupt, dass ich in Heidelberg blieb? 3. Wollten seine Eltern, dass ich blieb? 4. Wo blieb ich in Heidelberg? Und 4. Warum fragte ich nicht Ines, ob ich bei ihr bleiben konnte? Was wieder zu 5. geführt hätte: Wie würde Punkt 2 zu beantworten sein, wenn Punkt 4 damit beantwortet wurde, dass ich Punkt 5 erfolgreich umsetzte.

Als mir letztendlich doch die Augendeckel zuklappten, fiel ich in den tiefsten nur denkbaren Schlaf. In Traumfetzen hörte ich das Knallen der Feuerwerkskörper auf der Thingstätte und spürte das Kribbeln von Ines Hand zwischen meinen Fingern. Es krachte und vor mir schwebte Falko, der mit weißen Augen und aus dem Kopf wachsenden Hörnern Ines küsste.

Dann war alles schwarz und ruhig und ich träumte von einem Mädchen, das nicht so ausschaute wie Ines. Sie war schwarzhaarig und hatte grünblaue Augen. Aber es fühlte sich trotzdem so an, als wäre es Ines. Ich hielt die Hand von diesem Mädchen und alles in mir fühlte sich verliebt an. Dann erst merkte ich, dass das Mädchen in einer Bank war. Die Tür sprang auf und ein maskierter Mann schoss um sich. Oberhalb meines Traumes zeigte ein Counter die Zahl der Getöteten an: 4, 5, 6. Ein Schuss nach dem anderen knallte, ich warf mich zu Boden, das Mädchen war weg. Es knallte weiter und der Counter drehte sich schneller: 10, 11, 12… Dann sah ich einen weißen, grellen Blitz und in meinem Kopf implodierte etwas. Der Counter sprang auf 13 und es wurde totenstill und nur noch der Counter war zu sehen: 14, 15, 16, 17.

Dann wachte ich auf, weil jemand an meine Tür klopfte.

12 Tischgespräche

Schlaftrunken sprang ich aus dem Bett. Ich dachte an Ines. Es konnte nur Ines sein. Sie fühlte also auch dieselbe Sehnsucht wie ich. Alles in mir fühlte sich so an, als sei sie die ganze Zeit dagewesen. Vielleicht war sie sogar dagewesen und hatte sich erst jetzt getraut, anzuklopfen.
Ich tastete im abgedunkelten Raum nach der Klinke und checkte vorsichtshalber ab, ob ich überhaupt etwas anhatte. Ich trug noch immer die Jeans vom Vorabend.
Ich wollte ihr am liebsten um den Arm fallen und riss die Tür auf. Ich erschrak. Es war nicht Ines. Ich blickte ich in das sorgenvolle Gesicht von Falkos Mama. Hinter ihr stand Falkos Papa. Sie nahm mich wortlos in den Arm und drückte mich so fest, als versuchte sie, die Tränen aus meinen Augen zu pressen, was ihr mühelos gelang.
Falkos Papa schüttelte nur den Kopf: „Was macht ihr auch für Sachen, ihr zwei!"
Wie lange hatte ich denn geschlafen? Falkos Eltern waren schon seit Stunden in der Stadt und hatten bereits mit ihm und den Ärzten das weitere Vorgehen abgesprochen.
Falkos Mama schlug vor, dass ich mich frisch machen sollte und zwinkerte mir mütterlich zu. Sie sagte, sie würden in der Lobby auf mich warten und erklären, wie es weitergeht. Ich war noch zu schlaftrunken, um fällige Fragen zu stellen, oder darüber nachzudenken, dass Falkos Mama mir vielleicht durch die Blume mitteilte, dass ich müffelte. Ich nickte nur und stand im nächsten Moment unter einer heißen, reinigenden Brause.
Ich zog mir das beste T-Shirt an, das nicht nach Rauch und Nacht stank und rannte ungeföhnt nach unten.
Falkos Eltern saßen in den ausladenden Lounge-Sesseln an einem kleinen Tisch und tranken Mineralwasser.

Ich rechnete mit einer Hiobsbotschaft, oder einem Generalanschiss, weil ja nicht ausgeschlossen war, dass Falkos epileptischer Anfall von unserer Partynacht verursacht wurde und setzte mich unsicher auf einen freien Platz.
„Die gute Nachricht ist, dass es hier passiert ist“, sagte Falkos Mutter. Sie sah mich aus müden, erschöpften Augen an.
Falkos Vater nickte. „Daheim hätten sie ihn erst nach Großhadern transportieren müssen. Und selbst dort ist die Behandlung nicht so gut wie hier in Heidelberg.“
„Ja, der Hansi hat ein enormes Massel gehabt!“, sagte Falkos Mutter und versuchte zu lächeln.
Ich wusste nicht, was ich antworten sollte. Ich fand nicht gerade, dass man Worte für „Glück“ dieser Tage in irgendeiner Form mit Falko in Verbindung bringen sollte.
„Leider kommt er für die Studie mittelfristig nicht mehr in Frage. Wenn ich die Ärzte richtig verstanden habe, wurde das Rezidiv zu lange nicht erkannt. Er hätte schon vor Monaten hierher geschickt werden müssen.“
„Was heißt das konkret?“, fragte ich.
Seine Mutter wischte sich etwas aus den Augen. „Das heißt, dass Falko nun erstmal die Operation und die Bestrahlung gut überstehen muss. Und erst wenn sich ein neues Rezidiv bildet und man es gleich im Frühstadium erkennt, dann wäre er wieder ein potenzieller Kandidat für das Programm.“
Falkos Vater schüttelte den Kopf: „Du kannst dir vielleicht denken, was das heißt, falls der Tumor ein weiteres Mal in seinem Kopf…“ Weiter kam er nicht. Er stockte. Er schluckte. Seine Frau nahm ihn in den Arm. „Ist schon gut. Der Hans schafft das. Wir schaffen das.“
Ich sah, wie Falkos Vater mit zitternder Hand nach dem Mineralwasser griff. Er trank das Glas in einem Zug leer und sagte noch einmal zu sich: „Ja, wir schaffen das.“
Ein Kellner erlöste uns aus dem folgenden Schweigen und ich bestellte mir eine Cola Zero.

Falkos Vater räusperte sich. „Jedenfalls wollten wir uns bei dir bedanken, Wolfgang."
Ich wartete noch auf die Kröte, das „Aber". Aber es kam nichts.
Falkos Mama strich mir über die Schultern. „Du warst die letzten Monate immer für Falko da. Hast ihn ins Krankenhaus gefahren, wenn wir nicht konnten, hast ihn aufgemuntert, wenn es ihm nicht gut ging."
„Das hätten wir beide nicht leisten können. Und Hans möchte das auch gar nicht", sagte Falkos Vater. Beide ergänzten ihre Sätze wie ein gut geschmiertes Uhrwerk.
„Falko möchte nicht bemuttert werden. Er fühlt sich so erwachsen."
„Natürlich ist er das noch nicht."
Falkos Mutter nickte. „Das ist er einfach noch nicht."
„Wir wollen sagen, dass wir echt dankbar sind, dass du immer für Falko da bist. Aber…"
Da war es also, das „Aber."
„Hans wird sich nach der Operation einige Tage ausruhen müssen", Falkos Mutter begann herumzudrucksen.
„Und du hast ja sicher bald wieder Schule", sagte Falkos Vater und etwas in mir sackte in sich zusammen. Ich öffnete den Mund, aber es kam nichts heraus.
Falkos Mutter räusperte sich: „Wir würden uns wünschen, dass Falko die Tage nach der Operation wirklich Ruhe hat. Und auch du dich ausruhst für das, was danach kommen wird."
„Thomas wird morgen anreisen", ergänzte Falkos Vater, „und wir möchten die nächsten Tage im Kreise der Familie verbringen."
Das war es also. Erst war ich sauer, weil sie mich aus Heidelberg rausschmeißen wollten. Dann war ich kurz gerührt, dass Falkos Mutter mich in den Arm nahm und lange festhielt. Nur langsam begann mein geschundenes Hirn, seine Arbeit wieder aufzunehmen und ich zählte eins und eins zusammen. Sie waren überstürzt nach Heidelberg gereist. Sie

hatten Falkos Bruder aus Wien einbestellt. Sie wollten im Kreis der Familie sein. Verdammt, dachte ich. Die bereiteten sich vor, Falko einzugraben.
Ich rang nach Luft. Mein Herz begann zu rasen. Beide sahen mich mit einer Mischung aus Mitleid und Verständnis an. Es war nicht mehr auszuhalten. Wütend sprang ich auf und stieß dabei den Kellner um, der mir gerade die Cola bringen wollte. Die Cola färbte sein weißes Hemd bräunlich.
Ich beachtete ihn nicht weiter und stürmte Richtung Ausgang.
„Lass ihn“, hörte ich Falkos Mutter sagen, ehe ich vom grellen Tageslicht geblendet wurde.

13 Der große Stumpfsinn

Die nächsten Stunden verliefen, gelinde gesagt, etwas konfus. Bis zum frühen Nachmittag hatte ich Ines ungefähr zwanzig WhatsApp-Nachrichten geschickt. Was furchtbar hilflos und nicht weniger peinlich war. Es kam keine Antwort. Entweder sie schlief, oder sie hatte ihr Handy ausgeschaltet. Ich lief im Hotelzimmer auf und ab, zappte mich durch die Fernsehkanäle und warf die Fernbedienung quer durch das Zimmer. Das Allerschlimmste aber war, dass die Sonnenstrahlen herrlich aggressiv herein knallten und draußen tausende gut gelaunte Leute glücklich durch Heidelberg hüpften, als sei es die schönste Stadt der Welt. Ich hasste jeden einzelnen von ihnen. Keine Ahnung, ob ich zwei oder zweitausend Stunden lang auf das Handydisplay starrte, ohne dass irgendwas passierte. Ein scheiß Feiertag und alle Menschen daheim stellten irgendwelche Maibäume auf, tanzten darum herum und waren mit tausend schönen Sachen beschäftigt, außer, sich bei mir zu melden. Mein verdammter Kopf ging alle Optionen durch. Falko und Ines heirateten und bekamen vier Kinder. Falko starb gleich hier in Heidelberg und Ines sprang verzweifelt vom Aussichtsturm am Heiligenberg. Falko wurde wieder gesund und Ines checkte, dass er auch ein Arschloch sein kann und sie heiratete mich und wir bekamen vier Kinder. Ines stellte sich als doch nicht so toll heraus und ich und Falko kehrten nach Hause zurück und zelebrierten unsere legendäre Männerfreundschaft.
Dann kotzte ich kurzzeitig die Kloschüssel voll. Es war aber zum Glück kein Norovirus. Es waren einfach die Restwirkungen vom Vortag. Im selben Moment rief Ines an.
„Geht's dir gut?", fragte sie. Ich glaube, ich wimmerte in diesem Moment und würgte den Rest herauf und war froh, dass das Handy nicht in die Kloschüssel fiel.
„Nicht wirklich", gab ich zu.

„Mir auch nicht“, sagte Ines. „Ich bin schon wieder seit fünf Stunden in der Arbeit. Aber ich habe gute Nachrichten!“
Ich drückte die Spültaste und ließ mich zurück auf das Bett fallen. „Du bist in der Arbeit?“
„Naja so halb. Als ich hörte, dass Falko operiert wird, habe ich mich freiwillig zum Dienst angemeldet.“
„Hast du ihn gesehen?“
„Ja!“, sagte sie. „Gerade eben.“
Er lebt also noch, war mein erster Gedanke. „Wie macht er sich so?“
„Das ist die gute Nachricht!“, sagte Ines. „Er ist ansprechbar. Er rezitiert schon wieder Out of the Dark. Und die Rechenübungen klappen auch. Es ist alles gut gegangen!“
Ihre Stimme brach kurz ab und es klang, als ob sie weinte.
„Er hat riesiges Glück gehabt, dass er hier in Heidelberg ist“, sagte sie. „Ein anderes Krankenhaus hätte nicht operiert. Das Rezidiv saß an einer heiklen Stelle.“
Wir schwiegen uns kurz am Telefon an. „Ines?“, fragte ich schließlich.
„Ja?“
„Falkos Eltern haben mir durch die Blume gesagt, dass ich nach Hause fahren soll.“
„Oh“, sagte sie. „Und was machst du?“
„Ich werde morgen nach Hause fahren.“
Es wurde wieder still am anderen Ende der Leitung.
„Kann man Falko besuchen?“, fragte ich.
„Heute vielleicht noch nicht. Er muss viel schlafen. Aber morgen sicherlich.“
Ich nickte. Wieder blieb es still in der Leitung.
Als sie nichts sagte, räusperte ich mich. „Ines?“
„Ja?“
„Sehen wir uns noch einmal?“
Wieder Stille.
„Man sieht sich im Leben immer zweimal“, sagte sie schließlich.
Stille.

„Ich meine morgen“, sagte ich. Und fügte mit heiserer Stimme hinzu: „Oder heute?“
Stille.
„Um fünf an der alten Brücke?“
Ich lächelte. Ein erstes Mal an diesem seltsamen Tag.

14 Eine wie Ines

Die ganze Stadt war voller Leute, denen dieses Feiertags-Grinsen ins Gesicht geschnitten war. Es war warm wie an einem Sommertag. Die Sonne blendete mich ein wenig, der Himmel war stechend blau. Riesige Kumuluswolken türmten sich auf. Ich stand neben einem gusseisernen Affen, der mir seinen Arsch entgegenstreckte, Ines war nicht da. Wie passend, dachte ich mir. Es war zehn nach Fünf und ich hatte mich zum Affen gemacht in der Hoffnung, dass sie tatsächlich kommt.

Noch fünf Minuten, dann würde ich einfach wieder gehen. Und zwar zur Tiefgarage des Hotels und direkt nach Hause fahren.

Das Handy vibrierte. Seit Falkos Diagnose schrak ich jedes Mal zusammen, wenn mich jemand anrief. Es gab ja nur schlechte Nachrichten. Es war Ines.

„Wo zum Teufel steckst du?“, fragte sie.

„Das könnte ich dich fragen. Ich steh' an der alten Brücke!“, schimpfte ich ins Telefon und fügte hinzu: „Bei dem blöden Affen!“

„Du Idiot!“, keifte Ines zurück. „Ich warte seit einer halben Stunde auf der anderen Seite.“

Ich hob den Kopf. Am anderen Flussufer winkte eine winzige Gestalt mit den Armen. Ich winkte zurück.

Seltsam war es schon, der Touristenauflauf konzentrierte sich auf der Altstadt-Seite der Brücke. Auf die Idee, dass sie auf der anderen Seite wartete, wäre ich nie gekommen. Egal, ich eilte an den fotografierenden Asiaten vorbei über die Brücke.

Ines stemmte die Hände in die Hüften. Sie hatte ihre blonden Haare zu einem Pferdeschwanz zusammengebunden und trug Jeans. Auf ihrem T-Shirt stand „Okay cool“. Sie sah schön aus. Auch bei Tag, wie mir gerade bewusst wurde.

„Ich hätte es mir denken können, nur Touristen warten auf der anderen Seite."
„Ich bin doch ein Tourist."
Ines lächelte. „Ja, das bist du." Sie umarmte mich kurz.
„Wie geht es Falko?", fragte ich.
„Kurz vor Dienstschluss bin ich nochmal in sein Zimmer. Er hat geschlafen. Seine ganze Familie saß um sein Bett herum. Sah gruselig aus. Ich habe sie in die Cafeteria geschickt und erklärt, dass er schlafen auch allein kann." Ines lächelte und kniff mich in den Oberarm. „Hey, es ist alles gut gegangen. Hör auf, dich fertigzumachen. Er ist krank, ja. Aber die nächsten Monate wird es ihm einigermaßen gut gehen, solange kein…" Ines verstummte. Sie schüttelte den Kopf. „Nein, heute wird nichts Negatives geredet. Für den Moment ist alles gut." Sie seufzte.
„Okay", sagte ich.
„Und jetzt?", fragte sie.
Auf einmal begann ich zu schwitzen. Ich zuckte die Achseln. „Eigentlich…", ich verstummte wieder.
Ines lächelte. „Du wolltest mich noch einmal sehen, bevor du wieder nach Hause fährst."
Ich hatte mir den ganzen Weg über eine pathetische Rede überlegt, wie ich sie überzeugen konnte, dass ich die nächsten Tage bei ihr verbringen sollte, ja musste. Mir fiel kein einziges Wort mehr ein. Stattdessen nickte ich.
Ines schaute mich mit ihren großen blauen Augen an und lächelte einfach ihr Krankenschwesterlächeln. Ich wollte kein Patient sein. Ehe ich etwas Schlaues sagen konnte, packte sie mich bei der Hand. „Nun komm schon. Lass uns ein wenig durch die Gegend laufen und quatschen." Sie zog mich Richtung Ampel und gerade, als ich mich für immer daran gewöhnen konnte, ihre Hand zu halten, ließ sie sie wieder los.
„Ich dachte eigentlich, dass wir uns die Stadt anschauen", sagte ich unsicher.
„Tun wir auch. Halt von oben."

„Aber ich war noch nie richtig in Heidelberg."
„Du verpasst mit Sicherheit nichts. Heidelberg ist da am schönsten, wo die wenigsten Menschen sind. Oben am Berg."
„Da waren wir doch gestern schon."
„Aber noch nicht überall!"
Die Ampel schaltete auf Grün um und ich folgte ihr einfach.
„Erzähl mir mehr von Falko", sagte sie.
Das war es also, stellte ich enttäuscht fest. Wir überquerten die Straße und folgten einer engen Gasse den Berg hinauf.
„War Falko schon immer so – so falcomäßig?", fragte sie.
Die Gasse verwandelte sich in einen ummauerten Weg, der die Weingärten entlang nach oben führte. „Falko war schon immer eigen. Aber in Falco hat er sich erst letztes Jahr verwandelt."
„Hm", machte Ines. Mehr brauchte man ihr nicht erklären.
„Ich mag ihn so, wie er jetzt ist", sagte sie.
„Du hättest ihn vorher auch gemocht. So viel anders ist er nicht. Vielleicht ein wenig extremer."
„Hm", machte sie wieder.
Ines drehte sich mit einem Mal um. „Riechst du das?", fragte sie.
Es roch tatsächlich intensiv nach Blumen und Frühling. Wir ließen unseren Blick über die moosigen Mauern gleiten. Über uns waren in voller Blüte stehende Kirschbäume zu sehen. Im selben Moment fuhr ein Windstoß in die Bäume und es regnete Kirschblüten herab.
„Es schneit!", rief Ines lachend und reckte die Hände nach oben. Sie tanzte mit erhobenen Händen in den Kirschblüten-Schauer und versuchte, einige der Blüten einzufangen.
„Ist das nicht schön?", rief sie. „Und du wolltest in der Stadt bleiben!"
Ich schaute ihr stumm zu und versuchte, dieses Bild mit meiner inneren Kamera abzuspeichern, damit ich es nie wieder vergaß.

„Komm, weiter!“, rief sie, ebenso unvermittelt wie sie stehengeblieben war.
Der Weg endete an einer geteerten Straße. „Der Philosophenweg. Den kennst du ja inzwischen“, erklärte Ines. Der warme Maiwind ließ ihre Haare tanzen. Kurz wurde es kühl. Eine riesige graue Wolke schob sich über die Sonne.
Statt nach links in Richtung Eichendorff-Anlage ging sie nach rechts. „Dort ist ein kleines Denkmal mit einem fürchterlich kitschigen Gedicht. Du wirst es vermutlich lieben“, sagte sie.
Es war eine große Steinstele, fast wie ein Grabstein. Darauf war ein Gedicht eingraviert: „Heidelberg“, las Ines vor und verstellte ihre Stimme so, dass sie wie der Sprecher in einem Rosamunde-Pilcher-Film klang. „Heidelberg. Lange lieb ich dich schon, möchte dich mir zur Lust Mutter nennen und dir schenken ein kunstlos Lied. Blablabla! Kein Wunder, dass dieser Hölderlin verrückt geworden ist.“
„Immerhin das weißt du über Hölderlin.“
„Natürlich. Ich muss ja auch die Touris hier heraufführen und Fragen beantworten. Alle wollen dann immer wissen, wo dieser Hölderlin-Turm ist, aber den hab‘ ich bis heute nicht gefunden. Vermutlich irgendwo im Villenviertel.“
„Trotzdem ein schöner Ort“, sagte ich und hätte mich gerne hingesetzt. Aber Ines drängte zum Weitergehen.
„Mir ist es hier zu dunkel und düster.“
Wir spazierten in der dämmernden Abendsonne den Philosophenweg zurück.
„So, jetzt wäre es langsam an der Zeit, mich zu fragen, was eigentlich mein Problem ist“, sagte Ines wie aus heiterem Himmel. Ich schaute sie verdutzt an.
„Nun frag die verrückte Krankenschwester schon, wie sie dazu kommt, dass sie sich nach nicht einmal einem Tag in einen todkranken Schizo verknallt und trotzdem mit seinem besten Freund durch die kitschigste Stadt Deutschlands spaziert.“
Ich wusste nicht, was ich antworten sollte.

„Schön, dass du fragst", sagte sie, „Mein Problem ist in der Tat, jedenfalls hat das Frau Reich, meine Therapeutin, in tausenden Einzelstunden erarbeitet…", sie hielt inne. „Ach, was erzähle ich dir eigentlich?"
Ich versuchte, mutig zu sein. „Ines!", sagte ich und legte so viel Empörung und Empathie in die Stimme, wie ich konnte.
Sie seufzte. „Also gut. Meine Therapeutin behauptet, dass ich einfach auf den Tod stehe."
„Wie bitte?", ich verstand kein Wort.
„Es ist mit an Sicherheit grenzender Wahrscheinlichkeit nicht verrückt, wenn man sich in einen unheilbar kranken Jungen verliebt", sagte sie, blieb stehen und schaute mich eindringlich an. „Das ist sogar romantisch."
Ich nickte zustimmend.
„Ich habe doch erwähnt, dass ich mich auch mit anderen Krebspatienten angefreundet habe. Das stimmte nicht ganz. Angefreundet ist ein wenig untertrieben. Das, was mir gerade mit Falko passiert, das ist nicht das erste Mal. Und wenn sich jemand so oft in todkranke Patienten verliebt, dann ist das vermutlich…" Sie machte mit dem Zeigefinger kreisende Handbewegungen über ihrer Stirn und verdrehte die Augen.
„Das ist dir vorher schon öfter passiert?" Ich kapierte langsam gar nichts mehr.
Sie streckte Mittel-, Ring- und kleinen Finger in die Luft.
„Drei mal", flüsterte sie und riss Augen und Mund so weit auf, als spräche sie mit einem Taubstummen.
Sie ließ sich auf die nächste Bank plumpsen und raufte sich die Haare.
„Du musst mich jetzt für völlig verrückt halten", sagte sie und blies sich ihren Pony aus dem Gesicht. „Also, ich halte mich für verrückt. Wenigstens für ein klein wenig", sagte sie und lachte resigniert auf.
„Und deshalb muss ich mich bei dir noch entschuldigen."
„Wieso entschuldigen?"
Ines blickte zu Boden. Sie seufzte. „Wegen letzter Nacht."

„Was war denn letzte Nacht? Letzte Nacht war doch gar nichts."
Doch, korrigierte ich mich. Es war die schönste Nacht meines Lebens. Obwohl es die schlimmste hätte sein müssen.
„Meine Therapeutin versucht mir seit zwei Jahren beizubringen, mich in nette Menschen zu verlieben, deren Wahrscheinlichkeit, erst mit Mitte Neunzig eines natürlichen Todes zu sterben, relativ hoch ist. Oder wenigstens – das ist unser Kompromiss - in Menschen, die voraussichtlich noch mindestens zehn, fünfzehn Jahre zu leben haben."
„Und was hat das mit mir zu tun?", fragte ich mit heiserer Stimme. Meine Kehle war auf einmal ganz trocken.
„Hin und wieder funktioniert ihre Gehirnwäsche bei mir und in mir schreit alles: Nimm doch den, der nicht stirbt! Der ist doch auch ganz süß!"
Ihre Lippen zuckten kurz und sie schaute mich mit einem traurigen Blick an, der nicht zu den Worten passen wollte, die sie gerade gesagt hatte.
„Kennst du dieses Gedicht?", fragte sie: „Es ist Unsinn, sagt die Vernunft. Es ist, was es ist, sagt die Liebe."
Ich nickte. „Erich Fried. Interpretation, neunte Klasse", sagte ich.
Sie hob den Kopf und schaute mich an. Sie schaute mich lange an. „Dann verstehst du mich vielleicht. Ich fühle halt so, wie ich fühle. Und nicht wie meine Therapeutin will, dass ich fühle."
Etwas in meinen Eingeweiden begann sich gerade umzudrehen. Ich wusste, dass es Unsinn war, jetzt etwas Derartiges zu fühlen. Es war lächerlich, so etwas Unmögliches auch nur unterbewusst erhofft zu haben.
„Dieses Scheiß Gedicht", sagte Ines und nahm mich bei der Hand.
„Falko braucht einen Freund", sagte Ines. Und nach einer Pause fügte sie hinzu: „Und falls es so kommt, wie es bisher immer gekommen ist, brauche ich vielleicht auch einen."

15 Auf Ines' Spuren

Wir spazierten den Philosophenweg entlang bis zur Eichendorff-Anlage, wo wir vor ewigen Zeiten schon einmal gestanden hatten. Ich wurde etwas langsamer. Es roch intensiv nach Blumengarten. Die Vögel zwitscherten. Ich versuchte, aus den Augenwinkeln Ines' Mine zu lesen. Ich wollte, dass sie stehenblieb. Ich wollte, dass sie auch wollte, dass wir dort weitermachten, wo wir heute Morgen aufgehört hatten.
„Was ist?", fragte sie.
„Hier ist es so schön", sagte ich.
„Aber hier waren wir schon."
Ich nahm meinen ganzen Mut zusammen: „Lass uns noch einen Moment bleiben. Ich will das Schloss anschauen."
Wir lehnten uns an das Geländer. So wie heute Morgen. Ines neben mir. Ich versuchte, ihren Geruch zu beschreiben, aber er vermischte sich mit den Blütendüften des Gartens. Einige Touristen machten Selfies vor der Burg, die orange schimmernd hinter einem düster gewordenen Himmel hervortrat. Es sah magisch aus.
Ich versuchte, möglichst unauffällig mit meinem Ärmel den ihren zu berühren. Auf einmal drehte sie sich zu mir um.
„Wolfgang, ich habe mir ziemlich lange den Kopf zerbrochen, aber es geht nicht."
„Was meinst du?", fragte ich erschrocken.
„Dass du die nächsten Tage bei mir pennst."
„Aber das hatte ich doch gar nicht vor", entfuhr es mir und ich fühlte mich ertappt.
„Natürlich nicht, dafür bist du zu sehr Gentleman. Aber es wäre die einzige Möglichkeit gewesen. Oder hast du genug Kohle, um die nächsten Wochen im Bayerischen Hof zu übernachten?"
Ich schüttelte den Kopf.
„Natürlich wäre die einzige vernünftige Lösung, dass du bei mir schläfst. Aber…" Ich hasste diese Abers. „Aber schau

uns doch mal an!" Sie deutete Richtung Schloss im Dämmerungslicht. „Schau uns zwei an! Wir hängen ausgerechnet hier herum, während unser Freund, mein Date by the way, im Krankenhaus liegt. Und das zum zweiten Mal übrigens innerhalb nur eines Tages. Sind wir denn völlig bescheuert?"
„Du hast ja recht." Ich nickte. Das Herz war mir endgültig in die Hose gerutscht. „Morgen fahr' ich nach Hause."
Sie näherte sich mir und nahm unvermittelt meinen Kopf in ihre warmen Handflächen. „Oh Mann, das hat sich jetzt zu hart angehört", sagte sie und schaute mich auf eine Weise an, als würde sie mich jeden Moment küssen. „Verdammt, ich will einfach nicht, dass das alles noch komplizierter wird, als es ohnehin ist", sagte sie und sie biss sich auf die Lippen. Sie strich mit ihren Fingern über meine Wangen und ich schloss, ohne zu wissen, was um mich herum geschah, die Augen. Im selben Moment donnerte es dröhnend, einige der Touristen schrien auf. Krachend schob sich der Schall durch das Tal. Ines hielt meinen Kopf noch immer in ihren Händen. Sie lächelte mich an. Wir küssten uns nicht. Aber sie ließ mich auch nicht los. Die ersten schweren Regentropfen klatschten auf unsere Köpfe. Ines und ich standen im Regen und sie hielt meinen Kopf schützend in ihren Händen und lächelte. Bald lachte sie. Lachte immer lauter. Schwarzes Kajal rann von ihren Lidern. Lachend ließ sie mich los, hob die Hände und drehte sich im warmen Regen einmal um die eigene Achse.
Während um uns herum die Touristen Richtung Tal eilten, nahm mich Ines bei der Hand und zog mich in die entgegengesetzte Richtung. Ein Weg führte durch die Terrasse hindurch in einen von hohen Bäumen und Sträuchern geschützten Bereich. Ines deutete auf eine trockene Bank. „Hier habe ich auf meine Zwischenprüfungen gelernt. Für eine Weile sind wir hier vor dem Regen geschützt", sagte sie.
Ich sah mich schon klitschnass ins Hotel zurücklaufen, aber ich wäre auch geblieben, wenn Ines triefend im Regen weiter getanzt hätte. Keine Ahnung, was ich mir davon versprach,

mit ihr noch länger hierzubleiben. Die Welt? Alles? Eine Erkältung? Wir saßen nebeneinander unter dem Blätterdach der kleinen Laube. Es wurde immer dunkler und es donnerte aus der Ferne. Ich begann zu frieren und auch Ines rückte näher an mich heran. Der Moment wurde immer unwirklicher. Wir schauten dem prasselnden Regen zu, lauschten dem Donnergrollen und ich fragte mich, ob Falko an mir testen würde, ob er in echt ähnlich hart zuhauen konnte wie in GTA, wenn er uns so sähe.
Wir beobachteten den kleinen, regendurchpeitschten Ausschnitt Heidelbergs, den uns die Blätterlaube preisgab. Ein Blitz tauchte die schwankenden Büsche in gleißendes Licht. Kurz darauf krachte es ohrenbetäubend und ich zuckte erschrocken zusammen. Ines lachte mich aus. „Du bist nicht gerade der Outdoor-Type?"
„Wenn du mich fragst, ob ich relaxed bei Gewitter unter einem Baum sitze: definitiv nein!"
Ines wirkte absolut entspannt. Mir kam es sogar so vor, als genieße sie das Gewitter. Sie lächelte bei jedem noch so krachenden Donnerschlag. „Jetzt mach dir nicht in die Hose! Es ist sicher gleich vorbei!", sagte sie und lächelte mir zu. „Soll ich dir sagen, warum ich diese Naturgewalten so sehr liebe?"
Ich nickte.
„Wegen des Kontrollverlustes. Egal, was nun passiert, es ist nicht mehr in unserer Hand. Wenn jetzt ein Blitz einschlägt, ist es höhere Gewalt. Du kannst es nicht verhindern." Ines lächelte. Ja, sie lächelte tatsächlich. „Nicht sehr beruhigend", murmelte ich.
Wir saßen da und warteten. Es hatte eine Weile nicht mehr gedonnert. Der Regenschleier wurde lichter. Je weniger Ines sagte, desto stärker begann es in mir zu tosen. Ich fühlte mich wie in der romantischen Szene in einem Horrorfilm, bei der alle Zuschauer wissen: Das geht nicht gut. Sie war zu schön. Ich traute mich kaum, sie anzuschauen. Der Regen, der von ihren Haarspitzen tropfte. Wie selig sie da saß und

sich über das Gewitter freute. Es war absolut schön, so mit ihr hier zu sitzen. Und so falsch. Ich meine, sie und Falko waren nun offensichtlich zusammen. Was aber, wenn Falko der Falsche für sie war? Wenn Ines genau der Mensch war, der in meinem Leben fehlte? Die Gedanken begannen zu rasen. Und über jedem einzelnen schwebte dieses grässliche Teufelchen, das bei jedem Argument pro Wolfgang & Ines grinsend sagte: „Aber Falko wird sterben."
Ich schüttelte mich. „Was ist?", fragte Ines.
„Zu viele Gedanken."
„Bei mir auch", sagte sie. Ich drehte mich zu ihr und sah sie unverwandt an. Oh Mann, sie war nach dem Regenschauer noch schöner als vorher. Ich versuchte, irgendetwas in ihren Augen zu lesen. Irgendeine Antwort. Irgendein Hinweis, dass das, was sie mir heute gesagt hatte, nicht dem entsprach, was sie wirklich fühlte.
Ich glaube, ich hatte noch nie so lange einem Mädchen in die Augen geschaut und dachte, wenn sie meinem Blick noch eine Sekunde länger standhält, muss ich sterben. Und dann sah ich es. Ein Zucken in ihrer Pupille, der Hauch eines verdutzten Gesichtsausdruckes, das leichte Öffnen ihres Mundes, ihre Pupillen, die sich erweiterten. Was dann in mich fuhr, weiß ich nicht mehr. Ich näherte mich ihrem Mund und schubste sie ungeschickt fast von der Bank. Unsere Lippen berührten sich. Es fühlte sich noch falscher an, als ich befürchtet hatte. Aber sie küsste mich zurück und hörte auch nicht auf. Ich hatte seit einem Bierzelt letztes Jahr kein Mädchen mehr mit Zunge geküsst. Das war auch komisch gewesen. Plötzlich riss sie die Augen auf. „What the…", schrie sie. Vor uns stand jemand. Eine große schwarze Gestalt, völlig zerlumpt und triefend vor Nässe. Sie stand dicht vor uns und starrte uns aus kalten, schwarzen Augen an.
Die schwarze Gestalt hielt etwas Großes in der Hand. Eine Sense, ein Wanderstock. Egal, es jagte mir eine Scheißangst ein. Als er drohend damit ausholte, schrie Ines: „Lauf!"

Und wir liefen. Wir sprangen auf, schubsten den schwarzen Mann beiseite und liefen um unser Leben. Wütend schrie uns die Gestalt mit einer gellenden tierartigen Stimme etwas nach. Wir liefen. Wir liefen die Straße hinunter, liefen durch die schweren Regentropfen. „Ist er noch hinter uns?", rief Ines.
„Ich glaube nicht!" Wir rannten an den Villen vorbei und erst als wir die untere Stadt erreicht hatten, wurden wir langsamer und hielten nach einem Unterstand Ausschau. Wir entdeckten ein kleines Café, unter dessen Vordach wir uns flüchteten.
Wir standen zwischen den Bistrotischen im Trockenen und schauten dem prasselnden Regen zu.
„Was war das denn gerade?", fragte Ines keuchend.
„Keine Ahnung. Vielleicht ein Obdachloser?"
„Ich meine das andere. Dass du über mich hergefallen bist."
„Tut mir leid, ich…"
„Hör auf, für sowas entschuldigt man sich nicht! Aber trotzdem. Das macht alles so verdammt kompliziert!"
Ich nickte. „Was schlägst du vor?"
Ines zuckte die Achseln. Tropfen lösten sich aus ihrem Haar und fielen lautlos zu Boden. „Ich glaube, da will uns jemand signalisieren, dass es Zeit ist, nach Hause zu gehen. Ich muss morgen früh raus."
Mich beschlich mit einem Mal das Gefühl, dass ich Ines vielleicht nie wiedersehen würde. Zumindest nie wieder mit ihr alleine sein würde. Es machte mich traurig und mutig zugleich. „Man lebt nur einmal", sagte ich und merkte im selben Moment, wie pathetisch ich klang. „Lass uns noch auf ein Getränk hineingehen. Es sieht gemütlich aus."
„Was für ein Blödsinn", entgegnete Ines. „Man stirbt nur einmal. Und bis dahin lebt man die ganze Zeit." Sie schüttelte den Kopf. „Tut mir leid, Kleiner. Es ist wohl besser, wenn sich unsere Wege hier trennen."

16 Easy Baby

Ich war seit ungefähr sieben Stunden wach. Vielleicht auch siebentausend. Kopfschmerzen hatte ich keine, es lebe die deutsche Schmerzmittelindustrie. Dafür hatte ich einen unfassbaren Durst. Über den ekligen Tee, der vom Abendbrot noch unangetastet auf dem Tablett gestanden hatte, hatte ich mich hergemacht, als wäre ich ein Kamel in der Wüste. Kopfrechnen funktioniert wieder super. Vielleicht sogar besser als vorher. Irgendeinen Vorteil musste dieser Tumor ja haben. Auch die meisten Falco-Songs konnte ich schon wieder rezitieren. Ich hatte genug Zeit gehabt, sie alle durchzugehen. Was wohl aus meiner persönlichen Krankenschwester geworden war? Begann ihr Dienst um sechs oder erst um sieben? Hatte sie überhaupt Dienst? Offensichtlich hatte mein Gedächtnis doch noch die eine und andere Lücke.
Ich griff nach meinen Kopfhörern und suchte das „Einzelhaft"-Album auf Spotify. Nach den ersten beiden Songs stellte ich fasziniert fest, dass die Lieder noch besser waren, als ich sie in Erinnerung hatte. Ich entdeckte musikalische Nuancen und textliche Feinheiten, die mir bisher völlig entgangen waren. Dies bestätigte gleich zwei meiner Theorien: Die erste, dass Falcos erste Alben so genial waren, dass diese wie ein guter Wein mit der Zeit immer besser wurden. Und zweitens, dass sie mit jedem Stück Hirn, das sie mir herausnahmen, mentale Superkräfte freisetzten, die zuvor von blockierendem Hirnschorf abgeschirmt worden waren.
Es klopfte an der Tür. Zu meiner Freude lugte Ines herein.
„Ah! Meine liebste Lieblingskrankenschwester! Tretet ein!"
Ines warf mir ihr bezauberndes Morgenlächeln zu, sah aber gleichzeitig aus, als hätte sie in der Nacht noch weniger geschlafen als ich.
„Setzen Sie sich doch, Fräulein Krankenschwester. Jetzt weiß ich, was Falco meinte, als er sang: Sie lieben ihre Schwestern lieber, lieber als den Rest der Welt."

„Dir scheint es ja schon wieder ganz gutzugehen.“
Ich grinste. „Gehirn wird völlig überschätzt heutzutage. Manchmal ist weniger mehr! Aber nun sprich, was betrübt dir denn diesen wunderschönen Morgen? Und wo hast du meinen ewigen Sidekick Wolfgang gelassen?“
Wow, ich war echt in Fahrt. Ich notierte mir innerlich, dass ich nach stundenlangem Falco-Genuss mich zumindest sprachlich mühelos in ihn verwandeln konnte.
„Wolfgang ist nach Hause gefahren.“
„Wie bitte? Was ist denn in den gefahren? Heimgefahren? Er hätte sich doch wenigstens verabschieden können.“
Ines holte ihr Telefon hervor und zeigte mir eine WhatsApp-Nachricht von ihm. „Tut mir leid, mir wird das alles zu viel. Grüße Falko von mir. Ich fahre heute noch heim. W.“
„Da kommen mir ja gleich die Tränen vor Rührung. Dem Wolfi wird das alles zu viel. Der Arme. Na, mit dem möchte ich nicht tauschen.“
Ines schwieg. Etwas war in ihrem Blick, das ich nicht deuten konnte. Dann lachte sie, beugte sich zu mir hinunter und küsste mich. „Ich bin froh, dass du alles gut überstanden hast“, sagte sie. „Und ich sorg’ schon dafür, dass du hier bald wieder herauskommst.“
„Und wieder ein Dilemma: Je fürsorglicher die Pflege der Krankenschwester, desto schneller muss ich auf sie verzichten. Da stelle ich mir die Frage: Will ich das überhaupt?“
Ines lächelte und strich mir durch das Haar. „Glaub mir, alle wollen möglichst schnell wieder aus dem Krankenhaus. Egal, wie nett die Krankenschwester ist.“
Ein Seufzer entwich mir. Ich dachte an den Fluss zu Hause und wie schön es dort um diese Jahreszeit sein musste.
„Wenn ich mich bemühe, möglichst rasch wieder gesund zu werden“, setzte ich an, „Und wenn ich dieses wunderbare Etablissement bald wieder verlassen muss, versprichst du mir, mich bald zu besuchen?“
Ines nickte.

Ein letzter Sommer?

1 Ganz unten

Die letzten zwei Wochen waren so dermaßen schön, man konnte sie gleich in die Tonne treten. Denn schön war nur das Wetter. Ines hatte sich nicht wieder gemeldet. Von Falko bekam ich genau einmal am Tag abends eine E-Mail, wenn er nach dem Abendessen noch den einzigen öffentlichen PC im Krankenhaus nutzte. Ich fühlte mich wie die Menschen früher, die den ganzen Tag sehnsüchtig auf das Eintreffen eines Briefes warteten. Die Tage waren sowieso eine Katastrophe. Seit ich nicht mehr in die Schule ging, wusste ich vormittags nichts mit mir anzufangen. Gleichzeitig machten Mama und Papa derart Druck, mir endlich eine Lehrstelle zu besorgen, dass ich jeden Morgen ins BiZ radelte. Dort saß ich mit einem anderen Arbeitslosen mit hängenden Schultern stundenlang herum und durchsuchte die Jobbörse. Es waren sowieso immer die gleichen Stellen und bei allen hatte ich mich schon beworben. Die meiste Zeit starrte ich den Bildschirm an, fragte mich, was Ines und Falko gerade trieben und hoffte, dass sie gerade nichts miteinander trieben. Manchmal trank ich mit der Frau vom BiZ einen Kaffee. Wenn dich die Leute vom Arbeitsamt duzen und mit Namen begrüßen, ist man ganz unten angekommen, ehrlich.
Falko schrieb sporadisch, dass alle Werte ok sind. Dass es bald mit Chemo/Bestrahlung weiterging und er dazu nicht mehr in Heidelberg bleiben müsse. Mit Ines sei alles paletti und sie sei bombastisch. Toll, das wusste ich bereits. Sie hätte wenigstens Grüße bestellen können. Vielleicht hatte Falko auch vergessen, sie weiterzuleiten. Neunzig Prozent aller bestellten Grüße werden nie ausgerichtet. Hab' ich mal gelesen.

Als ich am Fenster saß und auf die Kieseinfahrt der Holzners starrte, musste ich daran denken, wie ich Heidelberg verlassen hatte. Das Hotelzimmer wäre noch für eine Nacht bezahlt gewesen und eigentlich war ich zu müde zum Autofahren. Aber ich hielt es nicht mehr aus. Es ging einfach nicht, in derselben Stadt wie sie zu sein. Zu wissen, dass sie nur wenige Minuten entfernt von mir war. Wen ich noch weniger sehen wollte, war Falko. Ich hasste es, dass er immer der Glückspilz von uns beiden war. Na ja, was Frauen angeht. Karma is a bitch. Ich war trotzdem sauer auf ihn, obwohl ich objektiv sicher keinen Grund dazu hatte. Möglichst spektakulär aus Heidelberg abzuhauen, nahm ich mir vor.

In der Tiefgarage des Hotels schrieb ich eine pathetische Nachricht an Ines, in der Hoffnung, dass sie mich sofort anrief und flehte, ich solle doch bleiben, solle bei ihr bleiben. Für immer. Blöderweise hatte ich kein Netz und die Nachricht wurde erst mitten in der Nacht versendet, als ich auf halber Strecke eine Pause machte.

Als ich aus der Stadt fuhr und die Häuser und Türme im Rückspiegel immer kleiner wurden, spielte Spotify „Frankfurt Oder“ von Bosse. Das Gewitter hatte sich verzogen und hinter mir blitzte in einem schmalen Streifen der letzte Rest der untergehenden Sonne hervor. Vor mir war alles dunkel. Ich fuhr in die aufziehende Nacht hinein. Bosse sang „Ich bin froh, dass du da bist. Froh, dass du da bist“ und ich begann zu heulen. Hatte keine Kontrolle mehr über mich. Alles stürzte auf mich ein. „Bin froh, dass du da bist“. Ich fühlte mich so allein wie noch nie. „Bin froh, dass du da bist“.

Ich schaute aus dem Fenster und dachte an die vielen Autofahrer, die einen Skoda mit einem heulenden Teenager hinterm Steuer überholten.

Das war eine gefühlte Ewigkeit her. Um die Ecke hörte ich das vertraute Knirschen des Kieses. Kurz darauf kam das Auto der Holzners in die Einfahrt gefahren. Die Scheiben beschlugen sich mit meinem Atem. Türen gingen auf. Falkos Eltern stiegen aus. Falkos Mama ging um das Auto herum und öffnete die linke Türe hinten. Falkos Kopf tauchte auf. Er musste sich von seiner Mutter stützen lassen. Als er das Auto verlassen hatte, hob er seinen Kopf und schaute zu meinem Fenster hoch. Er lächelte und winkte. Ich nickte ihm zu. Dann ging die andere Türe auf. Ich wunderte mich kurz, weil Tom längst schon wieder in Wien hätte sein müssen. Aber es war nicht Tom, der ausstieg. Es war ein Mädchen.

2 Emotional

Ines und ich waren seit zwei Wochen – wie sagt man so schön – ein Paar. Wir gingen miteinander. Auch, weil ich alleine nicht mehr gescheit gehen konnte. Ich hatte eine ganze Weile keine feste Freundin mehr gehabt. Und noch nie eine, die über fünfhundert Kilometer weit gefahren war, nur um mit mir gehen zu können. Alle fanden es total hirnrissig, dass ich mit einer Krankenschwester zusammen war. Mit meiner Krankenschwester zusammen war. Am meisten meine Eltern. Wolfgangs Reaktion wollte ich mir gar nicht erst ausmalen. Irgendwie musste ich es ihm schonend beibringen. Vermutlich hatte er es eh längst schon gecheckt. Aber was kann ich dafür, dass er sich immer in Frauen, die nur Augen für mich haben, gleich verlieben muss? Richtig. Niente.
Es heißt, dass eine Fernbeziehung nicht funktioniert. Das mag in anderen Fällen so sein. In meinem ganz speziellen gab es noch einen triftigeren Grund dafür, warum wir ohnehin nicht in drei Jahren heiraten und in fünf Jahren Kinder kriegen würden. Ehrlich gesagt, war es mir auch sowas von egal, was die anderen dachten. Wichtig war nur, was Ines dachte. Und, dass sie jetzt da war.
Sie hatte extra für mich ihren letzten Jahresurlaub zusammengekratzt, um mich nach Hause zu begleiten. Danach konnten wir immer noch weitersehen.
Am Tag nach unserer Rückkehr klingelte ich gleich am Vormittag bei den Schreibers. Es war ein wenig seltsam, weil es ein ganz normaler Mittwoch war. Eigentlich hätten wir beide in der Schule oder in einer Arbeit sein sollen. Jetzt waren wir irgendwie rebellisch. Oder erwachsen. Oder einfach arbeitslos.
Wolfgang öffnete. Er warf mir einen nur halb unhöflichen Begrüßungsblick zu und Ines ein mürrisches „Guten Morgen“. Er tat erst gar nicht so, als sei er überrascht, sie zu sehen.

„Was kann ich für euch tun?“, fragte er förmlich. Ines tauschte einen genervten Blick der Sorte: „Wusste ich’s doch!“ mit mir aus. Wolfgang war sauer. Am liebsten wäre ich wieder gegangen.
Stattdessen tat ich das, was ich derzeit am besten konnte, ich klimperte ein wenig auf der Mitleids-Klaviatur, hob eine Krücke und stupste ihn zwischen die Schulterblätter.
„Wolfi!“, sagte ich versöhnlich. „Komm schon, Wolferl! Sorry, dass ich dir nichts von meiner Neuen gesagt habe. Ich hatte gehofft, du freust dich auch ein wenig.“
Wolfgang seufzte und als Ines ihn entschuldigend anschaute und ihr unwiderstehliches Krankenschwestern-Lächeln auspackte, schmolz er nur so dahin, unser Wolfgang. Er strengte sich an, nicht zu breit zu grinsen. Dann umarmten wir uns, was sich, wie immer, schrecklich uncool anfühlte. Wolfgang zögerte, als wisse er nicht, wie er Ines begrüßen sollte. Als sie die Arme ausbreitete und einen Schritt auf ihn zumachte, umarmte er auch sie. Einen Tick zu lange, wie ich fand und ich fragte mich, ob nicht auch Wolfgang das eine oder andere Geheimnis vor mir hatte.
„Hey, Arbeitsloser“, zog ich ihn auf, „Wir gehen in die Stadt zum sandeln. Machst mit? Oder hast du schon eine Ausbildungsstelle gefunden?“
„Arschloch!“, sagte Wolfgang und lächelte.
Um Ines zu zeigen, woher ich meinen guten Geschmack für wahrhaftige Schönheit hatte, und sie ein wenig mit meiner Postkarten-Heimat zu beeindrucken, spazierten wir an den Bahngleisen entlang Richtung Stadt. Der Weg führte an einer Wallfahrtskirche vorbei, die auf einem kleinen Hügel weit oberhalb der Altstadt gebaut wurde. Von der anderen Seite hatte man einen schönen Ausblick auf die Stadtsilhouette und die Berge im Hintergrund. Es sah verdammt schön aus. Alles grünend und blühend in sattesten Farben.
Wir blieben kurz stehen und ließen die Aussicht auf uns wirken.
„Ist das nicht schön?“, fragte Wolfgang Ines.

Meine Rolle wäre es jetzt gewesen, die schöne Stimmung mit irgendeinem ironischen Satz zu zerstören. Stattdessen spürte ich einen heftigen Stich, als ich mich an etwas im Winter erinnerte.
Ich schaute so lange zum alten Stadttor, zur Pfarrkirche, zu den Brauereitürmen und den Bergen hinunter, dass ich ganz vergaß zu blinzeln.
„Was ist los?“, fragte Ines.
„Nichts.“ Ich schüttelte den Kopf und wischte mir rasch übers Gesicht. Das war mir nun doch peinlich und ich sagte, damit jemand irgendetwas sagte, schlicht „Es ist Frühling.“
Dann gingen wir weiter.

3 Wie man leben soll

Es war absolut surreal. Ines war hier. Und Falko tat so, als interessierte er sich auf einmal für schöne Aussichten und Frühling und Blumen und so. Aber am absurdesten war, dass es sich so gut anfühlte. Ich wollte wütend sein, aber es ging nicht. Falko, Ines und ich auf dem Weg hinunter in die Stadt. Es kam mir vor, als hätten wir das schon tausend Mal gemacht. Es fühlte sich vertraut, absolut richtig und gleichzeitig neu und aufregend an. Wir stiegen achtsam die Ettendorfer Treppe hinunter. 147 Stufen, auf denen ich als Kind das Treppensteigen gelernt hatte. Rauf und runter. Ines nahm die linke, begradigte Radspur. Mit achtsam meine ich, in Schneckentempo. Falkos Krücken klackerten fröhlich. Hier waren wir, auf dem Hosenboden sitzend, mit Skateboards hinuntergefahren, bis wir uns beinahe das Steißbein brachen. Ich öffnete den Mund, um Ines davon zu erzählen, schwieg dann aber. Es war unmöglich, in Worte zu fassen, wie viel Kindheit und Leben in diesem Weg, dem Weg die Stadt hinunter, steckte. Mit Falko brauchte ich nur einen Blick austauschen und er verstand. Ines brauchte nur da zu sein, wie eine zukünftige Erinnerung an diesen Tag auf der Treppe.
Am Ende der Gasstraße ging es über den Mühlbach über eine muffige Holzstiege hinauf in die Stadt. Falko deutete mit einer Krücke in irgendwelche Himmelsrichtungen und erwähnte, dass da und dort das Haus der Jugend, das Café, in dem die guten Bands spielten, und der Club, in dem man sich mit gefälschtem Schülerausweis hineinschmuggeln könnte, lagen.
Oben am Stadtplatz holten wir uns als Erstes ein Eis und setzten uns an den Brunnen. Ich hatte nie darüber nachgedacht, ob unser Stadtplatz eigentlich schön ist, es war mir immer egal gewesen. Aber jetzt, mit Ines aus Heidelberg

hier, neben mir, kam mir die ganze Stadt ein wenig provinziell und schäbig vor.
„Nett habt ihr's hier“, sagte sie.
„Klein, aber fein“, entgegnete Falko.
Am bunkerähnlichen Brunnen standen zwei kleine Kinder knietief im Wasser und spritzten sich gegenseitig an. Eine Mama mit Kinderwagen saß auf der Bank und las eine Yoga-Zeitschrift. Falko sah die Frau eine Weile an, so als kannte er sie oder sie erinnerte ihn an etwas. Dann schaute er Ines an und kurz dachte ich, dass die Frau aussah wie eine dreißigjährige Ines. Auf einmal warf Falko sein Eis mit voller Wucht gegen einen der Steinklötze, wo die Waffel spritzend zersprang. Die Kinder blickten überrascht auf und schauten sehnsüchtig auf das langsam nach unten rutschende Eis.
„Was war das jetzt?“, fragte ich. Falko verzog das Gesicht. Dann schaute er mich und Ines mit gewohnt strahlendem Blick an: „Eigentlich hasse ich Haselnuss-Eis.“
Ines erzählte ein wenig von den letzten Tagen in Heidelberg, wie schnell sich Falko von der Operation erholt hatte und wie wichtig das sei, damit er den nächsten Bestrahlungszyklus beginnen könnte. Während sie redete, hielt sie irgendwann inne und warf ebenfalls ihr Eis in den Brunnen. „Was red‘ ich da eigentlich für einen Scheiß? Ich hab‘ Urlaub. Also Schluss mit dienstlichem Krankheitsquatsch!“, sagte sie.
Falko klatschte langsam in die Hände. „Danke, Danke!“, sagte er. „Ich hab‘ ebenfalls keinen Bock, die ganze Woche lang nur über Krankheiten zu reden. Außer, wenn sich Wolfgang noch einen Schnupfen einfängt.“
Ich tat so, als müsste ich niesen und warf meinerseits mein Eis in den Brunnen. „Hey!“, schrien die Kinder und die Mutter blickte kopfschüttelnd von ihrer Zeitung auf. Bevor es zu einem Disput kam, standen wir auf und schlenderten weiter. Viel zu sehen gab es am Stadtplatz nicht. Ines bewunderte lange den historischen Brunnen mit der uralten Ritterfigur und dessen eindrucksvolles Gemächt. „Das ist der Lindl-Brunnen. Die Historiker rätseln, warum der so

heißt. Aber wenn du mich fragst, ist das ganz einfach: Der Ritter müsste der Heilige Georg sein. Und der hat mal einen Lindwurm getötet", referierte ich.
„Klugscheißer!", rief Falko.
Wir schauten in das unendlich tiefe, mit Panzerglas versiegelte Loch eines alten Brunnens, den Archäologen kürzlich ausgegraben hatten. Das Loch war beleuchtet und trotz der Farne, die sich bis weit unten rankten, konnte man erahnen, wie tief er war.
„Recht viel mehr Sehenswürdigkeiten haben wir nicht", sagte Falko.
„Ich find' das Loch toll", sagte Ines. Sowas haben wir in Heidelberg nicht. Außer das Teufelsloch am Heiligenberg. Aber eures ist viel niedlicher.
„Da wir jetzt alles gesehen haben, können wir Kaffee trinken gehen", schlug Falko vor.
Wir setzten uns neben der Pfarrkirche draußen an einen der Tische des Hipstercafés und bestellten Kaffee.
„Und was ist das? Ist das keine Sehenswürdigkeit?", fragte Ines und zeigte auf die Bronzebüste von Papst Benedikt XVI. vor der Kirche. „Das haben sie doch an der Autobahn als Highlight der Stadt angepriesen."
„Das da? Echt?", fragte Falko und mimte einen Lachanfall. „Das ist doch nur der nervige Nachbarsjunge von meinem Opa."
„Ehrlich? Dein Opa und der Papst haben sich gekannt?"
„Gekannt?", rief ich lachend. „In der Stadt wird bis heute erzählt, dass Falkos Opa dem älteren der Ratzinger-Brüder beim Spielen im Wald eine aufgelegt hat. In anderen Worten: Er hat dem Papst eine Fotzen gegeben."
„Wie bitte? Das ist ja die beste Geschichte aller Zeiten! Ich mache gerade Urlaub mit jemandem, dessen Vorfahren einen Papst geohrfeigt haben?"
Falko und ich nickten eifrig.
„True Story", sagte Falko.
„Und was hat dein Opa dazu gesagt?"

Falko seufzte. „Leider ist er gestorben, bevor der Ratzinger Papst wurde. Aber ich weiß noch genau, dass immer, wenn der Ratzinger bei der Ostermesse im Fernsehen auftauchte, der Opa lachend sagte: Hätte ich ihm damals die Schellen nicht gegeben, würd‘ der sicher nicht da stehen."
„Dabei ist das Gegenteil der Fall", korrigierte ich.
„Erzählt weiter, jetzt wird es ja richtig interessant", forderte uns Ines auf.
„In Wirklichkeit war der Opa furchtbar von den Ratzinger Brüdern genervt. Die spielten nämlich damals im Wald schon Bischof und Kardinal und stolzierten, imaginäre Weihrauchfässer schwenkend, zwischen den Bäumen und murmelten lateinische Verse. Der Opa und einige andere Nachbarskinder aus Ettendorf lauerten den Ratzinger-Brüdern auf und es gab eine Rangelei, bei der neben lateinischen Flüchen auch der Watschenbaum fiel."
„Wie gemein!", sagte Ines. „Aber irgendwie auch cool."
„Die königlich Bayerischen Gebirgsschützen hatten nach einer Papstaudienz berichtet, dass der Papst Mal ausdrücklich gefragt hatte, ob der alte Holzner noch lebte. Als sie verneinten, habe der Papst befriedigt lächelnd genickt."
„Wie fies. War das nicht der Papst, der verbreitet hat, Schwulsein ist die schlimmste Sünde und alle Homosexuellen kommen in die Hölle?"
„Haben das nicht alle Päpste gesagt?"
„Macht es das besser? Ich finde, wir sollten diese Woche irgendetwas Legendäres machen. Mit dieser Papst-Büste zum Beispiel. Wir könnten uns nachts hierher schleichen und seinen Kopf rosa anmalen. Das wäre doch ein epischer Streich, oder?"
Falko und ich lachten.
„Warum lacht ihr? Ist doch eine großartige Idee!"
„Ist es nicht!", erklärte Falko. „Außerdem ist auf diese Idee schon jemand anderes gekommen. Schon zwei Mal."
„Ehrlich?"

Wir nickten beide. „Ehrlich gesagt, ist es sogar die langweiligste Idee von allen. Das passiert sowieso alle paar Jahre, ist also schon beinahe Tradition."
„Dann halt keine Streiche. Gibt es sonst etwas, was du schon immer machen wolltest, dich aber nie getraut hast?", fragte Ines Falko.
„Du meinst, außer Falcos Geheimfach in Wien zu öffnen?"
„Das machen wir dann, wenn du die Bestrahlung hinter dir hast", sagte Ines. „Nein, ich meine etwas, das wir diese Woche hier in der Stadt machen könnten."
Falko überlegte, aber ihm fiel nichts ein.
Nach einer Weile blickte ich auf: „Weißt du noch, wie wir als Kinder geplant haben, mit dem Schlauchboot von der Traun bis ans Schwarze Meer zu fahren? Traun, Alz, Inn, Donau, Schwarzes Meer!"
„Das ist ja eine witzige Idee!", rief Ines.
„Und wie! Vor allem, weil wir eine Zwischenstation in Wien machen könnten und ich endlich in Falcos Wohnung einbrechen kann!"
„Also mit dem Schlauchboot bis nach Wien zu fahren, hatte ich jetzt nicht vor. Aber wir könnten schauen, wie weit wir kommen."
Falko schüttelte den Kopf. „Was für eine bescheuerte Idee. Ich hab' noch nie jemanden im Schlauchboot auf der Traun fahren sehen."
Jetzt hatte ich ihn, wo ich ihn haben wollte. „Du hast recht", sagte ich. „Das ist echt eine bescheuerte Idee. Wenn es noch nie jemand gemacht hat, das kann nur bedeuten, dass es gar nicht geht."
Falko nickte. „Du alter Mistkerl! Das ist tatsächlich eine der Top 10 der bescheuertsten Dinge, die man unbedingt tun muss, bevor man stirbt!"

4 Steuermann

Am Nachmittag luden wir den Skoda von Wolfgangs Mama dermaßen voll, dass wir auch auf dreiwöchige Campingreise quer durch Europa hätten gehen können. Wenn das unser Style of Life gewesen wäre. Ging außerdem nicht, weil ich kommende Woche in den Genuss des nächsten Bestrahlungs-Zyklus kommen würde. Die Stimmung war nicht ganz so ausgelassen wie geplant, weil Ines' Tage schon wieder gezählt waren. Unser Plan, mit dem Schlauchboot den Fluss unsicher zu machen, war gut gewesen. Was jenseits unserer Vorstellungsgrenzen lag, war die nicht unerhebliche Wahrscheinlichkeit, dass es eine halbe Woche lang schütten würde. Was es dann aber tat. Ich meine, mir und Ines war es relativ egal, ob wir das, womit wir unsere Zeit verbrachten, drinnen oder draußen verrichteten. Am liebsten selbstverständlich zu zweit. Aber man konnte die Uhr danach stellen, Punkt eins - wenn im nachbarschaftlichen Haus das Mittagessen beendet war, läutete er uns aus dem Bett und forderte uns auf, den Tag zu nutzen. Als hätten wir das, im Gegensatz zu ihm, nicht bereits getan. Nun gut, wir sind dann zusammen ins Kino gegangen oder haben stundenlang Siedler von Catan gespielt. Aber Wolfgang war ständig latent gereizt, so als schlüge ihm das schlechte Wetter aufs Gemüt. Und wenn er seine miese Laune noch länger an uns ausgelassen hätte, dann hätte ihn etwas nicht nur auf sein Gemüt geschlagen – und es wäre nicht das Wetter gewesen. Erst als die Damen und Herren Meteorologen für den nächsten Tag die erste frühsommerliche Hitzewelle ankündigten, entspannte er sich wieder etwas. Warum war ihm diese blöde Schlauchbootfahrt so verdammt wichtig, fragte ich mich die ganze Zeit.

Endlich zu dritt im Auto auf dem Weg in die Stadt runter drehte er das Radio auf volle Lautstärke und wir grölten gemeinsam irgendeinen Song von Avicii. Das Auto parkten wir unten zwischen Mühlbachgärten und Traunufer.
Wir schleppten unser Schlauchboot, den Kasten Bier und den Korb mit Proviant runter zur Sandbank. Die erste Stunde unserer großen Expedition Richtung Schwarzes Meer verbrachten wir damit zu diskutieren, wie man ein Schlauchboot richtig aufpumpte. Vor uns ein halbherzig aufgeblähtes Boot, die ersten vier leeren Bierflaschen im Kies und drei hysterisch kichernde Teenager, die meilenweit davon entfernt waren, in See zu stechen. Mit Wien würde es wohl nichts werden. Wenigstens nicht heute.
Erst als meine liebste Ines das Kommando in die Hand nahm, begann das Schlauchboot die bekannten Konturen anzunehmen. Wolfgang pumpte parallel das kleine Beiboot auf, in dem wir früher als Kinder schon gemeinsam über den Tüttensee geschippert waren.
Einige Schulkinder auf dem Weg nach Hause blieben am Ufer stehen und schauten der Slapstick-Show zu. Als wir das fertig aufgepumpte Boot samt Beiboot zu Wasser gelassen hatten, klatschten und pfiffen die Zuschauer so halbironisch. Wir hatten sowieso ein Riesenglück, dass es die letzten Tage ein wenig geregnet hatte. An manchen Sommertagen war der Wasserstand der Traun so niedrig, dass wir nicht einmal das Beiboot hätten fahren lassen können. Heute ging es einigermaßen.
Als wir im Boot saßen und es sich, wie von Geisterhand gezogen, tatsächlich in Bewegung setzte, jubelten wir auf, als feierten wir gerade den Stapellauf der Santa Maria auf dem Weg nach Indien. Die Kinder winkten uns zu und wünschten gute Reise. „Wir schreiben euch, wenn wir das Meer erreicht haben!“, rief ich.
Ines lehnte sich zurück und streckte ihre braun gebrannten, lila lackierten Zehen über die Reling. Wolfgang zog das Beiboot näher und tauschte seine leere Flasche gegen eine volle

aus. Ich wischte die Wasserspritzer von meiner Sonnenbrille und seufzte. Es war jetzt schon ein Tag für die Ewigkeit. Wenn man drei Wochen lang nur Krankenhauslinoleum zu sehen bekommt, kann man sich gar nicht satt sehen am Grün und Blau. Und Blond.
Unser großes gemeinsames Abenteuer hatte begonnen. Wir schaukelten in gemächlichem Tempo das Traunufer entlang. Winkten den Realschülerinnen zu, die auf dem Eisernen Steg standen und mit offenen Mündern zu uns hinunterschauten.
„Die Mittlere, die wär‘ doch eine für dich!“, bot ich Wolfgang an. Ich sah genau, dass er vorsichtshalber doch kurz abcheckte, ob ich recht hatte, und tat dann so, als hätte er mich nicht gehört.
An der ersten Flussschleife bumperten wir recht kräftig gegen die Felsen der Uferbefestigung. Wir ließen uns hin und her fallen und Ines schrie, als hätte unsere aufblasbare Titanic einen Eisberg gestreift. Dann lagen wir uns lachend in den Armen und freuten uns über die besorgten Gesichter der Radler am anderen Ufer.
Auf Höhe Gasstraße stieß mich Ines an. „Ich glaub’, ich spinn’! Schau mal!“, rief sie und deutete nach oben. Na, das war ja eine gelungene Überraschung: Unterhalb der Brücke saßen meine Mama und mein Papa zusammen mit Wolfgangs Eltern auf Campingstühlen und winkten uns zu.
„Gute Reise!“, rief Mama. „Ruft sofort an, wenn ihr das Meer erreicht habt!“
Da ich nichts vom Geheimplan Schwarzes Meer erwähnt hatte, konnte das nur auf Wolfgangs Mist gewachsen sein. Aber ich gebe zu, dass ich ein wenig gerührt war, dass sie hier extra wegen uns runtergekommen waren. Wolfgangs Mutter filmte uns mit ihrem Handy.
„Stell das ja nicht auf Instagram, Mama!“, rief Wolfgang. Sie winkte lachend ab.
„Mama ist manchmal so peinlich“, schimpfte er. Ich nickte meiner Mama zu, die ungewöhnlich rosig im Gesicht war. Sie lächelte.

„Das war ja süß“, sagte Ines, als wir unsere wild winkenden Alten hinter uns gelassen hatten. „Sind eure Eltern denn gut befreundet?“, fragte sie.
„Eigentlich sind sie nur Nachbarn“, sagte Wolfgang. Aber das traf ja auch auf uns beide zu.
Unsere Fahrt ging weiter. Aber bereits nach einigen Metern wurde das Wasser bedenklich seicht. „Wenn das so weitergeht, müssen wir Ballast abwerfen“, murmelte Wolfgang.
„Nur zu, Frauen und Kinder zuerst!“, munterte ich ihn auf.
Wolfgang drehte an einer imaginären Kurbel und sein Mittelfinger hob sich aus seiner geschlossenen Faust. „Ich bin der Erwachsene von uns beiden!“, entgegnete er mit etwas zu hoher Stimme und wir lachten beide.
Kurzzeitig blieben wir auf einer Sandbank stecken. Nichts hätte uns egaler sein können. Wir prosteten uns zu und blinzelten in die Sonne.
Ein Spaziergänger auf der anderen Seite beobachtete uns schmunzelnd. „Euch geht's ja gut. Habt ihr eine Halbe übrig?“, rief er.
„Klar, hol sie dir!“, rief ich zurück. Der Mann lachte nur. Irgendwie waren alle in einer rosa Feiertagslaune. Kaum zu fassen, dass nicht viel gefehlt hätte und ich wäre gar nicht hier. Und somit auch nicht Ines. Dachte ich. Und fragte mich im selben Moment, ob das überhaupt stimmte. Ines lag lächelnd, mit geschlossenen Augen im Boot. Hatte sie den anderen Arm um Wolfgang gelegt? Verdutzt rückte ich meine Brille zurecht. Auf dem schmalen Boot lag sie ebenso eng an Wolfgang gekuschelt wie an mir. Gab es einen Grund, eifersüchtig auf meinen ewigen Nachbarn zu sein?
„Was ist los?“, fragte Ines. Wolfgang zog seinerseits den Arm hinter Ines‘ Rücken heraus, als hätte er sich bei etwas ertappt gefühlt. Durch die Bewegung gab es einen Ruck im Boot und wir setzten uns wieder in Bewegung. Ines jubelte und ich versuchte, nicht auf die düsteren Gedanken, die der infizierte Teil meines Gehirns hin und wieder produzierte, zu hören.

5 Unterwegs

Alles war perfekt und richtig. Das ganze Leben schien gut zu sein. Wir hatten gesungen, geschrien und gelacht. Wir waren ein wenig betrunken. Und als ich in Ines' Armen lag, ohne dass ich irgendetwas dafür getan hätte, war die schwarze Eifersucht der letzten Tage wie weggewischt. Ich wusste auf einmal, dass es gutgehen würde. Ich würde es aushalten, dass Falko mit Ines zusammen war. Und Falko würde es akzeptieren, dass Ines auch mich ein wenig mochte.
Dann war der Augenblick schon wieder vorbei. Falko warf mir einen Blick zu, den ich wegen seiner Sonnenbrille nicht deuten konnte und verstummte verdächtig. Über was er wohl grübelte? Erst als Ines einige pfälzische Trinksprüche zum Besten gab, trank er den Rest seiner Flasche in einem Zug aus und grinste wieder, wie gewohnt.
Wir näherten uns dem Chiemgau Gymnasium, wo unzählige Schüler in einfarbigen T-Shirts am Ufer chillten. Ines winkte ihnen zu und begann den Refrain von Falcos „Nie mehr Schule“ zu brüllen. Einige der Junge pfiffen, als sie Ines im Boot sahen. „Unterschreibe mein T-Shirt!“, schrie einer und warf einen Edding in unsere Richtung. Der Edding plumpste meilenweit daneben ins Wasser. Andere riefen lautstark, wir sollten gefälligst ein Bier rüberwachsen lassen. Zwei der Jungs wateten durchs Wasser und kamen unserem Proviantboot gefährlich nahe. „Nie mehr Schule! Keine Schule mehr!“ skandierten wir und einige der Abiturienten stimmten in unseren Chor ein. Dann immer mehr und erst als wir uns dem Aquädukt näherten, übertönte das Tosen des Wassers die Gesänge der nie mehr zur Schule gehenden. Ich tauschte einen Blick mit Falko aus und fragte mich, was die Gewissheit, dass wir beide nie bunte, mit schwarzen Edding-Unterschriften übersäte T-Shirts tragen würden, mit ihm machte. Plötzlich wurde das Boot durchgerüttelt.

„Scheiße!“, rief Falko. Schon schaukelte unser Boot zwischen den Stromschnellen hin und her. Schroffe Felsen ragten aus dem Wasser und wir schrien, als das Beiboot eine gefährliche Schräglage annahm. Ein Weißbrot rutschte aus der Tüte und landete im Wasser. Das Boot schrammte über kantige Felsen, wurde von der einen Stromschnelle erfasst, es spritzte und wir schrien und schon rammten wir den nächsten Felsen. Das Boot drehte sich langsam um 190 Grad und schoss weiter, bis es vom nächsten Felsen unsanft gestoppt wurde. Wir kreischten und johlten bei jedem Aufprall und es war nur eine Frage der Zeit, bis es laut knallte und wir zwischen Plastikfetzen in der Strömung treiben würden. Dann beruhigte sich der Fluss wieder und wir schossen in raschem Tempo das ruhigere Fahrwasser der Traun hinunter.
„Alle am Leben?“, fragte Ines.
Falko stieß ein begeistertes Kreischen aus. „Das war alles?“, schrie er, „Mehr hast du nicht zu bieten? Da musst du dir schon mehr einfallen lassen, um mich zu stoppen!“
Ines japste nach Luft. Schwer zu sagen, ob vor Lachen oder wegen des Adrenalinschubs. Ihr T-Shirt war ganz nass und als ich erkannte, dass sich darunter ihre Brüste abzeichneten, sah ich sofort weg.
Aufgekratzt klatschten wir uns gegenseitig ab. „Das Schlimmste haben wir überstanden“, sagte Falko. „Ab jetzt führt der Fluss ausreichend Wasser und Stromschnellen sind keine mehr in Sicht.“
Wir holten uns aus dem Beiboot frische Bierflaschen. Bis auf Teile unserer Brotzeit hatten wir, wie durch ein Wunder, keinen Proviant verloren. Das Brot trieb einige Meter in konstantem Sicherheitsabstand hinter uns her. Ab und zu schnappte ein Fisch danach. Wir stießen unsere Bierflaschen klirrend an und betrachteten die Schrebergärtner beim Schrebern, als wir uns geräuschlos flussabwärts treiben ließen.
Bald erreichten wir den Empfinger Strand, wo einige Familien am Ufer grillten. Es roch nach Sommer und Grillfleisch.

Ein Junge schwang sich an einem Seil vom Felsvorsprung und ließ sich knapp neben unserem Boot ins Wasser fallen. Der Wasserschwall klatschte in unser Boot und Falko stieß fluchende Drohungen aus und machte kurz Anstalten, ins Wasser zu springen. Ines hielt ihn zurück. „Kannst du überhaupt schwimmen?"
„Keine Ahnung, hab's lang nicht mehr ausprobiert."
„Dann ist es wohl eine ziemlich bescheuerte Idee, eine Bootsfahrt zu machen."
„Quatsch! Die Traun hat so wenig Wasser! Wenn mir da was passieren würde, dann bin ich echt selbst schuld!"
Ines schüttelte den Kopf. „Falls du einen erweiterten Suizid vorhast, informier uns bitte rechtzeitig!"
Falko grinste. „Baby, sollte meine Haselnuss mich jemals dazu zwingen, etwas Derartiges zu planen, sei versichert, dass dies auf deutlich kreativere Art und Weise ausgeführt wird!"
„Arschloch!"
Ich lachte. Falko war endlich wieder der Alte.
Als wir außer Sichtweite der Badegäste waren, gerieten wir wieder in ruhigeres Gewässer. Ines hielt sich die Nase zu. „Verdammt, was ist das denn?"
„Meinst du die fast volle Bierflasche unseres ängstlichen Mitfahrers, der an seinem Bier nur nuckelt, anstatt anständig zu trinken? Oder den lieblichen Duft in der Luft?"
„Den Gestank. Das ist ja grauenvoll!"
„Das ist unsere Kläranlage!", sagte Falko. „Die haben unsere Stadtväter an einem der idyllischsten Orte im Stadtgebiet gebaut."
„Jetzt ist es nur noch halb so schön, dafür stinkt es bestialisch", ergänzte ich.
Ines reckte den Daumen nach oben. „Ich liebe eure Stadt schon jetzt!"
„Wir sind gleich durch. Und dann kommt unser absolutes Reisehighlight!", sagte ich.
„Was denn?", tönte es näselnd aus Ines' Mund.

„Der Klobenstein!“
„Was für ein Stein?“, fragte Falko.
„Der Klobenstein. Kennst du den gar nicht?“
Falko schüttelte den Kopf und tauschte mit Ines einen vielsagenden Blick aus.
„Der Klobenstein ist einer der coolsten Orte hier. Ines, das wird dir sicher gefallen!“
„Oh ja, wenn es dem Herrn Frauenversteher gefällt, dann werden die Damen reihum ohnmächtig, wenn sie diesen Klobenstein sehen. Was ist jetzt dieser Klobenstein?“
„Ein Felsen!“
„Ich piss mich an. Ein Felsen!“, rief Falko und mimte begeistertes Erstaunen.
„Ein ganz besonderer Felsen“, erklärte ich.
„Ach, sag bloß, einer aus Stein?“
„Idiot! Genau genommen sind es sogar zwei Felsen. Der Sage nach war hier ein Ritter auf der Flucht. Kurz bevor ihn die feindlichen Reiter erwischten, gab es ein Wunder und der Felsen spaltete sich in zwei Teile. Dazwischen konnte sich der Ritter verstecken. Der Klobenstein hat ihm das Leben gerettet.“
„Das ist ja wie bei Game Of Thrones. Tausend Feinde verfolgen einen einzigen Typen und kurz bevor sie ihn niedermetzeln, taucht – Simsalabim – der rettende Felsen auf, der sich passenderweise zweiteilt“, entgegnete Falko.
„Ich find’ die Geschichte recht schön“, versuchte Ines zu schlichten. „Wenn ich es richtig verstanden habe, geht es darum, dass es einfach ein außergewöhnlich schöner Felsen ist, der darüber hinaus jemandem auf wunderbare Weise das Leben gerettet hat.“
„Genau“, sagte ich. „Es heißt, dass der Klobenstein ein Kraftort ist. Sie haben sogar eine Kapelle in den Felsen hinein gebaut. Als ich noch Kind war, wurde dort manchmal noch Rosenkranz gebetet.“

„Gruselig“, sagte Falko. Ich wollte ihm etwas, das das Wort „Altötting“ enthielt, entgegenschleudern, aber zog es vor, nichts zu sagen.
„Ich veräppel’ dich doch nur“, sagte Falko schließlich. „Natürlich kenn’ ich den Klobenstein.“ Falko lachte. „Jedes Kind kennt den Klobenstein. Mein Papa ist mit mir und Tom oft runter geradelt, als wir noch klein waren. Ich weiß noch gut, dass wir den großen Felsen hinaufgeklettert sind und nach unten geschaut haben. Oben war nur eine morsche Holzbalustrade als Sicherung und mein Papa hatte andauernd Angst, dass einer von uns runterfallen könnte. Danach haben wir immer eine Kerze am Altar angezündet.“ Falko lächelte, als erinnerte er sich an etwas Schönes. „Wolfgang hat schon recht. Der Klobenstein ist etwas ganz Besonders.“
„Jetzt bin ich aber gespannt!“, sagte Ines.
Als der aus dem Fluss ragende Felsen in Sicht kam, jubelten wir ausgelassen. Ines und Falko nahmen die Paddel und steuerten das Schlauchboot auf eine Sandbank zu.
„Auf geht's zum Klobenstein!“, rief Ines und wir skandierten schallend „Klobenstein! Klobenstein!“
Wir zogen das Schlauchboot an Land und blickten die kleine Böschung hoch.
„Irgendwas ist komisch“, sagte Falko auf einmal. Er blieb stehen und schaute sich um. „Der große Felsen ist da, aber wo ist die Kapelle?“
„Tatsächlich“, murmelte ich.
„Was ist los? Stimmt was nicht?“, fragte Ines.
Ich deutete zum kleineren Felsen: „Krass! Da liegen ja nur noch Trümmer!“
Ines deutete auf morsche Holzlatten und Wellblechpappe, die am Wegrand gestapelt standen. „Ist das eure Kapelle?“
Wir standen vor einem Berg Holztrümmer und schauten uns mit ernsten Blicken an. „Das war wohl die Kapelle“, antwortete Falko.
„Hey Leute, seht her, da klebt ein Zettel!“, rief Ines. „Liebe Freunde der Klobenstein-Kapelle“, las sie vor. „Die Kapelle,

die beim Herbststurm von einer umstürzenden Fichte zerstört wurde, wird demnächst wieder aufgebaut. Bis dahin ist das Betreten der Baustelle verboten. Die Stadtverwaltung"
„Diese Wichser!", rief Falko.
„Was kann denn die Stadtverwaltung dafür, dass ein Baum auf die Kapelle geknallt ist?", fragte ich.
„Macht der Gewohnheit", sagte Falko. „Sind trotzdem Wichser. Kommt, lasst uns die Baustelle betreten!"
Wir kletterten über einige Trümmer, die um den Felsen herum lagen, zum Altar hinauf. Der Stein und der in den Felsen gehauene Marienaltar waren heil geblieben. Trotz des „Betreten verboten" - Schildes flackerten einige Kerzen hinter dem Gitter, das die Marienstatue schützte.
Ich lächelte.
„Was ist?", fragte Falko.
„Hast du Feuer?", fragte ich Ines. „Schon, ich hoffe, es ist nicht zu nass geworden. Wieso?"
Ich zog aus der Tasche meiner Badehose eine Plastiktüte heraus. Darin eingewickelt ein Teelicht.
„Wolfgang! Du hast das alles geplant?", fragte Falko und etwas flackerte in seinem Blick auf, das ich seit langer Zeit nicht mehr gesehen hatte.
Ich nickte. „Ist zwar scheiße, dass die Kapelle zerstört ist, aber immerhin steht der Altar noch." Ich wickelte die Kerze aus und hielt sie Ines hin. Sie brauchte einige Versuche, bis das Feuerzeug brannte. Dann überreichte ich Falko die Kerze. „Es heißt, dass man sich am Klobenstein etwas wünschen kann und der Wunsch mit großer Wahrscheinlichkeit in Erfüllung geht."
„Wahrscheinlichkeit ist ein Arschloch", sagte Falko, nahm dann aber lächelnd die Kerze. Er stellte sie behutsam zu den anderen Kerzen hinter das Gitter. Einen Moment lang blieben wir schweigend stehen. Ich dachte an früher, wie wir als Ministranten bei Bittgängen einen Rosenkranz nach dem an-

deren gebetet hatten. Und obwohl das natürlich völlig verrückt war, war es rückblickend auch irgendwie schön gewesen.

6 Siebzehn Jahr

Dieser süße Dolch Sentimentalität. Der Klobenstein. Meine halbe Kindheit hatte ich mit Tom und Papa am Klobenstein verbracht. Papa stand knietief im Wasser beim Fliegenfischen. Tom erkundete den Wald und ich bin auf einer der Bänke in der Kapelle gesessen und hab Comics gelesen oder Musik auf meinen iPod gehört. Meistens war es langweilig. Ich schaute mir die alten Weiber genau an, die dort hin radelten, um eine Kerze anzuzünden. „Du bist gebenedeit unter den Weibern", genau so beteten die noch. War irgendwas zwischen gruselig und lustig. Aber trotzdem war es unser Platz, unser Klobenstein. Ich mag nicht sagen, dass es mir einen Stich versetzte oder so, aber die halbe Kapelle in Trümmern zu sehen, war schon krass. Ines hat, glaube ich, nichts gemerkt, aber sie hat mir die Hand auf die Schulter gelegt. Das war nur deshalb seltsam, weil sie seit Heidelberg aufgehört hatte, mich zu berühren, wenn Wolfgang in der Nähe war. Ist ja nicht so, dass mir sowas nicht auffällt.
Ich wollte unbedingt noch auf den anderen Felsen hinauf, so wie früher. Aber schon nach drei Stufen hat mein rechtes Bein nicht mehr so richtig mitgespielt. Und dieses verdammte Schwindelgefühl in meinem Kopf hat derart an mir gezerrt, dass ich dachte, ich falle jeden Moment. Wolfgang hat mich von hinten an der Hand gepackt und mich gestützt. Eigentlich hasse ich das, wenn er sowas macht. Besonders, wenn Mädchen in der Nähe sind. Aber manchmal muss man sich eingestehen, wenn man verloren hat. Ein Kletterer wie die Huber-Buam werde ich aller Voraussicht nach keiner mehr. Das Geländer war morsch und neben mir ging es gute zehn Meter in die Tiefe. Der Steig war viel zu schmal für zwei nebeneinander, aber irgendwie schaffte es mein guter Wolfgang, mich nach oben zu schieben.
Ich war völlig außer Atem und mein Herz schlug wie wild. Schnaufend checkte ich, ob sich was verändert hatte. Auf

der einen Seite konnte man zur Traun runterschauen. Dann kam das Kruzifix auf dem Dach der Kapelle. Das war also heil geblieben. Dahinter der Steilhang mit der Holztreppe rauf zum – was war da gleich wieder? Ach ja, der Friedhof. Und traunabwärts konnte man aus der Ferne die riesige Brücke der Umgehungsstraße sehen. Die war früher nicht hier gewesen. Wolfgang schaute mich zufrieden grinsend von der Seite an. „Ganz nett, wieder hier zu sein", gab ich anerkennend zu. Wir setzten uns auf den moosigen Fels und schauten der Traun zu, wie sie sich ihren Weg durch den Wald bahnte. Unten war als gelber Fleck unser Schlauchboot zu erkennen.
„Schätze, wir sind schon am Ziel unseres Abenteuers", sagte ich, noch immer keuchend.
„Das ist schon mehr, als ich erwartet hatte", sagte Ines.
Als sich mein Herzschlag irgendwann beruhigt hatte, kroch die Nachmittagsmüdigkeit in mir hoch. Seit der Bestrahlung hatte ich alle paar Stunden ein Duell mit meinen Augenlidern, die schwerer wurden als alles, was sich selbst ein starker Wille nur vorstellen konnte.
„Ruh dich doch eine Weile aus!", sagte Ines.
„Vielleicht hast du recht. Bis zum Schwarzen Meer werden wir es bis zum Abendessen eh nicht mehr schaffen."
„Vermutlich nicht einmal bis zur Alz", antwortete Wolfgang.
„Na gut, dann schließ' ich einen kurzen Moment die Augen."
Ines legte sich zwischen mich und Wolfgang. Ich roch ihren Duft und lauschte dem Zwitschern der Vögel, während mein Bewusstsein zu entschlummern begann.
Ich träumte davon, dass Ines auf meiner Beerdigung sang. Sie sang „So emotional" in einer glockenhellen Stimme. Ich träumte, wie sie im Zeitraffer meine Urne im Loch versenkten, die Kränze hinterdrein warfen, der Sportverein seine Trauerrede hielt, Ines zurück nach Heidelberg ging, Wolfgang das Trauerjahr abwartete, nach Heidelberg eilte und Ines heiratete, mich zuvor an meinem Grab noch voll

flennte, dass er mich genauso liebte wie sie und ich möge ihm verzeihen und lauter so Sülze. Den ganzen Traum über war es völlig unklar, ob es ein Alptraum oder ein schöner Traum war. Bis ich einen Mund auf meinen Lippen spürte. Ein weicher Kuss. Dieser so intensive Geruch, der mich schon im Krankenhaus jede Krankheit vergessen ließ.
Ines küsste mich. Das war mehr als ein Kuss.
„Was ist?"
„Wolfgang ist gerade pinkeln gegangen."
„Wie spät ist es?"
„Fast vier. Du hast lange geschlafen!"
„Was machst du?"
„Ich will dich."
„Jetzt?"
„Sofort. Bevor er zurückkommt."
„Das geht nicht", ich schüttelte den Kopf.
„Warum nicht?"
Auf einmal war ich hellwach. Ich wusste immer noch nicht, ob ich mich in einem Traum oder in einem Alptraum befand. Ines wusste als meine Krankenschwester Dinge, die ich nie freiwillig jemandem erzählt hätte. Aber eines hatte ich ihr natürlich noch nicht erzählt.
„Warum nicht?", fragte sie noch einmal.
Ich seufzte. Es war wohl an der Zeit, endlich mein bestgehütetes Geheimnis zu lüften.
„Weil ich noch Jungfrau bin."

7 Verfinsterung

Es kam mir herrlich still vor. Natürlich war es nicht still. Der Wald, ein einziges Vogelkonzert. Unten rauschte die Traun, oben ein dampfender Strahl auf die modernden Fichtennadeln am Waldboden. Ich seufzte erleichtert. Da ich nirgends einen geeigneten Ort gefunden hatte, um in Ruhe pinkeln zu können, war ich kurzerhand die steilen Stufen den Hang hinaufgestiegen. Eine Steilwand aus, ich glaube, man nennt es Nagelfluh, trennte den oberen Wald des Haidforsts vom Trauntal. Ich setzte mich auf den Waldboden am Rand des Abhangs und genoss einen Moment die absolute Stille. Und das Vogelgezwitscher. Von hier oben konnte man zwischen den Bäumen den Klobenstein sehen. Man sah das zertrümmerte Dach der Kapelle. Sah den größeren Felsen. Und sah zwei friedlich in der Sonne liegende Menschen. Die zwei Menschen, die ich auf der Welt am meisten liebte, dachte ich mir in diesem Moment. Ich dachte es mir wirklich. Ich dachte sogar, dass sich mit diesem heutigen Tag alle Puzzlesteine endlich zusammenfügten. Und ab heute die harmonische, perfekte Welt, die uns das Universum allen schuldete, endlich begann. Wolfgang würde wie durch ein Wunder vollkommen geheilt sein – denn wo außer am Klobenstein sind solche Wunder möglich? Und Ines hätte längst erkannt, dass sie eigentlich mich mochte und mit Falko nur zusammen war, weil man einem Todkranken nun mal keine Wünsche ausschlagen kann. Und der wieder genesene Falko würde wieder derart viele Frauen haben, dass er uns beide bis in unser hohes Greisenalter veräppeln würde, dass wir uns für die Monogamie entschieden hatten.
Beinahe zärtlich schaute ich hinunter zu den beiden. Ines, die Falko irgendetwas ins Ohr flüsterte. Falko, der scheinbar gerade erst aufgewacht war, sich kurz die Augen rieb. Sich schlaftrunken an die Stirn fasste und den Kopf schüttelte. Ich lächelte. Selbst in dieser ein wenig verbotenen Intimität

fühlte ich nichts als Liebe für die beiden. Es würde alles gut werden, weil wir drei zusammen waren. Weil wir zusammenbleiben würden. Was in aller Welt könnte uns trennen?
Als Ines aufstand, dachte ich, sie blickte genau in meine Richtung. Ich winkte ihr. Wollte ihr etwas zurufen. Doch dann versagte mir die Stimme. Ines streifte hastig die Bikinihose nach unten. In dem Moment verschwamm mein Blickfeld. Und irgendetwas in meinem Erinnerungsvermögen verschob sich. Vielleicht sah es so aus, dass sich Ines auf ihn setzte und ihre Hüften sich zu bewegen begannen. Vielleicht hatte Falko auch gerade irgendein medizinisches Problem, das Ines im Eifer des Gefechts auf ihre unkonventionelle Art lösen müsste. So oder so, es schien mir ein absoluter Notfall zu sein. Eine kleine Ewigkeit saß ich da und versuchte zu begreifen, was gerade passierte. Als die Stimmen in meinem Kopf immer schriller wurden, sprang ich auf und stolperte zitternd die Stufen hinunter, das Gedankenkarussell rasend, außer Atem, mit einem Herz kurz vorm Infarkt und panisch vor Angst. Als ich die Treppenstufen hinauf hetzte, rutschte ich aus, schlug mir an der scharfen Kante des Felsens ein Knie blutig, fluchte, eilte weiter die letzten Stufen hinauf, halb heulend, halb bereits gelähmt. Sie saßen nebeneinander im Moos. Beide ebenfalls keuchend, als wären sie es gewesen, die dreißig Meter eine Schlucht hinunter und acht Meter einen Fels hinaufgerannt wären.
Sie sahen mich mit einem Blick an, der nichts darüber aussagte, ob sie über mein plötzliches Auftauchen überrascht waren oder eher darüber, dass ich so lange gebraucht hatte. Und da Falko mich angrinste wie immer und fragte, ob alles klar sei, war ich mir gar nicht mehr so sicher, ob vielleicht gar nichts passiert war und ich überreagiert hatte. Was hätte ich auch anderes denken können, in Sachen Resilienz und Verdrängen leistete mein Gehirn bereits seit Monaten hervorragende Arbeit.

Ich ignorierte, dass Ines nur noch wenig sagte und mich nicht mehr ansah, als wir danach das Schlauchboot die Panzerstraße entlang zurücktrugen und uns von Falkos Mama abholen ließen.

8 Auseinandergehen ist schwer

Mein lieber Herr Vater hatte uns drei Schubkarren voll Buchenholz vor die Lagerfeuerstelle gekarrt. Dabei wollten wir nur einige Würstchen grillen und Ines' Abschied feiern. Was heißt Abschied, wir wollten Ines noch einmal feiern, solange sie noch da war. Denn, who knows the future? Wolfgang hatte nur widerwillig zugestimmt. Er hatte am nächsten Tag ein Vorstellungsgespräch bei irgendeinem Pharmakonzern und wollte eigentlich überhaupt nicht kommen. Ich hab' ihn angeschnauzt, er soll bitteschön kein Arschloch sein und sich wenigstens anständig von ihr verabschieden, wenn er morgen schon am Bahnhof nicht dabei sein konnte. Ja, Wolfgangs Blick war eisig. Den Blick kannte ich nur zu gut. Aber da schmolz mein Herz auch schon wieder nur so dahin, denn er besagte auch, dass er kommen würde. So war er halt.

Abends kühlten wir naturtrüben Radler im Planschbecken und Ines zündete das Feuer an. Ich hatte motorisch einen schlechten Tag erwischt und es gelang mir nicht, auch nur ein Zündholz anzuzünden. Ines schaute mich mit diesem Blick an, den ich so hasste, und nahm mir irgendwann die Streichholzschachtel aus der Hand.

Es wurden schon vier Würstchen an Stecken in die Flammen gehalten, als Wolfgang von drüben rüberkam. Er grüßte meine Eltern freundlich und nickte Ines und mir zu. „Nervös wegen des Vorstellungsgesprächs?", fragte mein Dad. „Sehr", sagte er. Damit brauchte seine schlechte Laune nicht mehr thematisiert werden.

Wir aßen und tranken, Ines musste meinen Eltern zum tausendsten Mal erklären, warum die Strahlentherapie, die ich nächste Woche wieder starten musste, so wichtig war.

„Jetzt hör bitte auf damit!", fuhr ich sie schließlich an. „Ines kann nichts dafür, dass ich euch bei den Arztgesprächen nicht dabeihaben will. Hört bitte auf, sie zu löchern, ob ich

wegen diesen Scheiß Strahlen noch drei Monate oder drei Jahre mehr hab. Echt, Alter! Könnt ihr euch nicht übers Wetter unterhalten, wie andere Eltern auch? Oder wenigstens über die CSU?“
Beide schauten mich erschrocken an. Da taten sie mir schon wieder leid. Ich stöhnte und nahm einen tiefen Schluck. Das krasseste am Kranksein war, dass man neben seinen eigenen Problemen auch noch seinen Eltern ein ständiger Grund zur Sorge war.
„Fuck“, murmelte ich und Ines zog mich an sich, ich spürte ihre Lippen und alles war für zwei, drei Sekunden wieder gut.
Papa tat mir den Gefallen und referierte eine Weile über unseren bescheuerten Verkehrsminister und was er aktuell wieder falsch gemacht hatte und als alle immer lauter zu lachen begannen, bat ich ihn unter Tränen, doch bitte wieder über Chemotherapien zu sprechen. Was ich erzählen will ist, dass es doch noch ein netter Abend wurde. Wolfgang taute nach zwei Radlern ein wenig auf und schaute mich wenigstens ab und an versöhnlich an. Zu Ines hielt er einen so großen Sicherheitsabstand, dass sich jeder diesbezüglich so seine eigenen Gedanken machen konnte.
Als es dunkel wurde, warf Papa noch einige Scheite ins Feuer und meine Eltern verabschiedeten sich. „Heute ist übrigens Sonnwende“, sagte Papa und warf noch einen stolzen Blick auf die hoch auflodernden Flammen.
„Wolfgang, jetzt schau nicht so traurig“, sagte ich. „Morgen machst du den ersten Schritt in deine glanzvolle Zukunft! Du wirst einen anständigen Job bekommen, während die anderen Idioten noch studieren. Du wirst Kohle scheffeln, ein fettes Auto kaufen und die Mädels werden sich reißen um dich.“
„Arschloch“, entgegnete er kühl. „Ich werde Industriekaufmann sein und dafür sorgen, dass die Welt noch mehr mit synthetischen legalen Drogen überschwemmt wird.“

„Jetzt übertreib mal nicht", mischte sich Ines ein. „Immerhin gehöre ich der Exekutive an und kann zumindest so viel verraten, dass mindestens einer von uns massiv von den Produkten der Pharmaindustrie profitiert."
„Trotzdem", sagte er nachdenklich. „Fühlt sich eher an, als sei heute der letzte Tag meines alten Lebens." Dabei schaute er Ines ziemlich seltsam an.
„Und wenn es so wäre", entgegnete Ines rasch, „Was würden wir dann heute, ich meine jetzt, sofort, machen?"
„Darüber haben wir im Winter schon mal diskutiert", erklärte Wolfgang.
„Und? Was habt ihr beschlossen?"
Wolfgang nickte mir auffordernd zu: „Wir hätten einen Spontanflug nach New York gemacht."
„Oh", murmelte Ines und sah mich mitfühlend an. Sie wusste natürlich, dass ich nicht mehr fliegen durfte.
„Wie lange dauert es eigentlich mit dem Schiff?"
Ines winkte ab. „Zu lange. Außerdem bräuchtest du einen Dampfer, der zufällig eine Strahlenkanone an Bord hat."
„Wär' doch eine todsichere Geschäftsidee – ein Kreuzfahrtschiff für Patienten im Endstadium. Mit Animationsteam und schiffseigener Onkologie."
„Genial", pflichtete mir Ines bei, „Die Passagiere haben den Spaß ihres Lebens und wir ziehen ihnen das Geld aus der Tasche!"
„Und bei Bedarf ist auch noch eine wunderschöne Seebestattung zubuchbar", fügte ich grinsend hinzu.
Ines grinste nicht. „Im Ernst! Was wäre dein Sehnsuchtswunsch Nummer Zwei gewesen?"
„Auch schwierig", sagte Wolfgang seufzend.
„Wieso? Was will er denn?"
„Hat er dir von der Theorie mit der Zedernholzschatulle erzählt?"
„Meinst du die eine Theorie, von der Falko andauernd erzählt? Die, dass Falco in seiner Wohnung in der Schottenfeldgasse ein Geheimfach hatte?"

Wolfgang sprang mit ein und synchron fuhren beide fort: „…in dem er in einer Schatulle aus Zedernholz seine Drogen versteckte? Und in dem bis heute eine verschollene Version von Junge Römer liegen soll?“, leierten sie unisono.
Wolfgang nickte.
„Nö, kenn’ ich nicht. Erzähl mal!“, sagte Ines und alle lachten.
„Hm“, machte Ines. „Lasst mich raten. Falko will nach Wien fahren, in Falcos Wohnung einbrechen und die Zedernholzschatulle klauen?“, sagte sie.
„Exactly!“, rief ich begeistert aus! „That’s my Girl!“ Ich gab ihr einen Kuss.
„Klingt doch cool!“, sagte Ines. „Wo liegt das Problem?“
Wolfgang seufzte. „Sicher nicht daran, dass das Aufbrechen und Ausräumen von Wohnungen auch in Österreich haarscharf an der Grenze zur Illegalität liegen könnte“, sagte er.
„Aber jetzt mal im Ernst, warum fährt ihr nicht einfach so nach Wien? Man wird dort ja nicht unbedingt gezwungen, in Falkos Wohnungen einzubrechen. Oder ist das so ein Wien-Tourismus- Ding?“
Wolfgang nickte. „Warum eigentlich nicht? Wir könnten sicher sogar bei Tom schlafen, oder?“
„Er hat sicher nichts dagegen“, sagte ich. „Nur seine Freundin ist jetzt nicht gerade großer Falco-Fan.“
„Und dich mag sie auch nicht“, sagte Wolfgang und lachte mich ein erstes Mal an diesem Tag an.
„Warum macht ihr es nicht gleich nach dem Ende des nächsten Strahlenzyklus?“
„Ja, warum eigentlich nicht?“, fragte Wolfgang.
Ich schaute Ines an. „Weil ich Wien erst im Herbst vorgesehen hatte“, erklärte ich.
„Wieso, was ist im Herbst?“, fragte Wolfgang.
„So ein Quatsch, ihr könnt auch ohne mich fahren!“, sagte Ines gereizt.
„Was ist im Herbst?“
„Ich fahre sicher nicht ohne dich!“

„Verdammt, das haben wir doch alles besprochen!“
„Was ist im Herbst?“
„Ich habe erst in den Novemberferien wieder frei“, sagte Ines. „Ich habe meinen Sonderurlaub mit dieser Woche bereits verbraten und noch zu viel Fehlzeiten aus dem letzten Jahr, die ich diesen Sommer irgendwie nachholen muss.“
„Oh“, sagte Wolfgang und erst da kapierte ich, dass Wolfgang den Grund für Ines' sensationell mieses Stundenkonto schon kannte.
„Ohne Ines will ich nicht nach Wien. Ich hab‘ Tom schon gefragt. Ab 1. November gehört uns die Wohnung für eine Woche.“
„Wie bitte? Du hast Wien schon geplant und ich weiß nix davon?“, entfuhr es Wolfgang.
„Sorry, Kumpel, ich war ehrlich gesagt davon ausgegangen, dass du arbeitslos bist und sowieso nichts vorhast!“
„Arschloch!“, entgegnete er. Diesmal deutlich energischer.
„Was, wenn ich keinen Urlaub kriege? Wegen Probezeit und so? Schon mal dran gedacht?“
„Jetzt streng dich morgen erst mal gescheit an, dann reden wir weiter. Wir finden schon eine Lösung!“
„Weißt du was? Ich werde mich morgen anstrengen. Werde mich anstrengen wie ein Bekloppter! Aber wenn es irgendwo in deinem beknackten Gehirn noch einen Ort gibt, der halbwegs klar denken kann, dann bete für mich, dass es nicht klappt!“
Bam, das hatte gesessen. Ines und ich schauten uns an, sie erschrocken, ich kurz vorm Lachkrampf.
„Und wisst ihr was? Ihr könnt ohne mich fahren! Zum Dreiradfahren bin ich zu alt!“ Er schüttete das restliche Bier aus und knallte die Flasche lautstark in den Kasten zurück.
„Wünsche eine gute Nacht!“, grantelte er. „Und drückt mir morgen die Daumen!“, rief er uns noch hinterher, bevor er bei seinem Abgang über den Holzstapel stolperte. Ines warf mir einen sorgenvollen Blick zu und selbst mir war inzwischen klar: Wolfgang war weiter stinksauer wegen dem, was

zwischen uns passierte und würde eine Weile brauchen, um das alles zu verdauen.

9 Vom Ende der Einsamkeit

Mitte Juli begegnete ich Falko zufällig in der Stadt. Ich konnte weder in ins Buchgeschäft zurückgehen, noch so tun, als sei ich jemand, der mir nur ähnlich sieht, oder mich unsichtbar machen. Und Falko konnte nicht einfach umdrehen. Weil er im Rollstuhl saß.

„Scheiße", sagte ich, als wir uns grüßten.

Falko zuckte die Achseln. „Strahlentherapie läuft bombig", sagte Falko grinsend. „Wenn sie weiter mit derartigen Kaliber auf meine Haselnuss schießen, ist von ihr bald nix mehr übrig. Von meinem Großhirn übrigens auch nix mehr", sagte er und lachte. „Und wie läuft's auf Hartz IV? Auch alles paletti?"

„Ich krieg' kein Hartz…", wollte ich protestieren, aber Falkos Lächeln übersetzte, dass er fragen wollte, ob wir wieder Freunde sind.

Ich reichte ihm die Hand. „Oh Mann!", sagte ich und konnte den Blick nicht vom Rollstuhl lassen.

„Schon gut. Man gewöhnt sich dran. Zeit für ein Getränk?"

Wir gingen respektive rollten zum Café Lindl, setzten uns draußen unter einen der Sonnenschirme und bestellten Milchshakes.

„Schon eine Zusage?", fragte er.

Ich schüttelte den Kopf. „Bin bei zwei Firmen auf der Warteliste. Drei haben direkt abgesagt. War zu spät dran."

„Und nicht mal die Drogenfarm, oder wie die heißen, will dich?"

„Wie gesagt, Nachrücker."

„Dann wollen wir hoffen, dass keiner absagt." Wir lachten. Dann wurde die Pause nach dem Lachen zu einem Schweigen, zu einem schwer auszuhaltenden Schweigen. Ich wollte ihn weder nach seinen aktuellen Überlebensaussichten noch nach Ines fragen. Was für eine verdammte Freundschaft,

dachte ich. Jedes einzelne Thema, über das wir eigentlich reden müssten, eine kleine Atombombe.
„Jetzt frag schon!“, sagte Falko und lugte lächelnd hinter seiner Sonnenbrille hervor.
„Ich kann nicht“, sagte ich wahrheitsgemäß.
„Frag einfach! Es wird schon keinen von uns umhauen.“
„Du tust so, als sei es das einfachste Smalltalk-Thema der Welt.“
„Es gibt sicher schlimmere. Also frag schon! Sonst übernimmst du die Rechnung?“
Ich schloss die Augen, holte tief Luft und fragte: „Wie viel Zeit geben sie dir noch?“
Falko schaute mich verdutzt an. Dann begann er lauthals zu lachen. Er begann richtiggehend zu gackern und schlug sich mit den Handflächen auf die Schenkel.
„Ach, das willst du wissen!“, gluckste er, nahm lachend die Sonnenbrille ab und wischte sich eine Träne aus den Augen. „Das ist ja beinahe rührend!“, räusperte er sich und brachte wieder Spannung in sein Gesicht. „Das ist in der Tat die einzige Frage, die ich dir nicht beantworten werde. Weil ich es nicht kann“, sagte er. „Es ehrt dich zwar, dass du offensichtlich nur an mich denkst, aber wir kennen uns beide gut genug, dass es da noch eine andere Frage gibt, die dir unter den Nägeln brennt. Nicht wahr, lieber Wolfgang?“
Einen Moment lang kochte die alte Wut wieder in mir auf. Aber etwas funkelte unter seiner Sonnenbrille hervor, von dem ich mir nicht sicher war, ob es noch eine Lach-Träne von vorhin war. Also riss ich mich zusammen.
„Also gut“, sagte ich und seufzte: „Wie geht es Ines?“
„Gut!“, sagte er und nippte an seinem Milchshake.
Ich wartete auf eine weitere Erklärung. Aber Falko schien in Gedanken weit weg zu sein.
„Das ist alles?“, fragte ich.
„Was?“
„Erst zwingst du mich, dich nach Ines zu fragen und dann ist deine gesamte Antwort ein knappes ‚gut‘?“

„Sorry, ich war gerade gedanklich woanders." Er schaute mich verwirrt an.
„Alles in Ordnung mit dir?"
„Schon, schon. Kommt derzeit öfters vor. Die Chemo. Komm mir vor wie ein Junkie am Bahnhof Zoo. Was wolltest du vorher wissen?"
„Ich wollte gar nichts wissen. Du wolltest, dass ich mich erniedrige und dich nach Ines frage."
„Ach ja. Die Ines-Sache." Falko setzte ein resigniertes Seufzen auf. „Ich gehe davon aus, du interessierst dich weniger dafür, wie man eine befriedigende Beziehung über WhatsApp Videoanruf führen kann, oder?"
„Falko!", rief ich empört.
„Schon gut, schon gut. So richtig gut läuft es nämlich nicht."
„Was ist los?"
„Ines redet die ganze Zeit nur von dir."
„Oh, wirklich?", fragte ich und hoffte, dass mein Gesicht keine Färbung annahm.
Falko grinste. „Das hättest du wohl gerne. Ich wollte nur schauen, wie du reagierst. Natürlich fragt sie regelmäßig nach dir. Aber du hast mir ja nicht wirklich viel Stoff geliefert, was ich ihr hätte groß berichten können. Außer ‚Wolfgang? Ach, der ist immer noch beleidigt wegen damals'"
„Tut mir leid", sagte ich. Und meinte es auch so.
„Ehrlich gesagt, ist Ines sauer. Weil ich ihr nicht gesagt habe, dass die Therapie eher so suboptimal läuft."
„Wie hat sie es herausgekriegt?"
„Sie telefoniert mit meiner Mama mindestens genauso oft wie mit mir." Falko verdrehte die Augen.
„Und jetzt hängt sie mir in den Ohren wegen Wien."
„Aber da ist doch noch eine Ewigkeit hin!"
Falko schwenkte seinen halbvollen Milchshake-Becher hin und her. „Ewigkeiten sind in meinem Leben ein wenig relativ geworden", murmelte er.
„Jetzt red' doch bitte Klartext, Falko! Was heißt das?"

„Das heißt zunächst nur, dass Ines mich nötigen will, so schnell wie möglich nach Wien zu fahren. Und nicht bis Herbst zu warten."
„Weil…"
„Weil es im Herbst zu kalt ist!", fuhr mir Falko über den Mund. „Ines hängt mir seit Tagen in den Ohren, ich solle Wien gleich jetzt, wenn die Therapiepause beginnt, klarmachen."
„Willst du überhaupt wirklich nach Wien?"
„So eine bescheuerte Frage. Klar will ich! Unbedingt will ich!"
„Warum machst du es dann nicht?"
Falko stöhnte. „Warum fragen mich das alle die ganze Zeit? Ines kann erst im Herbst. Du bist sauer auf mich. Und allein mit meinem Bruder und seiner schrecklichen Freundin will ich nicht nach Wien."
„Mach dir wegen mir keinen Kopf. Ich bin dabei!", sagte ich und meine Stimme klang noch euphorischer, als ich es mir eingestehen wollte. „Und Ines überreden wir schon irgendwie."
Falko lächelte matt. „Ich weiß nicht…"
„Ich hab' übrigens von einem Bekannten, der Marco von Wanda kennt, erfahren, dass die Geschichte mit dem Drogenversteck stimmt", hörte ich mich sagen.
Falko riss die Sonnenbrille vom Kopf. Seine Augen blitzten strahlend auf.
„Ist das wahr?"
Ich nickte. Ich nickte mir Mut zu. „Ja", sagte ich.
Das stimmte zwar nicht. Aber es war der Tag, an dem ich anschließend das halbe Internet nach dieser fucking urban legend durchsuchte und die ersten E-Mails und Sprachnachrichten verschickte. Ich saß die ganze Nacht vor dem Rechner und vergaß sogar, dass ich in der Früh ein Vorstellungsgespräch hatte. Nichts ging mir weiter am Arsch vorbei. Ich wusste auf einmal, was ich wollte. Was mein Sinn, was meine

Aufgabe in diesem seltsamen Leben war. Ich würde Falko helfen, diese verfluchte Zedernholzschatulle zu finden.

10 Weiter Weiter

Es tutete eine halbe Ewigkeit, aber nichts passierte. Wolfgang ging unruhig im Zimmer auf und ab. Er machte mich ganz nervös. Der Bildschirm blieb schwarz. Wo zum Teufel war sie nur?
Dann blitzte sie wie aus dem Nichts auf. „Ich komm' ja schon, ich komm' ja schon!", hörte ich ihre Stimme aus den Lautsprechern. Sie hatte nur Unterwäsche an und wrang sich mit schräg gebeugtem Kopf die nassen Haare aus. „Ich komm' frisch aus der Dusche", erklärte sie.
„Sieht man", sagte ich. „Und Wolfgang übrigens auch. Sag mal ‚Hallo' zu meiner halbnackten Freundin, Wolfgang!"
Wolfgang blickte dezent am Bildschirm vorbei und winkte in die Kamera.
„Hallo Wolfgang! Alles klar bei dir?"
„Er hat schon wieder eine Absage bekommen!", rief ich, noch ehe mein Freund mit irgendwelchen Lamentos herum stöpseln konnte.
„Das ist gut, oder? Gratuliere!"
Wolfgang zuckte die Achseln. Dann lächelte er. „Hast recht. Die waren echt schrecklich!"
Ines reckte den ausgestreckten Daumen in die Luft. „Und sonst? Was gibt es so Wichtiges, dass wir gleich eine Dreierkonferenz haben?"
„Du meinst, außer meinen blendenden Gesundheitszustand?"
„Darüber kotzt du dich doch sowieso jeden Tag bei mir aus. Dazu brauchst du Wolfgang nicht."
„Korrekt", sagte ich. „Es geht um Wien. Wir fahren am Wochenende."
Ines machte einen Seufzer der Erleichterung. „Na endlich. Und? Was hat deinen Sinneswandel bewirkt?"
„Wolfgang glaubt jetzt auch an die Zedernholzschatulle."

„Wieder ein Ungläubiger weniger. Wie hast du das denn hingekriegt?"
„Ich hab' ein wenig recherchiert", erklärte Wolfgang. „Falko hat recht. Alle Indizien sprechen dafür, dass es das Geheimfach gibt. Und auch die Geschichte mit dem Manuskript zu ‚Junge Römer' scheint zu stimmen. Ich hab' mit einem Musiklehrer telefoniert, der damals mit Falko befreundet war. Der hat gemeint, es wundert ihn sogar, dass nie jemand nach dem Geheimfach geschaut hat. Da liegt sicher bis heute Koks drin."
„Wow, das ist ja aufregend!" Ines klatschte in die Hände. „Wie schade, dass ich nicht dabei sein kann!"
„Doch, du musst dabei sein!"
„Mann, Falko, das haben wir doch schon tausendmal durch. Ich hab' Wochenenddienst und verlier meinen Job, wenn ich schwänze. Ich hab' schon zwei Abmahnungen!"
„Aber nicht wegen mir!", beschwerte ich mich. „Für meine Vorgänger war sie bereit gewesen, alles zu riskieren. Und jetzt tut sie so vernünftig."
„Bitte, Falko. Das ist mein Job. Das ist mein Leben."
„Und das andere ist mein Leben", entgegnete ich kühl.
„Jetzt komm mal runter", mischte sich Wolfgang ein. „Wenn Ines nicht kann, dann ziehen wir es halt alleine durch. Ich kann sie sehr gut verstehen."
„Außerdem braucht Ines noch einige freie Tage übrig, damit sie uns künftig im Knast besuchen kann."
Ich lachte. „Erstens erwischen sie uns schon nicht. Und zweitens fress' ich die Einzelhaft-Platte, wenn du dich traust, mit in die Wohnung einzubrechen."
Wolfgang nickte. „Ich war halt noch nie in Wien. Ich hätte auch nichts dagegen, wenn wir uns auf Sightseeing beschränken."
„Siehst du? Und das ist genau der Grund, warum ich gerne Ines dabeigehabt hätte. Die hat mehr Eier als du!"
„Nochmal zum Buchstabieren, Falko", sagte Ines. „Ich KANN NICHT!"

„Jaja, hab schon kapiert. Sonst hab‘ ich bald zwei arbeitslose Freunde. Dann können wir eine Hartz-IV-Clique gründen!“
„Es tut mir so, so leid!“, flüsterte Ines über den Bildschirm und kurz dachte ich, dass sie jeden Moment zu heulen beginnt. „Es geht halt einfach nicht. Glaub ja nicht, dass ich nicht gerne mit dabei wäre.“
„Falls du es dir noch anders überlegst, wir starten am Freitag.“
Ines wischte sich über die Augen. „Haltet mich auf dem Laufenden. Und macht nichts Verbotenes!“
„Das widerstrebt mir völlig!“ Wir winkten in die Kamera und ich klappte den Rechner wieder zu.
„Mist!“, sagte ich.
„Es sind immer noch Tom, du und ich.“
„Und seine doofe Freundin“, entgegnete ich.
„Ich freue mich trotzdem.“

Vienna

1 Ankunft

Falkos Mama setzte uns vor dem Bahnhof in Traunstein ab. Sie verabschiedete sich von ihm mit einer langen Umarmung, Falko war es unendlich peinlich. Und mir auch. Aber als wir ihr nachwinkten, sah ich, dass die Silhouette im davonfahrenden Auto die Tränen aus dem Gesicht wischte. Da fuhr mir selbst etwas in den Magen. Ganz kurz, nur für einen winzigen Augenblick. Aber nicht wegen Falko und wie es ihm von Woche zu Woche schlechter ging. Sondern, weil seine Mama ihm dabei zuschauen musste. „Was ist los?“, fragte Falko unwirsch und zog an mir, da war der Gedanke schon wieder weg.
Der Bahnhof wurde gerade umgebaut, er sollte barrierefrei werden. Aber im Moment war er eine einzige Baustelle und Falko verlor mehrmals das Gleichgewicht, als wir im Slalomlauf zwischen den Betonmischern zu den Gleisen gingen. Das war alles eine bescheuerte Idee, dachte ich inzwischen. Dass einer wie ich, der beim Erste-Hilfe-Kurs nicht richtig aufgepasst hatte, mit einem Schwerkranken auf Reisen ging. Vielleicht hatte Falkos Beharren darauf, dass Ines unbedingt mit dabei zu sein hätte, auch ganz nüchtern pragmatische Gründe gehabt.
Bald hatten wir das richtige Gleis erreicht und ich stellte mich seelisch darauf ein, dass dieses ganze Wochenende an meiner rechten Seite ein gehbehinderter Falko klebte wie ein siamesischer Zwilling. „Jetzt geh nicht so tuntig, sonst denken alle, wir gehen miteinander!“, fuhr er mich an und lachte.
„Tun wir doch auch.“

Im Zug war alles wie immer. Falko saß mir gegenüber, machte sich sofort eine Büchse Bier auf und kommentierte unentwegt Landschaft und Fahrgäste.
In Salzburg mussten wir in die Westbahn umsteigen. Und obwohl wir fast zehn Minuten Zeit hatten, wurde es knapp. Falko, der mit Mühe einen Fuß vor den nächsten setzte, legte ein Schneckentempo an den Tag, an das ich mich nie gewöhnen würde, so viel war klar. Ich machte einen blöden Behindertenwitz und Falko riss sich sofort los, starrte mich bitterböse an und schrie, ich solle ihn gefälligst alleine gehen lassen, wenn er mir so auf die Nerven ginge. Und da war klar, dass Falko genauso genervt war wie ich. Und dass er ohne Hilfe noch langsamer war. Kurz bevor sich die Türen schlossen, erreichten wir gerade noch die Westbahn nach Wien.
Wir setzten uns in die zweite Etage des Doppeldeckerzuges. Falko bestand darauf, auch wenn ich ihn buchstäblich nach oben tragen musste. Der Platz war dennoch ideal, weil wir gleich gegenüber dem Westbahn-Kiosk saßen und uns die hübsche Stewardess, ja die nennen sich hier echt so, gleich zwei Gösser-Natürtrüb-Radler verkaufte. Falko schaltete seine Boombox ein und ließ die „Vienna-Playlist" laufen: lauter Bands wie Bilderbuch und Wanda, Ja Panik, aber auch uralte Klassiker wie Wolfgang Ambros, natürlich Falco und Heinz aus Wien. Unsere Bierdosen zischten, Falko stieß seufzend mit mir an: „So jung kommen wir nicht mehr zusammen!"
Sitzend war wirklich alles wie immer. Falko plapperte ununterbrochen, wir tranken Dosenbier, draußen rauschte Österreich an uns vorbei und das Leben hätte kaum schöner sein können. Andererseits bekam ich jedes Mal beinahe einen Herzinfarkt, wenn sich Falko auch nur ansatzweise an den Kopf fasste. Die kleine OP-Narbe war noch nicht ganz überwachsen und ich war völlig paranoid, dass er jeden Moment einen epileptischen Anfall bekam.

Aber er bekam keinen. Logo. Stattdessen flirtete er mit der Stewardess, die persisch aussah und Ami hieß und osteuropäischen Dialekt hatte. Sie strich mit ihren zarten, feingliedrigen Fingern über Falkos Narbe und da verfluchte ich seinen morbiden Bonus schon wieder. Dieser verdammte Weiberheld war sogar als Schwerbehinderter noch der raffinierteste Player im Flirtuniversum. Ami beachtete mich genau ein einziges Mal, nämlich als sie mir die Fahrkarte verkaufte. In Wels waren wir schon ein wenig beschickert, obwohl wir erst ab St. Pölten trinken wollten. Ein Junggesellinnenabschied stieg zu und die gackernden Frauen stürzten sich sofort auf Falko. Sie umgarnten ihn so lange, bis er ihnen mehrere Runden Klopfer abkaufte. Ich konnte es kaum glauben, die Damen waren so begeistert von ihm, dass sie vergaßen, das Geld zu nehmen. Wir klopften Feigenschnaps gegen die Westbahn und tranken auf die Braut. Die war seltsamerweise die Einzige, die nicht wirklich schön war. Die anderen waren alle hübsch, eine sogar in unserem Alter. Irgendwie gab es gar keinen Sinn, dass die Eine, die nicht wirklich super aussah, bald heiraten würde. Oder genau das war der Grund: Die anderen konnten entspannt bleiben, dass sich noch was Besseres fand. Nur die eine hatte Torschlusspanik und musste den erstbesten Josef, so hieß ihr Verlobter nämlich, gleich heiraten. Falko sah kurz zu mir und ich fragte mich, ob auch er sowas wie Torschlusspanik hatte. Aber dann verschlang er mit seinen Augen eine Brautjungfer nach der anderen, ließ sich von jeder abbusseln und ich verwarf den Gedanken wieder. In Linz stieg der Tross aus und sofort war es wieder ruhig im Abteil. Bis auf Falkos Boombox, die gerade nach „Sneakers for free“ verlangte.
Vor dem Fenster rauschte einer dieser schwülen Hochsommertage vorbei. Die Bäume, die Wiesen so grün und jeder Bach so dunkelblau, dass es kaum schöner hätte sein können. Auch Falko schaute bald nachdenklich beim Fenster raus. „Was denkst du?“, fragte ich. „Träumst noch von der dicken Braut?“

Falko lächelte, schüttelte den Kopf und schaute weiter beim Fenster hinaus. Als der Zug durch einen Tunnel jagte und uns die Druckwelle in die Ohren fuhr, gähnte er und schaute mich an: „Wie schnell es gehen kann“, sagte er, „Erst ist alles schön und Sommer und grün. Und BAM! Alles aus. Und ich red‘ nicht mal von mir. Stell dir vor, die Schienen wären hin und wir wären voll gegen den Tunnel geknallt.“ Falko lächelte in sich hinein. „Alle hättens gejammert auf unserer Beerdigung: Um den Johann war’s ja nicht schade, der hat eh nicht mehr lang gehabt. Außerdem schöner, schneller tot. Aber der Wolfgang - der arme Kerl hatte doch noch sein ganzes Leben vor sich.“
Es wurde wieder hell und Kühe, die an einem kleinen Bach im Grünen grasten, sausten vorbei.
„Blödsinn“, sagte ich. „So ein Käse. Als ob das einen Unterschied machte. Tot ist tot. Und noch ist es nicht so weit“, behauptete ich mit fester Stimme, ohne selbst überzeugt zu sein.
„Mors certa, hora incerta“, wie der Lateiner sagt. „Sei dir also nicht so sicher, wenn du mit einem Todgeweihten wie mir durch die Gassen streifst. Morituri te salutant.“
„Seit wann kannst du Latein?“
„Asterix als Gladiator“, antwortete Falko und grinste.
Wir stiegen in Wien am Westbahnhof aus. Falkos Bruder Thomas wartete am Bahnsteig. Er lief uns freudestrahlend entgegen und erst als er sah, dass Falko nur mit Mühe einen Schritt vor den anderen setzen konnte, huschte für einen ehrlichen Moment etwas wie blankes Entsetzen über sein Gesicht. Dann lächelte er wieder und fiel seinem Bruder um den Hals. „Was machst du auch für Sachen!“, schimpfte er. „Servus Wolfi, dich hab‘ ich auch schon ewig nicht mehr gesehen. Alles klar?“
„Immer doch!“, sagte ich und schüttelte ihm die Hand.
Wir brauchten wieder eine Ewigkeit, bis wir die U-Bahn-Station am anderen Ende des Westbahnhofs erreichten. „Alter,

ich dachte echt, du machst Witze, als du mir aufgetragen hast, einen Rollstuhl zu mieten“, sagte Thomas.
„Was hätte ich denn anfordern sollen, dass es witzig geklungen hätte? Einen Sarg?“
„Dein Sixt-Rollstuhl steht im Treppenhaus. Ich hab‘ echt gedacht, du wirst ihn eh nicht brauchen.“
„Du siehst übrigens auch scheiße aus, Bruderherz. Immer noch Kettenraucher?“
„Eh klar. Willst einen Tschick?“
„Nein, danke, auf den Packungen steht, dass man davon sterben könnte.“
„Haha!“
So jedenfalls ging es den ganzen Weg bis zu Thomas Wohnung weiter. Als wir angekommen waren, standen wir vor dem nächsten Problem. Die Wohnung war im 4. Stock. Da half auch der Rollstuhl, der tatsächlich im Treppenhaus stand, nicht viel.
Kurzentschlossen packten wir Falko links und rechts und hievten ihn Schritt für Schritt den Altbau hinauf.
Die Stufen waren aus uraltem Beton, über den vermutlich schon Kaiserin Sissi geschlurft war. Die Treppe ging im Halbkreis zügig bergan und wir kamen besser voran als gedacht.
„Also Kinder habt ihr offensichtlich nicht geplant. Wie willst du die hochbringen?“, murrte Falko keuchend.
„Wenn wir Schwerbehinderte raufbringen, wird das mit den Kindern auch hinhauen.“
Oben angekommen war die Etage gar nicht mehr so grau wie das Treppenhaus. Pflanzen standen im Flur und an der Wand war ein Brunnen eingemauert.
„Geht der?“, fragte Falko und drehte am Hahn. Sofort sprudelte Wasser ins Becken. „Sehr cool! Falco hatte auch so einen im Haus, als er Kind war.“

Typisch Falko, wenn ich Geschichtswissen preisgab, war ich ein Nord. Ging es um Falco, waren historische Anmerkungen grandiose Bonmots. „Interessant", entgegnete Thomas betont ironisch.
Von Thomas wusste ich nicht viel. Außer, dass er nach dem Studium in Wien geblieben war. Er machte irgendwas im Kreativbereich, jedenfalls warf es genug Geld ab, um sich eine geräumige Dreizimmerwohnung in Wien leisten zu können. Er konnte sich auch seine Freundin Tatjana leisten, die laut Falko schön, aber anstrengend war. Sie wohnte seit einer Weile bei ihm, war aber nie da, auch jetzt nicht. Thomas guter Laune nach zu urteilen, lebte er den Großstadt-Traum. Weder Falko noch ich nahmen ihm das ab, aber eigentlich war es mir egal. Jedenfalls warfen wir unsere Schlafsäcke auf die Übernachtungssofas und konnten es kaum fassen, dass wir wirklich in Wien waren.
Ich schaute Thomas zu, wie er uns ein Abendbrot herrichtete und es war sehr seltsam, weil er Falko wirklich sehr ähnlich sah. Nur halt sechs Jahre älter. Seltsam natürlich deswegen, weil es mir so vorkam, dass ich Falko dabei zusah, wie er wohl sein würde, wenn er Mitte zwanzig war. Gleichzeitig wollte ich endlich aufhören, darüber nachzudenken, dass Falko sterben musste, aber es war etwas, das ich nicht stoppen konnte. Wobei der ganze Gedanke allein deshalb bescheuert war, weil Falko und Thomas zwar aussahen wie Brüder, ansonsten aber völlig unterschiedliche Typen waren. Thomas kam mir gestresst vor, er wollte alles perfekt machen und seine Coolness wirkte aufgesetzt. Im Gegensatz zur Lässigkeit seines kleinen Bruders, dem war sie schon in die Wiege gelegt worden. Falko konnte nichts aus der inneren Ruhe bringen. Außer tödliche Krebsdiagnosen vielleicht. Thomas schnitt uns Brote auf und erzählte von Tatjana und wie supererfolgreich sie als Investmentbankerin war. Ich verdrehte innerlich die Augen und tauschte einen Blick mit Falko aus. Der deutete mit dem kreisenden Zeigefinger an,

dass entweder Tatjana nicht ganz richtig im Kopf sei. Oder Thomas, weil er sie so über den Klee beschwärmte.
Ich kannte Thomas schon, als er rauchend auf dem Mofa saß und von Saufhütte zu Saufhütte tuckerte. Wir bettelten ihn an, uns einmal mitzunehmen. Hatte er natürlich nie gemacht. Wir waren damals zu uncool. Oder klein. Oder beides. Irgendwie ließ mich dieses Gefühl nicht los, dass sich das Blatt gewendet hatte. Er brühte uns noch umständlich einen Kaffee auf einer DeLonghi Maschine, stellte die Brotzeitbretter auf den Tisch, dann hauten wir rein, als hätten wir seit Monaten nichts gegessen.
Als Nachspeise präsentierte uns Thomas eine Flasche „Pfeffi", einen Pfefferminzschnaps. Seine Augen hatten einen unbestimmten Glanz angenommen und auf einmal hatte ich das Gefühl, dass sich Thomas so richtig über unseren Besuch freute. Und in Wien sehr einsam war.
Es läutete und an der Tür stand eine groß gewachsene Blondine, die gleichzeitig attraktiv und abstoßend wirkte. Perfekt geschnittene Gesichtszüge, eine tolle Figur, sie sah aus wie eine Traumfrau. Hätte sie nicht eiskalte Augen und einen irritierend harten Gesichtsausdruck gehabt.
„Tatjana, darf ich dir meinen Bruder vorstellen?"
Tatjana musterte ihn mit versteinerter Miene. Dann nickte sie ihm wortlos zu.

2 Rocking in Wien

Wien. Für die Stockwerke nach unten brauchten wir fast zehn Minuten. Das war am Anfang noch lustig. Thomas und Wolfgang stützten mich und keiner bemerkte, dass ich nur Augen für Tatjanas Arsch hatte. Und auch wenn sie so war, wie sie hieß, sie hatte in der Tat einen super Arsch. Für jede einzelne Stufe brauchten wir eine gefühlte Minute und es war klar, dass wir in dem Tempo erst in einem Jahr den Gürtel erreichen würden. Der Turm vom Stephansdom hatte sich sowieso erledigt. Es war herrlich, behindert zu sein, solange man sitzen oder sich an der Bar festhalten konnte. Aber wehe, man plante, den Jakobsweg zu pilgern oder sich im vierten Stock einzumieten. Dann konnte es maximal beschissen werden.

Die anderen waren ab dem zweiten Stock genervt. Tatjana drehte sich immer wieder ungeduldig um und irgendwann lief sie voraus. Weg war er, der Arsch. Meine Fresse, was für ein ungechilltes Püppchen. Aber ich konnte sie verstehen. Ich hätte auch nicht auf den Spast gewartet, wenn ich so gut gebaut wäre wie sie.

Unten angekommen, mussten wir Männer erstmal verschnaufen. So würden wir die Innenstadt nie erreichen. So viel war klar.

Im Flur bestand ich darauf, selber zu gehen. Das ging zwar auch nicht schneller, aber wenigstens gewann ich ein Stückchen meiner Würde zurück. Neben der Haustür stand immer noch der gemietete Rollstuhl herum. Ich glaube, wir starrten ihn alle gleichzeitig an. „Gab's den nicht auch in modern?", fragte Wolfgang stirnrunzelnd. Thomas zuckte die Achseln. „Ehrlich gesagt, hab' ich den vom Nachbarn ausgeliehen. Der hat ihn seit seinem 90. Geburtstag nicht mehr benutzt", Thomas grinste, „Dafür ist er umsonst."

Mir war es egal, Hauptsache, ich konnte mich hinsetzen und kurz ausruhen. Ich ließ mich stöhnend hineinplumpsen und

mein Bruderherz schob mich nach draußen, wo er in der Gasse jubelnd schneller und schneller beschleunigte.
Der Rollstuhl quietschte wie ein Siebzigerjahre-Song, aber wir kamen vorwärts. Und: große Erleichterung: Wien war behindertenfreundlich. Lift rauf, Lift runter, schon waren wir in der U-Bahnstation. Plan B wäre gewesen, den Rollstuhl in die Büsche zu treten und unseren Abend einfach in Superzeitlupe zu gestalten. Oder ein moderneres Modell zu klauen. Eines mit Elektroantrieb. Das schlug wenigstens Tatjana vor. „Einen Behinderten beklauen?", murmelte Wolfgang völlig ironiefrei.
„Ja!", antwortete Tatjana bestimmt. Ich wusste nicht, ob ich sie dafür feiern sollte, oder ob Tatjana Britsch – ja, sie hieß wirklich so - einfach nur schrecklich war. Zumindest kapierte ich langsam, warum Thomas mit ihr zusammen war: nur wegen ihrem Arsch. Anders konnte ich mir das nicht erklären. Wollte ich auch nicht, denn endlich ging es in die Stadt! Wir kauften uns im Westbahnhof Bier und ich rollte wie ein Paralympics-Sieger durch die unendlich langen Bahnhofshallen. Ich schwor mir, zu Hause würde ich mir als Erstes von der Krankenkasse einen sporttauglichen Rollstuhl verschreiben lassen und ab jetzt bei Wettkämpfen mitmachen. Ich kam buchstäblich in Fahrt. Nie wieder ohne Rollstuhl! Ich stellte mein Bier auf der Lehne ab und ließ mich von Thomas durch den Bahnhof schieben, als sei ich der König von Thailand. Und, zugegeben, die Mädels schauten. Sie schauten nicht so auf die Art: Jö, schau, ein Behinderter! Die schauten eher so neugierig: Warum sitzt der süße Typ im Rollstuhl? Ja, kommt und fragt mich halt! Ja, das würde die beste Nacht dieses Jahres werden. Eines sehr beschissenen Jahres zwar, aber warum sollte nicht auch auf der Scheiße mal eine Erdbeere schwimmen?
Die Bahn ratterte Richtung Stadt. Ausstieg Museumsquartier. Der Schaffner half mit, mich aus der Bahn zu hieven. Habe ich erwähnt, dass ich kein Ticket hatte? Die anderen hatten ein Jahresticket und Wolfgang zu viel Schiss, aber ich

hab' mir keins gezogen. Aus Prinzip! Und was macht der Schaffner? Hilft mir beim Aussteigen! Ich dachte echt, ich kann nicht mehr. Behindert zu sein war echt der Hammer. Ich schmiedete bereits eine Bucket List der Top 10 Dinge, die ich im Rollstuhl unbedingt erleben wollte. Beginnend damit, einen zweiten Rollstuhl zu besorgen, damit Wolfgang meinen behinderten Wingman spielen konnte. Der fand die Idee nicht so cool. „Falko, du hast echt einen an der Waffel!", fuhr er mich säuerlich an. Sowas machte er nicht, der Herr Wolfgang. Na ja, die Nacht war noch jung und ich würde den Drunken-Wolfgang nochmal fragen.
Wir marschierten im Museumsquartier ein. Es dämmerte gerade, die Leute saßen in T-Shirts und kurzen Hosen auf komischen Quadern, es war ein herrlicher Sommerabend. Die anderen setzten sich und da ich ja schon die ganze Zeit saß, drehte ich eine Runde über den Platz. Eine sehr zähe Angelegenheit, ich musste mich ziemlich anstrengen, um das Gerät in Bewegung zu setzen. Dieses Museumsmodell von einem Rollstuhl fuhr sich viel schwerer als mein Kassenmodell, mit dem ich zu Hause über den Stadtplatz promeniert war. Nach den drei Tagen würde ich einen Bizeps wie ein Kunstturner haben. Nach einer Weile hatte ich den Dreh raus, beschleunigte und schnitt quietschend spektakuläre Kurven. Die Leute schauten mich an, als sei ich ein Irrer, der gerade seine Leidenschaft für den Rollstuhlsport entdeckt hatte. Da hatten sie in der Tat recht! Einmal war ich zu schnell dran und es wuchtete mich auf die Seite. Der halbe Platz schrie auf. Die wussten ja nicht, dass ich noch ein Neuling in der Behindertenbranche war. Und als ich eigenständig aufstand und mich zurück in den Rollstuhl setzte, schauten mich die einen an, als wären sie Zeugen eines Wunders. Die anderen drehten sich weg, als sei ich ein Hochstapler, der nur so tat, als sei er behindert. Und das ärgerte mich so, dass ich kurz meine Sonnenbrille abnahm, meinen Kopf senkte und aufreizend meinen Schädel in alle Richtungen drehte, damit auch der letzte Cocktail schlürfende Penner meine

OP-Narbe am Hinterkopf erkennen konnte. Dann merkte ich selber, wie kindisch das war und dachte an meine schwulen Kumpels, die ja auch nicht 24/7 tuntig sind, nur um ihren Gay Pride zu spüren, und benahm mich wieder wie ein richtiger Behinderter. Ich rollte zu den anderen zurück und exte mein Gösser Bier.
Wir saßen gefühlte zwölf Stunden im Neonlicht des Museumsquartiers. Die anderen machten keine Anstalten, den Platz jemals wieder zu verlassen. Klar, Wolfgang war sowieso ein Kulturheini, der wäre am liebsten sogar ins Museum HINEIN gegangen. Ein Glück, dass es schon zu hatte. Und mein Bruderherz lag mit seinem Gschpusi in semiromantischer Verkeilung auf dem rosa Block und beide schauten verzückt die Sterne an. „Du wirst von Sternen high, ich bin da nicht so frei", dachte ich mir. Blöderweise waren wegen Wiens Festtagsbeleuchtung sowieso fast keine zu sehen. In einem anderen Leben hätte ich vielleicht hier Wurzeln geschlagen. Aber die Stadt war zu aufregend und die Nacht zu jung, um sich jetzt schon an eine Location zu binden. Ich quietschte mit meinem Schrottstuhl mehrere Male vor den anderen Hin und Her, bis mein Bruder seine fast leere Bierdose nach mir warf. „Falko, was ist los mit dir? Du nervst!"
„Was los ist? Hier ist es langweilig!"
„Ist es nicht!"
„Mir schon!"
„Na und?"
„Hey, mein Leben ist zu kurz, um nach Wien zu fahren und nix von Wien zu sehen. Ich will weiter!"
Die Unheilbare-Krankheit-Karte hatte mal wieder gezogen. Murrend standen die anderen langsam auf. Tatjana rieb sich die Augen, als sei sie kurz eingenickt. War sie auch vermutlich, die alte Schlaftablette.
Wir zogen also weiter. Drei zu Fuß. Einer auf Rädern. Und spätestens ab dem Heldenplatz machte Thomas etwas, das ich vor einem Jahr als Höchststrafe empfunden hätte. Aber heute war es super okay: Er gab uns eine Stadtführung. Ich

vermute zwar, dass achtzig Prozent von dem, was Thomas laberte, Bullshit war, aber es war richtig interessant. Sogar Wolfgang machte keine Anstalten, sich als Gscheithaferl hervorzutun, und hörte aufmerksam zu. Thomas erzählte Sachen wie, dass man den Statuen, von denen es Tausende gab, ansehen konnte, ob die Feldherren in der Schlacht erfolgreich gewesen waren oder abgelosed hatten. Saßen sie auf dem Pferd, hatten sie gewonnen. Standen sie zerknirscht rum, waren sie Loser. „Und was bedeutet es, wenn sie im Rollstuhl sitzen?“, fragte ich und fand mich selber super witzig.

Auf der Statue vor uns saß Maria Theresia nämlich auf ihrem Thron. Es war nicht gerade ein Rollstuhl, aber ich nahm ihre Pose ein und stellte mir vor, ich säße auf einem Thronsessel. Einem fahrbaren.

Es war dunkel geworden und die ganzen Gebäude waren von Riesen-LEDs angestrahlt. Überhaupt waren alle Bauwerke gigantisch, bisher hatte ich kein Haus gesehen, das nicht nach Palast ausgesehen hätte. Es waren aber keine Paläste gewesen, sondern das Naturhistorische Museum, das Kunsthistorische und erst das nächste Riesenteil war der Kaisersitz. Hieß aber Hofburg. Wolfgang meckerte, dass es gar nicht nach Burg aussah und seiner Meinung nach „Kaiserlicher Schlosspalast“ oder so hätte heißen sollen. Thomas bestand darauf, dass es die Hofburg war. Und dann erzählte mein Bruder etwas wirklich Interessantes. Etwas, das ich todtraurig fand: Das, was von der Hofburg zu sehen war, sei nur die eine Hälfte eines ursprünglich symmetrisch geplanten Riesenbauwerks gewesen. Tatsächlich war auf der anderen Seite des Heldenplatzes eine Lücke. Nichts. Ein Park. Warum hatte man die Hofburg nicht fertig gebaut? Warum blieb sie unvollendet? Thomas behauptete, dass ein Krieg dazwischengekommen war. Wie immer, wenn man in Wien etwas Großartiges bauen wollte, war ein Krieg dazwischengekommen und auf einmal war kein Geld mehr da, um das Bauwerk zu vollenden. Gut, die Hofburg sah auch so cool

aus und wäre ich Kaiser gewesen, ich hätte sie als meinen Palast gelten lassen. Aber der Gedanke, wie geil diese Hofburg hätte sein können, wenn dieser Scheiß Krieg nicht ausgebrochen wäre, deprimierte mich auf eine unbestimmte Weise. Immer wieder schaute ich auf die andere Seite rüber, wo dasselbe Gebäude hätte stehen sollen. Aber da war nichts! Ein Loch in der Architektur. Stattdessen hatten sich Zehntausende Österreicher die Köpfe einschlagen lassen und hunderte Kanonen wurden gegossen, damit andere schöne Bauwerke in anderen Städten kaputt geschossen wurden. Und das alles wegen nichts.
„Alles klar?", fragte mich Wolfgang. Ich wischte mir schnell übers Gesicht. „Logo!", rief ich, vielleicht ein bisschen zu schrill. „Geiles Gebäude!"

3 Das größere Wunder

Kurz vor zehn passierte etwas Seltsames, mit dem keiner, aber wirklich keiner von uns gerechnet hatte. Wir hatten gerade den Stephansdom angeschaut und diskutierten noch darüber, warum der zweite Turm nicht fertig gebaut wurde, da vibrierte es in meiner Hosentasche und wir griffen synchron nach unseren Handys. Da die anderen Mitglieder unserer „Vienna Calling" WhatsApp-Gruppe anwesend waren, konnte die Nachricht nur von Ines sein.
Ines, die nie Emojis benutzte, schrieb: „Wo seid ihr?", mit dermaßen vielen Zwinker-Smileys, dass ich einen Moment lang dachte, sie sei hier in Wien.
„Weißt du was, was ich nicht weiß?", fragte ich Falko.
Aber der starrte genauso verwirrt auf sein Handy, wie ich.
„Wann hast du das letzte Mal mit Ines telefoniert?", fragte ich.
„Heute Morgen, bevor wir losgefahren sind", sagte Falko.
„Und wie war sie gelaunt?"
„Schlecht."
„Wieso schlecht?"
„Jetzt frag nicht so doofe Sachen. Vielleicht habe ich ihr ein wenig meine Meinung gegeigt, wie scheiße ich das finde, dass sie nicht dabei ist."
„Aber ich dachte, auch du hast inzwischen kapiert, dass Ines wegen dir nicht ihren Job schmeißen kann!", mischte sich Thomas ein.
Falko wirkte mit einem Mal einen Kopf kleiner, als er in seinem Rollstuhl ohnehin schon war.
„Ja, hab' ich auch", versuchte er sich zu entschuldigen.
„Aber trotzdem hab' ich gedacht, schadet es ja nicht, zu betonen, dass ich das scheiße finde. Tu ich ja auch."
Thomas verdrehte die Augen und tauschte einen Blick mit seiner Freundin aus.

„Wie bitte? Du hast deine Freundin dazu aufgefordert, ihre Ausbildung aufzugeben, nur damit sie mit dir drei Tage Urlaub in Wien machen kann?“, fragte Tatjana.
Falko verschränkte die Arme. „Wer sagt denn sowas? Ich habe nur gesagt, dass ich es scheiße finde, dass sie es nicht tut.“
„Das ist dasselbe“, sagte Tatjana kühl. Thomas und ich nickten.
„Im Gegensatz zu euch Hirndübeln ist meine Freundin allerdings schlau genug, um zu wissen, dass ich das nicht so ernst gemeint habe!“, blaffte sie Falko an.
Da läutete sein Handy.
„Ines?“, meldete er sich. „Verdammt, was ist los? Was machst du?“
Das Handy war laut genug gestellt, dass jeder von uns hören konnte, wie sie gut gelaunt in den Hörer rief: „Ich bin hier! In Wien!“
Sie war also tatsächlich da.
„Wo bist du, Falko? Wo finde ich euch?“ Falko schaute Thomas an. Der überlegte nicht lange.
„Wir sind fast am Schwedenplatz. Da gibt es gute Würstel. Ich habe eh Hunger.“
„Schwedenplatz! Okay, ich bin in fünfzehn Minuten da!“, hörte ich Ines‘ Stimme im Telefon.
Krass, dachte. Ines war da. Ich freute mich unendlich. Ich meine, wie könnte ich keinen Herzinfarkt bekommen bei dem Gedanken, sie heute noch zu riechen, jetzt gleich ihr Lachen zu hören. Ich dachte doch auch so pausenlos an sie. Aber es war etwas anderes, über sie nachzudenken, wenn sie 500 Kilometer weit weg war. Und jetzt war sie nur noch 500 Meter weit weg. Gleichzeitig wusste ich, jetzt würde es kompliziert werden. Ich korrigiere: Unendlich kompliziert.
Falko würde nun wohl endgültig ausflippen. Er war schon den ganzen Abend außer Rand und Band. Wie er vorher in seinem bescheuerten Rollstuhl durch das Museumsquartier gefetzt war. Als sei Rollstuhlfahren das coolste auf der Welt.

Aber soll er doch. Soll ich mich deswegen aufregen? Scheiß Behindertenbonus. Und jetzt auch noch Ines.
Ich warf einen Blick auf Falko. Er grinste wie immer. Er schaute mich nicht an. Das konnte nur schiefgehen. Thomas war amüsiert, dass Ines gegen jegliche Vernunft fast tausend Kilometer angereist war. Tatjana sah im Laternenlicht wirklich gut aus, wenn man sie nur kurz anschaute. Wenn man sie länger anschaute, bekam man Angst vor ihr. Das legte sich aber wieder, spätestens, wenn sie den Mund aufmachte. Sie murrte etwas, dass sie keine Lust auf Würstel hätte und lieber in ein Restaurant gehen wolle.
„Erzähl mir was über Ines, Falko!", sagte sie.
„Sie ist meine Freundin. Wir haben uns in Heidelberg kennengelernt. Eine Krankenschwester", erklärte er. Sicher, traf alles zu. Aber recht viel nichtssagender hätte man Ines kaum beschreiben können. Tollste Frau der Welt, hat uns beiden das Herz gebrochen, kostet uns womöglich dieses Wochenende noch unsere Freundschaft, steht auf Todkranke, liebt es, barfuß durch den Regen zu laufen, so in der Art hätte ich Ines beschrieben, wäre ich Falko gewesen, dachte ich und erwischte mich bei einem tiefen Seufzer.

4 Ines II

Ich weiß nicht, was ich mir von Wien noch erwartet hatte. Vielleicht dabei zu sein, wenn sich Falko endgültig in Falco verwandelte oder sowas Ähnliches. Mit einem der Wiener Schriftsteller wie dem Glavinic oder einem der Musiker von Bilderbuch saufen zu gehen. Aber Ines? Ines war Heidelberg, Ines war Klobenstein. Wenn sie jetzt auch noch Wien war, dann war sie meine ganze Welt. Aber als wir am Schwedenplatz ankamen, war Ines nicht da. An den Würstelbuden standen Betrunkene und Penner. Und Thomas und Falko. Falko war aus seinem Rollstuhl aufgestanden, um über den Tresen sehen zu können und winkte grinsend. „Was willst du trinken?", rief er in meine Richtung. Ich wollte nichts trinken. „Heineken!"
„Wie bitte? Heineken?" Falko bekam einen Lachanfall. „Heineken?" Er lachte schrill, beinahe wiehernd. „Ein Gösser und ein..." Falko bestellte so laut, dass der ganze Schwedenplatz und halb Wien ihn hören konnten, „ein HEINEKEN bitte!" Die Obdachlosen, die Gösser trinkend an den Tischen standen, fielen in sein Gelächter ein. Aber ich hörte nicht zu, denn der Wind, der die Abfahrt einer Bahn aus dem U-Bahn-Schacht begleitete, trug einen Duft herauf, der mich sofort in eine andere Welt katapultierte. Ines sprang die Stufen hinauf. Super sah sie aus. Lange Haare, wild und ungekämmt. Braun gebrannt war ihr Gesicht. Und erst recht ihre Beine. Sie trug einen superkurzen Rock, der Beine preisgab, die mir so noch nie aufgefallen war. Und sie war barfuß. Sie sah mich als Erstes. „Wolfgang!", rief sie und sprang auf mich zu, wirbelte mich herum und ich hatte gar keine Zeit zu überlegen, ob ich sie reserviert begrüßen sollte. Sie war wunderbar und ich glaube, wir küssten uns sogar beinahe. Also auf den Mund. Flüchtig, eigentlich wollten wir nur auf die Wange, oder nur ich. Vielleicht bildete ich mir das alles auch nur ein. Jedenfalls war es

wundervoll und ehe ich kapierte, was gerade passierte, brauste ein Rollstuhlfahrer über den Schwedenplatz, eine Wurstsemmel in den Schoß geklemmt, in der Hand ein Gösser und ein Heineken, „Ines!“, schreiend wie Falco im Jeanny-Video und Thomas und Tatjana schauten kopfschüttelnd zu.
„Ist das Ines?“, fragte Tatjana.
„Ja, das ist Ines.“ Thomas nickte.
„Na, die ist mir ja eine Marke“, sagte Tatjana süffisant.
Ich stand bedröppelt mitten drin und wusste nicht mehr, was um mich herum geschah. Ich hätte Ines gerne tausend Fragen gestellt, aber vor allem fragte ich mich, was Ines Auftauchen für die nächsten Tage zu bedeuten hatte. Schließlich hatten wir ja mehr vor, als nur die Stadt zu besichtigen.
Aber sie war nun da. Und ich konnte nicht aufhören, sie anzuschauen. Ihre Haare, ich hatte sofort ihren Duft in der Nase, nur vom Hinschauen und meine Fingerspitzen kribbelten in der Erinnerung, wie sich ihr Lockenmeer anfühlte. Muss ich nochmal erwähnen, dass Ines barfuß war? Barfuß in Wien, das war mehr als bescheuert. Aber es war auch Ines. Thomas machte den ersten Witz darüber. Ines runzelte nur die Stirn und entgegnete: „Wäre ich gezwungen, solche Schlappen zu tragen wie deine, würde ich freiwillig auch im Winter barfuß laufen.“
Peng, das hatte gesessen. Tatjana lachte am lautesten. Falko und Thomas tauschten einen Blick aus von der Gattung: Respekt, wo hast du die denn gefunden.
Da war mir schon wieder schlecht. Von der grausigen Burenwurst und dem lauwarmen Heineken.
Falko und sein Bruder waren begeistert und etwas in ihren Augen flammte auf. Etwas, das ich von früher her kannte, in das sie mich gerne mit hineinrissen und das meistens mit einem Anschiss unserer Eltern oder fürchterlichem schlechten Gewissen endete.

Ines zwängte sich irgendwann zwischen mich und Falko, legte ihren Arm um uns, drückte uns und seufzte: „Ich kann es kaum glauben, dass ich da bin."
Falko nickte. „Ines, du bist zu krass für diese Welt."
Sie lächelte.
Sie bestellte sich ihrerseits eine Burenwurst und einen Radler in der Dose und der Abend fuhr fort, als hätte es diesen unscheinbaren Ines-Zwischenfall nicht gegeben. Falko begann, sich mit den ersten Obdachlosen anzufreunden, prostete ihnen in einem fort zu. Ich wechselte den einen und anderen Blick mit Ines, ohne ein Wort mit ihr zu wechseln. Allerdings auch ohne telepathische Eigenschaften. Denn was in ihr wirklich vorging, konnte ich nicht enträtseln. Zu meinem Glück fühlte Tatjana sich an dieser Würstelbude ähnlich unwohl wie ich, wenn auch aus anderen Gründen. Sie schlug vor, wir sollten unser Wiedersehen doch irgendwo feiern, wo die Gesellschaft ein wenig mondäner und die Atmosphäre ein bisschen gediegener sei. Das Lokal, das sie nannte, sagte mir nichts, aber aus Falkos Widerworten und Thomas' Begeisterung schloss ich, dass es sich um ein piekfeines Lokal handelte, in dem sich jeder der Gruppe unwohl fühlen würde. Außer Tatjana natürlich.
Und genau so kam es dann auch. Wir deckten uns am Kiosk mit Dosenbier ein, verließen den Stadtteil, über dessen Pflaster der Müll wehte und überquerten den Donaukanal.
Unter gläsernen Hochhäusern diskutierten Falko und Thomas, ob wir dort wirklich rein wollten, oder ob wir nicht direkt zum Gürtel fahren sollten. Zwischendurch spuckte das Hochhaus aufgebrezelte Wiener und Wienerinnen in Abendrobe aus.
Ich sah etwas in Falkos Augen aufblitzen, das nichts Gutes bedeutete. Mit einem Mal wollte er unbedingt rauf und sich die Aussicht anschauen.
Unter den skeptischen Blicken zweier blutjunger Hostessen betraten wir eine gläserne Hotellobby. Einige Paare standen vor dem Lift in einer Reihe, drehten kurz die Köpfe und

machten keinen Hehl daraus, was sie von unserer bunten Truppe hielten. Eine der Hostessen fragte, ob wir reserviert hätten. Tatjana drängte sich vor. War mir nur recht, sie sah von uns allen am seriösesten aus. Tatjana erklärte der Dame, wir wollten nur einen Drink an der Bar einnehmen. „Nur einen Drink an der Bar!“, äffte Falko sie nach.
Die Hostess lächelte ihn an und es war beim besten Willen nicht zu erkennen, ob dies der Rollstuhlbonus oder Professionalität war oder sie ihn wirklich süß fand.
Sie fragte Falko, ob sie ihm aus der Jacke helfen dürfe und wies uns alle auf die Garderobe neben dem Lift hin. Falko tat auf einmal so, als sei er querschnittsgelähmt und ließ sich von der Hostess umständlich ausziehen. Thomas lachte hinter vorgehaltener Hand immer lauter, kurz vorm Lachanfall und erst jetzt begriff ich, wie betrunken die beiden Brüder bereits waren.
Die wartenden Paare tuschelten und auch Tatjana, die den ganzen Weg hierher vom Lokal, der Aussicht und dem Ambiente geschwärmt hatte, schwieg seit einer Weile.
Ich stand stumm neben Ines und versuchte, mir nichts anmerken zu lassen. Sie lachte über Falkos Scherze und ich versuchte einzelne Moleküle dieses Parfums zu erhaschen, von dem ich die letzten Monate geträumt hatte.
Dann öffnete sich die Aufzugtür und spuckte eine Gruppe blasiert zufrieden blickender Paare aus. Als sie Falko im Rollstuhl sahen, blitzte eine Art routiniertes Mitleid auf. Falko zog seine unter dem Arm verborgene Bierdose hervor und prostete ihnen zu. Sofort verwandelte sich das aufgesetzte Mitleidslächeln in aufrichtige Verachtung.
Der Aufzug war groß genug für uns alle. Falko ließ sich von der Hostess in den Lift schieben und verabschiedete sich theatralisch von ihr, als wären sie ein Liebespaar, das sich zum letzten Mal sah. Ines schüttelte den Kopf. Wir drückten das Knöpfchen und langsam schloss sich die Tür. Erst jetzt bemerkte die Hostess, dass Ines barfuß im Aufzug stand und wollte uns etwas zurufen, doch ihre Worte wurden vom sich

in Bewegung setzenden Lift geschluckt. Ines lachte. Es war wundervoll, mit ihr in diesem Aufzug zu stehen und Richtung Weltraum zu schießen.

5 Eine ganz normale Nacht in Wien

Wolfgang war hoffnungslos überspannt. Entweder er machte sich aus Ehrfurcht vor den affektierten Gästen dieser Reichenboazn in die Hose oder wegen Ines. So oder so, es lag mal wieder an mir und Thomas, die Stimmung aufzulockern. Klar, als die Aufzugtür aufging, das war schon ein beeindruckender Anblick. Der Ausblick aus dem Panoramafenster, das piekfeine Lokal, die mit Messer, Gabel und Serviette speisenden Reichen und Schönen und sogar einen DJ gab es, der Düdelelektro auflegte. Aber dann sah ich, dass er nur eine Playlist durchlaufen ließ und auf seinem iPad Premier League Fußball schaute. Da war es endgültig aus bei mir. Ich kippte den Rest meines Bieres runter und stellte die leere Dose zwischen die Blumen auf einer Designertheke. Und ich schwöre, es sah besser aus als zuvor.

Tatjana versuchte, uns einen Tisch klarzumachen, erntete aber nur ein unbestimmtes Kopfschütteln der Kellner. Egal. Wolfgang und Ines klebten längst wörtlich mit ihren Nasen an der Panoramascheibe und zählten die Lichter der Großstadt. Ja, das war Wolfgangs Ding. Der wurde echt von Sternen high. Ich holte mir noch ein Bier aus der Seitentasche meines Rollstuhls. „Ich brauch' schon Schnaps oder irgendwas", summte ich vor mich hin. Einer der Kellner hörte das Zischen und warf mir einen strafenden Blick zu. Ich schaute so behindert wie möglich. Der Kellner drehte sich pikiert wieder um und tat, als hätte er nichts gesehen.

Tatjana kehrte nach einer Weile mit einem Glas Lillet zurück und saugte nervös am Strohhalm. Sie tauschte einige unfreundliche Worte mit Thomas aus. Der grinste nur, lehnte sich lässig an eine Steinsäule und trank sein Dosenbier. Ich spürte die Blicke der Kellner und der echten Gäste und genoss es fast so sehr wie die Aussicht. Und die war wirklich toll!

Ich rollte zu den anderen, die sich in einer sichtgeschützten Nische des Restaurants versteckten und zum Stephansdom rüberschauten. Ines war sowieso die Größte, sie war wohl der erste Mensch, der diese Lokalität jemals barfuß betreten hatte. Sie beugte sich zu mir hinunter, legte mir die Hand auf die Oberschenkel und da war es wirklich einen Moment lang so schön, dass man ganz vergaß, dass wir uns in Wiens teuerstem Restaurant befanden.
Ines war es, die entdeckte, dass sich auf einem Beistelltisch unbenutzte Gläser befanden. Sie zögerte nicht lange und schenkte ihr mitgebrachtes Bier in eine der Sektflöten. Die leere Dose stellte sie zur Verzierung in den Blumentopf zu meiner. Bald standen vier Bierdosen um den Topf herum und wir schwenkten unsere schönen Gläser durch die Luft und spreizten vornehm die kleinen Finger. Nur Tatjana sog sauertöpfisch an ihrem Lillet und deklinierte das Verb Fremdschämen für uns durch.
Je länger wir oben waren, desto entspannter wirkte Wolfgang. Er begann „Haben sie Wien schon bei Nacht gesehen“ von Reinhard Fendrich zu summen und Tatjana war es, die uns zum Aufbruch drängte, nachdem sie nur noch ein leeres Glas Lillet in der Hand hielt. Ich tauschte grinsend einen Blick mit Thomas aus.

6 Fragwürdiges

Ines war seit einer Stunde in Wien und wir hatten noch keinen einzigen richtigen Satz gewechselt. Wir standen nebeneinander an der Fensterfront und schauten uns Wien bei Nacht an. Ich hätte stundenlang so neben ihr stehenbleiben können.

Hinter uns hörten wir Falkos immer schriller werdendes Lachen. Ich legte mir tausend Sätze zurecht, was ich Ines sagen wollte. Aber keiner schien richtig zu sein.

Als das Schweigen zwischen uns begann, lauter als die Musik zu werden, räusperte ich mich. Ines wandte sich mir zu und hielt sich den Zeigefinger vor die Lippen.

„Sssh“, sagte sie. „Es ist gerade so schön“, sagte sie.

Ich nickte und schwieg wieder eine Weile.

„Ines, warum hast du das gemacht?“, fragte ich schließlich.

„Weil jeder das Gleiche gemacht hätte“, flüsterte sie.

„Du hast wirklich…?“, fragte ich.

Sie nickte. „Und du? Hast du…?“, fragte sie. Nun war ich es, der nickte.

„Siehst du?“, sagte Ines. „Und genau deshalb bin ich hier.“

Sie warf einen Blick auf Falko, der gerade ausgelassen mit Tatjana diskutierte. „Er hat sich so darauf gefreut“, sagte sie und wischte sich über die Augen. „Ich muss doch dabei sein.“

Ohne lang nachzudenken, umarmte ich sie. Nur kurz. Ich glaube, dass ich in diesem Moment ganz ehrlich fand, dass Ines der tollste Mensch der Welt war und das nicht obwohl, sondern weil sie Falkos Freundin war.

„Aber wie wird es danach weitergehen?“, fragte ich.

Ines zuckte die Schultern und holte einmal tief Luft. „Keine Ahnung“, sagte sie. „Man lebt halt nur einmal. Und das ist jetzt.“

Wir nahmen gleichzeitig einen Schluck aus unseren Gläsern.

„Und du?“, fragte sie. „Hast du schon einen Ausbildungsplatz?“
Ich seufzte. Bisher hatte ich nicht mal Falko davon erzählt. „Die von dem Pharmaunternehmen würden mich nun doch als Nachrücker nehmen.“
„Aber das ist doch großartig!“
Ich schüttelte den Kopf. „Lieber sterbe ich. Ich hasse diese Firma.“
„Und dann?“, fragte Ines.
„Keine Ahnung“, imitierte ich sie. „Man lebt halt nur einmal. Und das ist jetzt.“
Wir wurden durch lautes Gelächter unterbrochen. Falko rollte gerade eine Ehrenrunde durch das Lokal und nickte den Gästen jovial zu, stieß mit der Braut einer Hochzeitsgesellschaft an. Vielleicht lag es an den zwei Bier, die ich seitdem getrunken hatte, aber auf einmal kam es mir so vor, dass die anderen Gäste es toll fanden, dass es hier auch Menschen gab, die keinen konventionellen Zwängen entsprachen und fragte mich, ob Tatjana das auch so sah. Vermutlich nicht, denn sie stand in der Nähe des Ausgangs und schaute pausenlos auf ihre Uhr. Als Falko seine Abschiedsrunde beendet hatte und dem DJ die Hand geschüttelt hatte, winkte er uns zum Fahrstuhl. Tatjana seufzte erleichtert auf.
Als wir alle im Fahrstuhl aufgereiht standen und darauf warteten, dass die Tür sich schloss, hörte man die ersten Takte von „Junge Römer“.
„Falko was here!“, rief Falko triumphierend. Ich starrte auf den Blumentopf gegenüber des Lifts, in dem inzwischen acht leere Bierdosen standen. „Verdammt, wie viel haben wir getrunken?“, fragte ich mich, als sich die Fahrstuhltüre schloss.
Es schloss sich auch irgendwas anderes. Ich glaube nicht, dass ich einen Filmriss hatte. Aber was genau danach passiert ist, kann ich nur noch fetzenhaft beschreiben. Wir wa-

ren noch am Gürtel, waren in einem Club. Es gab eine Diskussion zwischen Falko und Ines. Wir hatten alle wirklich viel getrunken. Und dann …
In der Bahn Richtung Gürtel war die Stimmung super. Wir waren alle noch ein bisschen high von unserer Aktion in der Luxusbar. Falko hatte die nächste Runde Dosenbier ausgeteilt. Keine Ahnung, wo er das schon wieder hergezaubert hatte. In der Tasche des Rollstuhls gab es vermutlich ein Dosenbier-Geheimfach. Wir stießen grölend an, aber ich nippte nur ein wenig an dem Bier. Es lag nicht nur an der lauwarmen Plörre. Mir war längst schlecht. Ich konnte mich nicht erinnern, wann ich das letzte Mal so viel getrunken hatte. Und seit wann Falko so viel vertrug. Er wollte unbedingt noch auf dem Gürtel die Nacht zum Tag machen und einen Club besuchen. Ich gähnte verstohlen. Und steckte scheinbar Ines an. Und dann nahm das Unheil seinen Lauf. Sie sagte diesen Satz, den Falko von allen am meisten hasst.
„Müssen wir echt noch zum Gürtel fahren? Ich kann die Augen kaum mehr aufhalten."
„Es ist kurz nach eins!", fuhr sie Falko an.
„Ich war heute sieben Stunden im Zug, nur um bei dir zu sein!", entgegnete Ines.
„Wenn ich wegen dir jetzt nicht zum Gürtel komme, hättest du lieber daheimbleiben sollen."
Tatjana blickte auf und warf Falko einen missmutigen Blick zu.
„Tut mir leid, dass ich müde bin, nachdem ich erst Frühschicht gearbeitet habe und dann noch durch halb Deutschland und ganz Österreich gefahren bin."
„Aber du hast doch gewusst, dass wir hier kein Kaffeekränzchen veranstalten und brav um neun ins Bett gehen." Falkos Mundwinkel zuckten, etwas in seiner Stimme beunruhigte mich.
„Es ist ja nicht so, dass wir heute Nacht nicht schon etwas Großartiges erlebt hätten."

Falko stöhnte genervt auf und schüttelte den Kopf. „Wir waren Würstel essen und waren in einer Bar. Du glaubst doch nicht im Ernst, dass Leute in meiner Situation sowas unter unvergessliches Erlebnis verbuchen? Ich will zum Gürtel, verdammt!"
„Versteh' ich doch", sagte Ines. „Ich sage ja nur, dass ich sowas von müde bin und wir uns so lange nicht gesehen haben, dass ich halt lieber jetzt mit dir alleine wäre."
Falko nahm die Sonnenbrille ab und schaute Ines mit einem kühlen Blick an, der die U-Bahn Fensterscheiben mit Eisblumen beschlagen ließ.
„Niemand hat dich gebeten, hierherzukommen", sagte er.
„Was für ein Arschloch!", entfuhr es Tatjana. Ines blieb regungslos sitzen und starrte Falko an. „Thomas, sag doch was! Dein Bruder führt sich hier auf wie der letzte Macho."
Thomas zuckte die Achseln. Ich wusste nicht, was ich sagen sollte.
„Weißt du was?", rief Tatjana. „Ines, du brauchst dich von diesen besoffenen Idioten nicht beleidigen zu lassen. Du willst nach Hause? Ich habe den Schlüssel. Komm!"
Die U-Bahn fuhr gerade in eine Haltestelle ein und ab jetzt ging alles ganz schnell. Zischend öffneten sich die Türen. Tatjana reichte Ines die Hand. „Nun komm schon! Hier können wir sogar in unsere Richtung umsteigen."
Ines stand auf. „Falko, tut mir echt leid", sagte sie.
Falko blickte mit verschränkten Armen zwischen Ines und Tatjana hin und her. Mir war schlecht. Mir war in dem Moment sogar so schlecht, dass ich dachte, jeden Moment in die Bahn zu kotzen.
„Ich wünsche den Herren einen wundervollen Abend", ätzte Tatjana und verließ mit Ines die Bahn. Falko schaute ihnen kopfschüttelnd nach. Thomas lachte. „Die Weiber!"
Ich sprang auf. Gleich würde es passieren.
„Auch du? Du wirst doch nicht mit den Weibern…", rief Falko.

Ich gestikulierte irgendwas, rannte nach draußen. Hinter mir schloss sich zischend die Tür. Tatjana hatte den Arm um Ines gelegt und zeigte den Mittelfinger Richtung Bahn, die sich langsam in Bewegung setzte. Dann kotzte in den nächstgelegenen Mistkübel.

7 Falko rides again

Was für eine krasse Nacht! Thomas war ziemlich besoffen, als ich den Rollstuhl im Treppenhaus parkte. Die große Frage war, wer von uns beiden wohl wen die Treppe hoch helfen musste.
Ich konnte gar nicht mehr aufhören, Ines und Wolfgang zu verfluchen.
„Ich will da gar nicht hoch“, lallte Thomas.
„Hast Angst vor deiner Alten?“
„Ich? Vor der doch nicht.“
„Jetzt red‘ keinen Schmäh und hilf mir rauf.“
„Wir hätten im Club bleiben sollen. Die Band war doch episch.“
Da hatte mein Bruder in der Tat recht. Das waren vier völlig irre Typen und eine Frau am Bass. Und der Sänger hatte so einen türkischen Fez oder so auf. Sie spielten einen psychedelischen Sound, sangen aber deutsche Schlagertexte.
Hätt‘ ich die Wahl gehabt, meine Freundin weiterzuhauen oder diese Band zu sehen, ich hätte mich für Letzteres entschieden. Schade nur, dass meine sogenannte Freundin mir diese Frage schon abgenommen hatte.
„Du bist so schwer!“, stöhnte Thomas.
„Das kommt dir nur so vor, weil dich der Schnaps und die Schwerkraft nach unten ziehen.“
„Soweit ich richtig sehe, hast du zwei gesunde Beine. Warum gehst du nicht alleine?“ Thomas deutete auf meine Füße.
„Hallihallo, schon mal was von Gehirn und Steuerzentrale gehört? Ach leck mich, ich schaff‘ es auch alleine.“
„Aber ich nicht“, lallte Thomas.
Er hievte mich hoch und ich legte meinen Arm um seine Schulter. Gemeinsam begannen wir, das Treppenhaus zu erklimmen.
„Ines ist grandios!“, sagte er schnaufend auf halber Strecke.
„Ist sie nicht. Sie war nicht dabei.“

„War sie schon."
„Aber nicht bis zum Schluss."
„Wer ist schon bis zum Schluss dabei?"
„Echte Freunde!"
„Oder Familie", lallte Thomas und gab mir einen Schmatzer auf die Backe.
„Hey!", schrie ich.
„Mach nicht Schluss mit ihr, Hansilein", sagte er.
Ich schüttelte den Kopf. „Ich dachte echt, sie hat kapiert, dass ich kein Pflegefräulein brauche. Ich brauche jemanden zum Pferde stehlen."
„Oder Zedernholzschatullen", sagte Thomas. „Findest du es nicht krass, dass sie da ist?"
Ich blieb stehen und sah ihn verwundert an. „Wenn du in meiner Situation wärst, hättest du von Tatjana irgendwas anderes erwartet?"
Thomas schüttelte den Kopf und murmelte etwas wie „...die hätte sicher längst einen anderen."
Als wir den zweiten Stock erreicht hatten, dachte ich, das Mount-Everest-Basislager könnte nicht weiter entfernt sein. Noch zwei Stockwerke. Wir schwitzten beide wie Junkies auf Entzug.
„Warum bist du eigentlich nur auf Ines sauer und nicht auf Wolfgang?", fragte Thomas.
Ich sah ihn verständnislos an. „Bin ich mit ihm zusammen oder mit Ines? Von Wolfgang erwarte ich gar nichts anderes."
„Er ist immerhin mit deiner Freundin abgedampft."
„Mit deiner doch auch", sagte ich. Wir mussten beide lachen. Lachten immer lauter, das ganze Treppenhaus hallte von unserem Gelächter.
„Stell dir das mal bildlich vor", ich prustete vor Lachen, „stell dir Wolfgang vor, wie er..." ich wischte mir die Tränen aus dem Gesicht, „...wie er Tatjana und Ines..." wir schüttel-

ten uns vor Lachen und waren kurz davor, die Treppe herunterzufallen. „Wie er versucht, ihnen den BH aufzumachen und..."

„Hör auf! Hör auf, ich kann nicht mehr!", schrie Thomas.

Als wir aus einer der Wohnungen ein scharfes „Ruhe!" vernahmen, beruhigten wir uns wieder ein wenig.

„Wolfgang ist der Typ aus dem Witz, bei dem Ariana Grande nackt in seinem Schlafzimmer steht und augenzwinkernd haucht, er dürfe sich was wünschen. Und er wünscht sich ein Handtuch, dass sie sich bedecken kann!"

Thomas stimmte mir zu. „Wenn ich wüsste, dass Tatjana sieben Jahre auf einer einsamen Insel verbringen müsste und ich dürfte mir aussuchen, mit wem, ich würde Wolfgang nehmen!", sagte er.

Als wir endlich den vierten Stock erreicht hatten, schloss Thomas leise auf.

„Aber eine Restwahrscheinlichkeit besteht, dass Wolfgang mit den beiden nackt im Bett liegt", sagte er und beinahe zerriss es uns vor Lachen.

Es war still in der Wohnung. Stiller jedenfalls als im Treppenhaus. Da hatten zwei Besoffene gerade jede Menge Radau gemacht.

Wolfgang lag auf einer Matratze im Wohnzimmer und schnarchte. Muss ich extra erwähnen, dass er alleine schlief?

Ich öffnete leise die Tür ins Gästezimmer und leuchtete mit der Handytaschenlampe hinein. Ines lag in dem Bett, das eigentlich für mich reserviert war. Kurz überlegte ich, was dies für uns bedeutete und ob ich sauer genug auf sie war, um auf der Couch zu schlafen. Aber meine Füße gaben nach und der Weg ins Wohnzimmer war mir zu weit und ich ließ mich in voller Montur neben sie aufs Bett fallen. Nur die Ray-Ban legte ich beiseite.

„Gute Nacht!", murmelte ich.

8 Schlaft gut, ihr fiesen Gedanken

Ungefähr die gesamte Nacht hatte ich von Greta Kotter geträumt. Das war echt komisch, weil ich an Tatjana seit Monaten nicht mehr gedacht hatte. Im Traum war ich total verliebt in sie, noch viel schlimmer als damals in echt. Am allerschlimmsten aber war, dass sie mich im Traum geküsst hatte und danach unerreichbar war, und als ich aufwachte, brannte alles in mir, mein Herz fühlte sich so richtig wund an, so als wäre der Traum echt gewesen und ich lag im Bett und lange fühlte es sich noch so an, als sei Tatjana neben mir gelegen. Langsam erinnerte ich mich, wo ich war und was in der Nacht passiert war, und dann war auch schnell klar, warum sich das Gefühl so echt anfühlte und was mein bescheuertes Hirn versuchte, im Traum aufzuarbeiten.
Das andere, was nicht aufgearbeitet war, hatte in der Nacht noch einen Mordskrach gemacht. Da ich allein im Wohnzimmer schlief, war zu vermuten, dass er sich mit Ines wieder versöhnt hatte. Mein schlechtes Gewissen war gigantisch und ich kam auf die Idee, Frühstück zu besorgen. Vielleicht war dies eine erste kleine Geste, mich für gestern zu entschuldigen.
Da es in der Wohnung still war, zog ich mich leise um und schlich mich nach draußen. Unten stand der Rollstuhl wie ein Mahnmal einer misslungenen Nacht. Die nächste musste perfekt werden. Hoffentlich ging der Plan auf. Sonst hätten wir uns die ganze Wiensache auch sparen können.
Die Stadt war schon geschäftig und ich spazierte Richtung Westbahnhof auf der Suche nach einem Bäcker.
Es war irgendwie schön, hier allein in Wien zu sein. Vielleicht sollten wir einfach bleiben. Die Zukunft hatten wir uns alle drei sowieso verbaut. Warum nicht gleich ein neues Leben in einer neuen Stadt beginnen? Falko würde es super finden. Die medizinische Versorgung soll ja auch in Wien dem deutschen Standard entsprechen und Ines war sowieso

Krankenschwester. Vielleicht könnte sie ihre Ausbildung sogar hier fertig machen? Und mir war es sowieso egal, ob ich in der Drogenfarm im Büro saß oder hier in Wien in irgendeiner Bank oder so.

Je länger ich darüber nachdachte, desto besser fand ich die Idee. Bis mir einfiel, wo Falko wohl gerade war. Und was er dort machte. Ich musste an Greta Kotter denken und sofort zerrte etwas in meiner Brust. Verdammt, das würde ich nicht überleben, dachte ich, mit den beiden zusammenzuleben.

Auf einmal wurde mir schlecht und ich blieb stehen. Eigentlich hatte ich gar keinen Hunger. Es war doch sowieso alles sinnlos. Das Gescheiteste war wohl, zurückzugehen und weiterhin unglücklich in Greta Kotter verliebt zu sein und davon zu träumen, was ich wohl eines Tages studieren würde. Das hatte ich am besten gekonnt. Vermutlich war ich damals sogar richtig glücklich.

„Wolfgang?" Da war sie wieder, die Stimme aus meinem Traum.

„Wolfgang! Träumst du noch!" Ich blickte auf. Es war nicht die Stimme von Greta Kotter.

Ines lachte. „Wolfgang! Guten Morgen!" Etwas in mir sackte in sich zusammen.

„Was machst du denn hier?", stammelte ich.

„Ich wollte Brötchen holen, um mich bei Falko zu entschuldigen."

„Ich auch!"

Sie schaute mich lächelnd an. Ich konnte ihrem Blick nicht standhalten.

„Na komm schon, holen wir gemeinsam Frühstück!" Sie reichte mir die Hand, hakte sich bei mir ein und zerrte mich, vor guter Laune springend, die Straße runter. Es war kaum auszuhalten, wie gut sie roch.

Als wir uns in der Bäckerei einreihten, hielt sie immer noch meine Hand. „Ich habe mich übrigens noch nicht bei dir bedankt", sagte sie.

„Wofür?"

„Na, dass du mich gestern noch heimgebracht hast."
Sie gab mir einen Kuss auf die Wange. „Ich weiß, dass das nicht selbstverständlich war."
„War es schon", murmelte ich kleinlaut und spürte ihren Lippen auf meiner Haut nach.
„Nicht für jeden. Aber heute bin ich ausgeschlafen und zu jeder Schandtat bereit. Ist der Plan vorangeschritten?", fragte sie.
Ich nickte.

9 Helden von heute

Ein ziemlich penetrantes Klirren von Tellern und Zischen der Kaffeemaschine weckte mich irgendwann auf. Mein Bett war leer. Ines kicherte schon in der Küche. Mann, mein Schädel. Ich fasste mir an den Kopf. Ich war halt keinen Alkohol mehr gewohnt.
Ich stand auf, wartete kurz ab, bis der Headrush nachließ, dann schlurfte ich aus dem Gästezimmer. Wenn ich ganz langsam ging, ging es noch wie früher. Ich rede hier von Superzeitlupe. Als ich die Tür öffnete, sprangen mir gleich Wolfgang und Ines entgegen, als hätten sie ein mordsmäßig schlechtes Gewissen.
Zu Recht. Wolfgang schaute mich wie ein Dackel, der seinem Herrchen ins Wohnzimmer gekackt hat, schuldbewusst an. Ich wollte noch eine Weile den zu Tode Enttäuschten spielen. Aber dieses Bild, wie sie sich beide überboten, mich zu Tisch zu hofieren – und wie reich sie diesen Tisch gedeckt hatten- ich konnte nicht anders, als versöhnlich zu lächeln. „Leute, ich muss jetzt erstmal aufs Klo!“, sagte ich und musste lachen.
Später saßen wir alle am Frühstückstisch. Tatjana sah ähnlich zerknautscht aus wie Thomas, da hatten auch die acht Stunden Schönheitsschlaf nichts mehr ausrichten können.
Ich rieb Wolfgang eine Weile unter die Nase, dass er die abgefahrenste Band aller Zeiten verpasst hatte, aber dann wurde es mir zu langweilig, über die Vergangenheit zu reden. Es war doch alles schon gesagt.
„Was steht heute auf dem Programm?“, fragte ich in Richtung meiner beiden Reiseführer. „Abends nix Besonderes“, sagte Wolfgang und lachte. „Wir gehen zum Heurigen in die Weinberge und brechen anschließend in Falkos Appartement ein.“
„Cool“, sagte ich zufrieden.

„Und davor hätten wir uns gedacht, zum Zentralfriedhof zu fahren“, sagte Thomas und ergänzte: „Nur wenn du magst.“
„Klar, Friedhöfe sind immer geil“, antwortete ich. „Schleppt mich doch jetzt schon zum Friedhof, solange ich es noch mitkriege. Hast ein Probeliegen auch organisiert?“
„Wenn du weiter so blöd daherredest, lässt sich das kurzfristig arrangieren“, sagte Thomas und simulierte eine Backpfeife. „Du Depp, wir würden mit dir zu Falcos Grab gehen.“
„Oh.“ Das war in der Tat ein cooler Plan.

10 Coming Home

Wir fuhren zu dritt mit der S1 raus zum Zentralfriedhof. Mein Bruder Thomas und Tatjana hatten kurzfristig noch irgendwas Wichtiges zu erledigen. Kann sich ja jeder denken, was das war. Jedenfalls schob mich Ines an der Haltestelle Zentralfriedhof aus der Bahn. Aus irgendeinem Grund hatte ich wirklich gedacht, dass wir jetzt in den Friedhof hineinspazierten und gleich vor Falcos Grab stehen würden. Stattdessen rollten wir – respektive ich- stundenlang über knirschenden Kies. Vorbei an Gräbern, Gräbern, Gräbern. Wir rollten und rollten. Das Rollen wäre nicht das Problem gewesen, so ein Friedhof hat so seinen Reiz. Auch, wenn er größer ist als so manche Stadt. Was mich beinahe wahnsinnig machte, war diese Stille. Keiner sagte ein Wort. Und ich rede jetzt nicht von einer pietätvollen Stille. Wolfgang, mein stiller Freund, sprach nie, wenn er ein schlechtes Gewissen hatte. Und ich hoffe sehr, dass sein Schweigen an einem mächtig schlechten Gewissen lag. Und Ines, meine teure Freundin, hatte aus irgendeinem, mir nicht ersichtlichen Grund, ebenfalls ihre Kommunikation eingestellt.
„So ein schönes Wetter heute!“, sagte ich irgendwann in die kiesknirschende Stille hinein. Eine größere Provokation war mir nicht eingefallen.
„Hm Hm“, sagte Wolfgang.
Ines nickte. Was für ein Oktoberfest, meine beiden Begleiter. Ich seufzte, verschränkte die Arme und schaute mir die Namen auf den Gräbern an. Loithaler Matthäus. Hatte der nicht mal bei den Bayern gespielt? Jakob Danielowitsch. Gestorben mit 36. Was dem wohl passiert war? In einem Grab ein Mädchen, zwölf Jahre alt. Auf dem anderen Grabstein ein „liebevoller Vater“, der viel zu früh gegangen war und darunter noch ganz viel Platz für den Rest der Familie, die sich noch Zeit ließ. Jeder einzelne Grabstein eine Geschichte. Jeder Grabstein ein Drama. Und wir rollen durch

eine ganze Stadt davon, dachte ich. Und fragte mich, ob Ines so still war, weil sie gerade die gleichen Gedanken hatte. In der Ferne sah man den Kamin des Krematoriums. Schwarzer Rauch stieg darin auf, der sich langsam in weißen Rauch verwandelte und schließlich ganz verschwand. Ich fasste mir an den Kopf. Die Kopfschmerzen meines Katers hatte auch der starke Kaffee aus Thomas' museumsreifer Bialetti nicht vertreiben können.
„Wann sind wir denn endlich da?", fragte Ines endlich genervt. Wolfgang starrte konzentriert auf Google Maps.
„Gleich", sagte er.
„Das hast du vorhin auch schon behauptet. Wenn ich gewusst hätte, wie groß das hier ist, wäre ich daheimgeblieben."
„Wien hat halt mehr Tote als Heidelberg Einwohner", behauptete ich.
„Sehr witzig, Falko. Hast du überhaupt eine Ahnung, was nächste Woche los ist, wenn mich meine Therapeutin fragt, wie es mir geht, und ich sag': Super! Ich war am Wochenende in Wien und hab mir alle Gräber im Zentralfriedhof angeschaut!"
„Die würd' dich für total verrückt halten!", sagte ich und lachte unsicher. Als ich hinter mir auch einen Lacher hörte, lachte ich erleichtert ein wenig lauter.
„Da ist es!", rief Wolfgang.
Tatsächlich. Die Grabreihen waren inzwischen etwas lichter geworden und in der Mitte des Weges konnte man den Obelisken erkennen, der alle anderen Gräber deutlich überragte. Über die gesamte Grablänge war zudem ein gläsernes Banner installiert, auf dem ein schwarzer, engelsgleich aussehender Falco und seine größten Hits eingraviert waren. Gruselig, dachte ich. Das war also Falcos Grab.
Als wir das prunkvolle Ehrengrab erreichten, wurde ich dann doch ganz still. Denn da lag nicht nur Falco begraben. Ein ganz einfacher, simpler Stein markierte auch das Grab von jemand anderem. Von Hans Hölzel.

11 Es lebe der Zentralfriedhof

Der ganze Friedhof war sowas von riesig und ich brauchte tatsächlich mein Handy, um dieses Grab zu finden. Ines stöhnte erleichtert auf, als es endlich auftauchte und rollte Falko fast ein wenig pietätlos vor das Grab, legte die Parkbremse ein und ließ sich erschöpft ins Gras der Friedhofswiese fallen. Ich setzte mich zu ihr und wir schauten eine Weile neugierig zu, wie Falko reagierte, endlich seinem Idol nahe zu sein.

Wir hatten mit wirklich vielem gerechnet, was passieren könnte. Nein, das stimmt so gar nicht. Wir hatten, ehrlich gesagt, überhaupt nicht darüber nachgedacht. Denn sonst wären wir vorbereitet gewesen. Wir waren echt Idioten. Falko schaute sich erst kopfschüttelnd diese seltsame Glasverzierung an, auf der Falco wie ein schwarzer Engel abgebildet war. Neben den bekannten Superhits war auch der Drogen-Song „Ganz Wien" eingraviert. Vielleicht, weil es sein erstes Lied war. Und „Junge Römer", obwohl der keine Nummer Eins war. Zumindest nicht in Deutschland. Falko schaute sich das ganze Brimborium und auch die vielen Blumen und Kerzen, die Fans hier abgestellt hatten, spöttisch an. Ich tauschte einen Blick mit Ines aus und wir lächelten beide. Was für ein Hype, dachten wir. Dann löste Falko die Handbremse und rollte um das Grab herum zum eigentlichen Grabstein auf dem nur „Hans Hölzel *1957 1998" stand.

Falko blieb eine halbe Ewigkeit davor stehen und starrte auf die Inschrift. Auf einmal begann es ihn durchzuschütteln, wie bei seinem letzten Anfall in Heidelberg. Ines sprang auf, aber ich hielt sie zurück. „Es ist gut", flüsterte ich und nickte in Falkos Richtung. Das Zittern hatte aufgehört, er stand ganz ruhig da und vergrub sein Gesicht in seinen Händen. Es war kein epileptischer Anfall. Ich hatte Falko schon in Altötting so gesehen.

Wir sahen zerknirscht zu Boden und ich schämte mich, dass ich nicht vorbereitet war. Ich hätte wissen müssen, was passiert. Nach einer Weile, als die Schluchzer weniger wurden, ging Ines langsam zu ihm. Sie legte ihm vorsichtig ihre Hand auf die Schulter. Dann umarmten sie sich lange. Als Ines etwas aus ihrer Tasche zog, an das ich ebenfalls hätte denken können, es aber nicht getan hatte, wusste ich, dass sie die bestmögliche Freundin für Falko auf der gesamten Welt war. Sie zog ein Teelicht aus der Tasche. Wo hatte sie das nur her? Falko nahm das Teelicht und stellte es in das Grablicht, das unter Falcos Grabstein stand. Er zündete die Kerze an. Langsam stellte ich mich zu den beiden dazu. Wir standen links und rechts von Falko und hielten ihn, so fest wir konnten, und ich schämte mich nicht, dass auch mir die Tränen über die Wangen rannen.

12 Mein Gott, ich sehe!

Nach unserem Ausflug zum Zentralfriedhof fuhren wir als Erstes in die Wohnung, um uns noch auszuruhen vor der großen Nacht. Aber es dauerte nicht lange, bis es Falko nicht mehr tatenlos aushielt und uns zum Aufbruch drängte. Während Ines Falko in die Diele begleitete, um ihm beim Schnürsenkelbinden zu helfen, zog ich Thomas zurück.
„Und?“, fragte ich. „Nun sag schon! Hat es geklappt?“
Thomas verzog das Gesicht. „Jetzt mach dir nicht in die Hosen, Wolfgang. Es ist alles organisiert. Es läuft wie geplant. Falko wird einen Abend erleben, den er nie vergessen wird.“
Ich lächelte erleichtert. „Und das ging so einfach?“
Er grinste. „Am schwierigsten war noch der Tisch im Heurigen. Aber da kannte ich jemand, der den Wirt kennt. Bis 19:00 Uhr halten sie uns den Platz frei. Und um den Rest hat sich Tatjana gekümmert.“
„Tatjana?“
„Tatjana kann einen unglaublichen Charme entwickeln, wenn es darauf ankommt. Wenn wir morgen früh alle aufwachen und jubeln, dass wir die Nacht unseres Lebens hinter uns haben, dann kannst du dich bei ihr bedanken.“
„Da bin ich ja gespannt“, sagte ich, was völlig untertrieben war.
Thomas zwinkerte vielsagend. Die Aufregung stieg.
„Also los!“
Mit frischem Elan stürmten wir, „Fürstenfeld“ von STS singend, das Treppenhaus hinunter. Wenn man das Schneckentempo, mit dem wir Falko Stufe für Stufe nach unten halfen, so bezeichnen kann. Wir stürmten in einer euphorischen Langsamkeit nach unten. Nachdem Falko zum dritten Mal „Langsam find der Tag sein End…“ anstimmte, hatten wir die Tür erreicht. Falko setzte sich umständlich in den unten wartenden Rollstuhl und ließ sich von Ines schieben.

„Und du glaubst wirklich, dass wir bis um sieben beim Heurigen sind?“, fragte ich Thomas.
„Wenn wir es nicht schaffen, vergibt der Wirt den Platz an jemand anderen. Whatever. Wichtig ist nicht das Ziel, sondern der Weg.“
„Was für eine Sülze!“, protestierte Falko. „Ich will heute meine Stelzen serviert bekommen! Sonst hau’ ich den Laden kurz und klein!“, rief er, und fügte kichernd hinzu: „Oder wenigstens die Behindertentoilette.“
„Was sind jetzt eigentlich diese legendären Stelzen, von denen Falko seit Wochen redet?“, fragte Ines. Thomas machte Laufbewegungen mit seinen beiden Zeige- und Mittelfingern. Ines schüttelte den Kopf. „Keinen blassen Schimmer.“
Falko machte Grunzgeräusche, während Thomas‘ Finger immer energischer zappelten.
„Jetzt verarscht mich nicht und rückt endlich raus mit der Sprache!“
„Schweinshaxen“, sagte ich. „Ein Tier mit vier Stelzen: Porcus domestis.“
Ines schüttelte lachend den Kopf. „Ihr seid ja sowas von bescheuert. Ihr wisst doch, dass ich Vegetarier bin?“
„Die Schweinchen auch!“ Falko brüllte vor Lachen, er war in Bio noch nie sehr gut gewesen.
Wir spazierten zur Bushaltestelle, von der ein Stadtbus direkt bis in die Weinberge in den Randbezirken Wiens ging.
„Die Hinfahrt ist ein Kindergeburtstag“, erklärte Thomas. „Aber freut euch auf die Rückfahrten. Wenn wir den Bus überhaupt erwischen. Da ist uns schon alles passiert, was einem passieren kann: Handy verloren, in den Bus gekotzt, von Drogendealern Prügel angedroht bekommen…“
„Weil du dein loses Mundwerk nicht halten kannst, wenn du besoffen bist.“
„Und du schaffst das nicht einmal nüchtern!“, konterte Thomas.

Im Bus sitzend, klinkte ich mich aus dem Gekeile der beiden Brüder langsam aus und schaute Ines dabei zu, wie sie nachdenklich aus dem Fenster blickte. Die Stadt und irgendwelche Brauereien zogen draußen vorbei und mit jeder Haltestelle wurde der Bus leerer. Bis nur noch wir vier und eine Familie übrigblieben.

An der Endstation stiegen wir aus. Es war kurz vor sieben. Wir würden Falko mit einem neuen Rollstuhlrennrekord nach oben schieben müssen.

„Wie weit ist es denn noch?“, fragte ich.

Thomas seufzte. „Na ja, weit genug, dass wir auch ohne behinderten Bruder es niemals rechtzeitig rauf schaffen würden.“

„Hättest du uns das nicht früher sagen können?“, fragte ich nervös.

„Was hätte es dir gebracht? Außer, dass du dich schon die ganze Fahrt über aufgeregt hättest.“

Da hatte er auch wieder recht.

Ines weigerte sich, Falko auch nur ein km/h schneller zu schieben, als auf einem gewöhnlichen Sonntagsspaziergang. „Nimm dir jeden Tag eine Stunde Zeit für Stille“, sagte sie. „Außer, wenn du in Eile bist. Dann nimm dir zwei.“

Falko drehte sich zu ihr um und verdrehte die Augen: „Wow, ist heute der Tag der sinnlosen Kalendersprüche?“

Ines lachte. „Das hängt im Schwesternheim am Kühlschrank. Passt doch ganz gut.“

Sie schob Falko provozierend langsam den Berg hinauf. Es war kurz nach sieben und ich bewunderte sie für ihre Nerven.

„Und was machen wir, wenn er unseren Platz längst jemand anderem gegeben hat? Bei diesem schönen Wetter geht doch heute sicher jeder zum Heurigen!“, schimpfte ich.

„Es hat bisher noch immer geklappt“, beschwichtigte mich Thomas.

Nach einigen Minuten Fußmarsch lotste uns Thomas nach rechts zu einem Schloss. Vor dem Schloss erstreckte sich ein weiter Garten mit einer herrlichen Aussicht auf Wien.
„Das müsst ihr euch unbedingt anschauen!“, sagte er.
„Aber wir haben doch keine Zeit mehr!“, protestierte ich.
Thomas warf mir einen bösen Blick zu: „Wenn ihr das nicht gesehen habt, dann hättet ihr gar nicht erst nach Wien kommen brauchen!“
Und er hatte recht. Die Abendsonne tauchte die Stadt in warme Farben. Die Weinberge leuchteten rötlich und man konnte von hier oben so ziemlich die ganze Stadt sehen. Da war der Steffl, das Riesenrad, die Wolkenkratzer der Uno City. Verdammt, war das schön.
Wir blieben stehen und schauten schweigend in die Ferne. Niemand sagte ein Wort. Die Vögel zwitscherten und ein kühlender Abendwind fuhr uns in die Haare. Wie kitschig schön, dachte ich die ganze Zeit. Aus den Augenwinkeln sah ich Ines, die neben mir stand. Sie war seit dem Zentralfriedhof irgendwie anders. Ständig in Gedanken. Was hätte ich gegeben, ihre Gedanken lesen zu können. Sie blieb mir ein Rätsel.
Während wir so herumstanden und alles so schön war, dass niemand den Moment mit einem falschen Wort beenden wollte, wehte mir der Wind eine winzige Note von Ines‘ Parfum unter die Nase. Und sofort war alles wieder da. Heidelberg, der Sonnenaufgang, ihr Duft. Die Angst, die Hoffnung, die Liebe. Diese scheiß Liebe. Ich sah, wie Falko nach Ines‘ Hand griff, die auf seiner Schulter lag. Ja, diese Scheiß Liebe. Und dieser Scheiß Tod. Und dieses beschissene schöne Leben.

13 Kann es Liebe sein

Mein halbes Leben, und das ist keine Floskel, das ist eine mathematische Tatsache – mehr als mein halbes Leben hatte ich davon geträumt, einmal in Wien zu sein. Wenn mir damals jemand den Deal angeboten hätte, er würde mich zum schönsten Ort von Wien teleportieren, aber der Preis dafür wäre eine unheilbare Krankheit und ich würde im Rollstuhl sitzen, ich hätte trotzdem sofort ja gesagt. Wenigstens tut es nicht weh, sich das nachträglich noch so einzureden.
Denn, klar, ist es eine fucking Ungerechtigkeit, dieses Scheißding im Kopf zu haben und im Rollstuhl zu sitzen. Aber, hey, wenn schon sterben und im Rollstuhl sitzen, dann wenigstens am schönsten Ort von Wien, oder?
Ich fragte mich, was für romantische Reime mein Dichterfreund Wolfgang gerade drechselte, der übrigens seit geschlagenen fünf Minuten nicht mehr moserte, dass wir viel zu spät dran sind. Ich jedenfalls, hätte ich auch nur den Hauch eines Dichtertalents gehabt, ich hätte jetzt eine Ode an die Geilheit der Welt geschrieben.
Es war unmöglich, diesen Ort nicht schön zu finden. Aber das Schöne war nicht nur, dass es Wien war, und dass es Sommer war, und dass wir hier oben waren. Schön war es, dass mein Bruder hier war. Und mein bester Freund. Und, ich griff nach Ines' Hand. Was auch immer sie war, sie war auch da. Es waren alle Menschen da, die mir etwas bedeuten. Und Tatjana. Und auch wenn es nichts gibt, das perfekt ist. Das kam schon ziemlich nah dran.
Wir sind vielleicht zehn Minuten so hilflos kitschig in der Szenerie herumgestanden und sind auf Dutzenden Selfies von irgendwelchen Touristen gelandet und wir wären vielleicht auch noch bis in alle Ewigkeit dort herumgestanden, wenn nicht Thomas' Handy geläutet hätte. Es war der Stelzenwirt. Stocksauer. Er gäbe uns noch genau fünf Minuten,

wenn wir dann nicht auftauchten, bekäme eine Kegelgruppe aus dem Sauerland unseren Tisch.
„Wow!“, sagte Thomas. „Er hat mich angerufen! Sowas macht er normal nie.“
„Schaffen wir es in fünf Minuten?“, fragte ich.
Noch ehe jemand antworten konnte, packte Ines den Rollstuhl und ich raste in einer irren Geschwindigkeit zum Weg zurück. Links und rechts sausten die Weinstöcke an mir vorüber und hinter mir johlten Ines, Wolfgang und Thomas, die Lokomotive: „Wir schaffen es! Wir schaffen es!“
Acht Minuten später betrat unsere Truppe, alle keuchend und stöhnend, abgesehen von mir, die Terrasse des Stelzenwirtes.
Thomas stürzte gleich auf den Wirt zu und entschuldigte sich, indem er mehrere Bücklinge machte. „Bedank dich bei deinem Bruder“, knurrte der Wirt und nickte undefiniert in meine Richtung. Anscheinend hatte Thomas eine Tränenstory erzählt, um uns den Tisch zu sichern. Dieser verdammte Schlaufuchs.
Ab jetzt war es sowieso egal, ob ich den Todgeweihtenstempel im Gesicht hatte oder nur den Schwerbehinderten-Bonus. Hauptsache, wir hatten einen Platz und würden gleich Stelzen serviert bekommen. Zu viele Geschichten hatte ich mir von meinem Bruder schon über die Stelzen anhören müssen, der göttlichsten Speise auf Erden, als dass ich mir das hätte entgehen lassen können.
Ach ja, die Aussicht war nicht unerwähnenswert. Auch von hier aus hatte man einen Blick über die Stadt. Wenn sie auch von einem Hügelausläufer der Weinberge eingeschränkt war.
Wir bestellten als Erstes eine Flasche Veltliner und zwei Flaschen Wasser. Thomas rümpfte die Nase. „Bei meinen Kommilitonen war die Bestellung umgekehrt. Aber mei, ihr seid ja noch halbe Kinder.“
„Und diese halben Kinder haben keine Lust, noch vor Mitternacht die Handys zu verlieren, in den Bus zu speiben und

von Drogendealern verhauen zu werden, mein Bruder!“, sagte ich.
Als das Dirndl, das uns bediente, ihre glockenschweren Brüste zu uns hinunterbeugte, um die Getränke zu servieren, begann also diese eine Nacht, von der man mir versprochen hatte, dass ich sie mein Leben lang nicht mehr vergessen würde.

14 Ein letztes Wienerlied

Mit jedem Viertel Veltliner wurde die Aussicht noch schöner. Mir saßen Ines und Tatjana gegenüber. Aber spätestens, wenn Stelzen auf dem Tisch stehen, interessiert sich keiner mehr für Nebensächlichkeiten wie eine Aussicht. Thomas, mein in Sachen Größenwahn nicht selten ebenbürtiges Bruderherz, hatte gleich zwei Teller bestellt. Erst hatten wir protestiert, zwei Platten sind doch viel zu wenig! Er solle gefälligst für jeden von uns einen Stelzenteller bestellen. Aber dann schleppten die Damen die Platten heran. Die Fleischberge, die auf jedem der riesigen Teller lagen, hätten ein kleines Oktoberfestzelt satt gemacht. Thomas nahm die dritte Flasche Veltliner entgegen, schenkte jedem die Gläser nach und klopfte mit seinem Stelzen-Messer gegen sein Weinglas. Aha, eine Rede. Was ist denn jetzt los?
Er stand tatsächlich auf, schaute mit verklärtem Blick – was nach seinem Weinkonsum nicht überraschend war – zum Steffl hinunter und räusperte sich. Feierlich hob er sein Glas: „So jung kommen wir nicht mehr zusammen", sagte er.
Wolfgang verdrehte die Augen.
Thomas' Blick wurde noch ernster. „Du sollst jeden Tag leben, als sei es dein letzter!", fuhr er fort.
Jetzt blickte auch Wolfgang irritiert auf. Ines begann zu kichern.
Thomas ließ sich nicht beirren. „Ihr schüttelt den Kopf", sagte er mit feierlicher Stimme. „Ich aber sage: Träume nicht dein Leben, sondern lebe deinen Traum!"
Jetzt war er völlig verrückt geworden.
„Schon die alten Griechen haben gesagt: Carpe diem!"
Tatjana hielt sich die Hand vor den Mund und unterdrückte nur mit Mühe einen Lachanfall.
„Du verarscht uns, oder?", fragte ich.

Thomas schüttelte den Kopf und hob sein Glas noch höher. „Eines schönen Tages wird die Welt untergehen", verkündete er ernst. „Aber an allen anderen Tagen halt nicht!"
Nun begann auch Wolfgang zu kichern. Thomas sorgte mit einem Handstrich wieder für Ruhe. „Etwas Wichtiges möchte ich, nein, das stimmt nicht - muss ich euch noch mit auf den Weg gegeben."
Wir blickten ihn gespannt an. Thomas nickte bedeutungsschwanger, schwenkte sein Glas und sah jedem von uns so tief in die Augen, dass es richtig gruselig war.
Er holte tief Luft und sprach: „Mach es wie die Sonnenuhr, zähl die schönen Stunden nur!" Ab da brachen alle Dämme. Er konnte sich selbst nicht mehr zusammenreißen und fiel in schallendes Lachen. Unser ganzer Tisch brüllte und gackerte, wie man es selbst in einem Heurigenlokal selten zu hören bekam.
„In diesem Sinne", beendete Thomas seinen Toast, „lieber Falko, liebe Festgäste, auf das Leben!"
„Auf das Leben!", riefen wir und die Gläser klirrten.
Wir lachten minutenlang, ich hatte schon Angst, dass die Stelzen kalt würden. „Ich dachte echt einen Moment lang, du bist übergeschnappt", sagte ich und wischte mir die Tränen aus den Augen. Er zuckte die Schultern.
„Ich hätte so eine schöne Rede vorbereitet, aber ihr ironiegeilen Idioten habt sie vermasselt", sagte er und schaute so traurig, dass ich es ihm kurz glaubte. Er lächelte und deutete mit dem Zeigefinger auf mich. „Verarscht! Schon wieder!" Aber er sagte es in einer Stimmlage, die ihn schon als Kind immer beim Flunkern verraten hatte. Ich legte meine Hand auf seine Schultern. „Danke, mein Bruder", sagte ich und ließ es dabei bewenden.

15 Das Schicksal ist ein mieser Verräter

Seit einer Stunde aßen wir wie junge Römer beim Gelage. Es half nichts, die beiden riesigen Platten sahen aus, als hätten wir sie kaum angerührt. In der Luft lag schwerer Knoblauchdunst und der Lautstärkepegel hatte sich auch im restlichen Gastgarten dem unseren angepasst. Falko hatte ziemlich einen sitzen und ich hoffte, dass er sich langsam einbremste, sonst wäre die Nacht für ihn beendet, bevor es eigentlich losging.
Ines hatte die vegetarischen Beilagen kaum angerührt. Sie blickte mit geschlossenen Augen und leicht geöffneten Lippen in die Sonnenstrahlen. Ihr Gesicht war ganz rötlich von der untergehenden Sonne. Sie sah gleichzeitig überglücklich und traurig aus. Thomas verteilte gerade die nächste Runde Fleisch auf die Teller von jedem, der nicht rechtzeitig ablehnte, als Falkos Handy auf dem Tisch vibrierte. „Es ist Mama!“, sagte er, stand auf und verließ die Terrasse, um den Anruf entgegenzunehmen.
Wir aßen weiter, obwohl keiner mehr Hunger hatte und ließen uns von Tom und Tatjana die Gebäude erklären, die von hier oben zu sehen waren. Riesenrad, Uno City, Stephansdom. Dessen Dach reflektierte das letzte Licht der untergehenden Sonne. Als sie endgültig untergegangen war, kam ein kühler Wind auf. Die Mädchen zogen sich ihre Jäckchen an. „Jetzt esst, sonst werden auch die Stelzen endgültig kalt!“, forderte sie Tom auf. Beide schüttelten den Kopf. „Wenn ich auch nur ein Stückchen Fleisch auch nur ansehen muss, zerreißt es mich!“, sagte Tatjana.
„Ines, noch Kartoffeln?“, fragte er. Sie verneinte. „Für einen Vegetarier hast du eh tapfer ausgehalten“, sagte Thomas kauend und biss gierig in sein Stelzenstück, als gäbe es bis Weihnachten nichts mehr zu essen.
„Er ist wieder da!“, rief Tatjana, als Falko zurückkam. Mir lag ein standesgemäßer Jubel in der Kehle, aber Ines‘ Blick

ließ mich verstummen. Falko war kreidebleich im Gesicht. Seine silbern glitzernden Augen verrieten sofort, dass er geweint hatte.
„Ist was mit Mama?“, fragte Thomas.
Falko rollte zum Tisch. „Nein, nein. Alles gut. Ihr geht’s gut. Na ja, den Umständen entsprechend gut halt. Sie macht sich halt Sorgen.“
„Aber was ist dann los?“, fragte Thomas. Falko machte eine abwehrende Handbewegung.
„Jetzt sag schon, ist ihr was passiert?“
Falko starrte einen Augenblick in die Ferne und sein Blick war so leer, dass er mir eine Höllenangst einjagte.
„Mann, Thomas, du kennst doch Mama. An manchen Tagen tut sie so, als hätte sie jetzt gerade erst gecheckt, dass ich krank bin. Müssen wir da jetzt darüber diskutieren?“
„Oder sind wieder irgendwelche Testergebnisse angekommen? Sie macht doch immer erst um diese Zeit die Post auf?“
Falko verzog das Gesicht. „Ist doch egal, oder? Jetzt tut doch nicht auf einmal so, als wüsste keiner, was los ist.“ Er schaute Thomas an und äffte seine Stimme nach: „Eines schönen Tages wird die Welt untergehen, aber an allen anderen Tagen halt nicht“, sagte er und fügte an: „Und ich schwör’ euch: heute nicht!“
Ines reagierte als Erste. Sie hob ihr Glas. „Heute nicht!“, rief sie mit einer Kraft in der Stimme, die ich so bisher nicht kannte.
Eilig griff jeder nach seinem Glas. Wir hoben sie feierlich in die Luft. „Heute nicht!“, antworteten wir im Chor.

16 Langsam find‘ der Tag sein End

Falko blickte durch seine Ray-Ban nach oben zu den Sternen. Der Vollmond spiegelte sich auf seinen Brillengläsern. Ein wenig sah er so aus, als sei er in Wahrheit blind. Ich konnte nicht sagen, ob er glücklich war. Kam die Bedienung in die Nähe, zauberte er sich umgehend sein Falko-Grinsen ins Gesicht. „Der Wein ist der Wahnsinn, Baby. Und du bist es auch, wenn du uns noch ein Fläschchen bringen tätest“, säuselte er. Dann saß er aber wieder stumm da, hörte unseren Gesprächen zu und schaute die Sterne an, von denen er hinter seiner Brille garantiert keinen einzigen sah. Vielleicht hatte er auch einfach seine romantische Ader entdeckt. Hier oben war es auch zu schön. Grillen zirpten, Motten umkreisten die nicht zu hell glühenden Birnen des Heurigengartens. Diese Aussicht. Und dann waren alle da, und ich meine wirklich alle, die ich in meinem Leben wirklich, wirklich mochte. Und selbst Tatjana war eigentlich gar nicht so übel. Halt nur anders. Auch, was Tom an ihr fand, war mir inzwischen klar. Beide fummelten schon die ganze Zeit unter dem Tisch herum. Man musste ja nicht gleich mit ihr zusammen sein, so wie Thomas. Aber mit ihr an einem Tisch im Beisl zu sitzen und zu sehen, wie die anderen Gäste immer wieder zu ihr herüber starrten, das hatte schon was. Es war mir auch nicht wichtig, ob wir unseren Plan durchziehen konnten oder nicht. Der Plan war sowieso zu irre und ich hatte keine Lust, in einer Gefängniszelle aufzuwachen, wenn auch nur eine Kleinigkeit schiefging. Ich fand die Nacht perfekt so, wie sie war.

„Thomas, ich muss ganz dringend auf die Toilette“, sagte Tatjana auf einmal. Beide waren seit gefühlten drei Stunden zusammengepappt wie siamesische Zwillinge und keiner wunderte sich, dass Thomas zufällig auch musste. Stühle quietschten, als sich beide aus unserer engen Tischrunde

zwängten und Richtung Klo wankten. Thomas ging aus irgendeinem Grund ziemlich unrund.
Ich lachte und erwartete einen bösen Spruch von Falkos Lippen. Aber der saß weiter unbeweglich da, den Blick zum Himmel gerichtet.
„Falko, alles klar?“, fragte Ines. Langsam, ganz langsam senkte sich sein Kopf und justierte sich in ihre Richtung.
„Dein Bruder ist drauf und dran, dich zum Onkel zu machen und du sagst gar nichts?“
Als Falko sich nicht rührte, griff sie sachte nach seiner Brille und nahm sie ab. Falko setzte ein Lächeln auf. Aber seine Augen glänzten. „Was hat deine Mama gesagt?“, fragte Ines.
Ich wäre am liebsten aufgesprungen und ebenfalls aufs Klo gerannt. Ich würde heute keine Informations-Handgranaten ertragen. Nicht heute.
Falko wischte sich über die Augen. „Geht’s dir gut?“, fragte ich, um irgendwas zu sagen.
Falko nickte. „Jaja“, sagte er. „Mir geht’s gut. Mir geht’s echt gut. Aber, Alter, das ist echt schwer auszuhalten, was ich bei anderen auslöse. Ich will schon gar nicht mehr ans Telefon gehen, wenn Mama anruft.“
Ines und ich schauten uns betreten an.
„Jetzt sag schon, hat sie wieder geweint?“, fragte Ines.
Falko nickte.
„Aber warum denn? War irgendwas?“
Falko schwieg. Ines und ich sahen uns an. Ich zuckte die Schultern.
„Falko, was ist denn los? Muss ich irgendwas wissen?“
Falko seufzte und starrte zu den Sternen.
„Gibt es doch neue Testergebnisse?“, fragte Ines scharf.
Falko schüttelte den Kopf. „Keine neuen“, sagte er halblaut.
„Was heißt, keine neuen?“ Ines wurde unruhig. „Es gibt also Testergebnisse? Was heißt das? Was kam da raus?“
„Ines, jetzt reg dich bitte nicht auf. Es langt schon, dass meine Mama einen Aufstand macht.“

Ines hielt sich die Hand vor den Mund. „Oh Gott, die haben wieder was gefunden?“
Falko reagierte nicht.
„Falko, warum sagst du mir das nicht? Seit wann weißt du es?“
Falko schaute resigniert auf die leeren Gläser am Tisch.
„Seit einer Woche.“
Ines sackte in sich zusammen und vergrub ihr Gesicht hinter ihren Händen.
„Was glaubst du, warum ich unbedingt jetzt nach Wien fahren wollte?“, fragte er. Er senkte den Kopf. „Im Herbst ist es vielleicht zu spät.“
„Ist es nicht!“ Ines sprang wütend auf. „Ist es nicht, Falko! Wo ist es eigentlich? Ist es operierbar?“
Falko deutete auf eine Region in seinem Hinterkopf. „Der Arzt hat gesagt, es ist ein ziemlich aggressives Rezidiv. Er würde es nicht operieren, weil mein Spitzname danach nicht mehr Falko wäre, sondern Bernd das Brot.“
„Scheiße.“
„Warum hast du es deiner Mama nicht gesagt?“, fragte Ines und verschränkte wütend die Arme.
„Warum? Warum? Warum? Weil sie so emotional reagiert! Wie soll ich das aushalten, wenn sie es kaum aushält?“
Ines nickte und nahm seine Hand. „Und du?“, fragte sie. „Wie hältst du es eigentlich aus?“
Falko grinste. „Ich sitze in Wien mit den Menschen, die ich liebe, betrinke mich und plane einen Einbruch in Wiens Nobelviertel.“
„Im Ernst? Immer noch?“ Ines rang sich ein Lächeln ab. Sie saß mit eingefallenen Schultern und bleichem Gesicht da.
„Aber du wusstest doch, dass wir das Einbruchsding durchziehen wollen“, sagte Falko.
Ines saß da wie jemand, aus dessen Körper sämtliche Kraft gewichen war.
„Ich brauch’ mal einen Moment für mich“, sagte sie und stand auf.

17 Ich sterbe

Es war alles so vorhersehbar, dass ich hätte kotzen können. Ich meine, genau das war der Grund, warum ich keinem was von dem Rezidiv gesagt hatte. Ines rannte hysterisch über den Weinberg, Wolfgang saß herum wie ein Zombie, der gerade herausgefunden hat, dass er Vegetarier ist. Um unseren Tisch herum war sowas wie eine Glocke des Entsetzens. Wenn negative Energie messbar war, dann explodierte der Geigerzähler innerhalb dieser Glocke. Nicht mal Thomas und Tatjana waren davor gefeit, als sie verdientermaßen euphorisch kichernd von ihrem Toilettengang wieder zurückkehrten. Als sie die Glocke betraten und Wolfgangs Gesicht sahen, wich auch aus ihrem Gesicht die gute Laune, so schnell konnte man gar nicht schauen. Wie gesagt, so vorhersehbar.

„Was ist los?“, fragte Thomas.

„Ihr macht Gesichter, als wärt ihr auf einer Beerdigung!“, sagte Tatjana und rang sich ein letztes Kichern ab.

„Ist was passiert?“, fragte mich Thomas. Ich konnte es, ehrlich gesagt, nicht mehr hören. Natürlich war was passiert. Aber das war jetzt acht Monate her.

Im selben Moment tauchte auch Ines wieder auf und gesellte sich in unsere Glocke der schlechten Laune. Sie sah mich mit einem Blick an, der nicht wusste, ob er mitleidig oder stinksauer sein sollte. Ich entschied mich für Letzteres, das war mir wesentlich lieber.

„Mein Gott, dann sterbe ich halt!“, rief ich. Scheiße, ich rief es so laut, dass die ganze Gastterrasse verstummte und auf mich starrte.

Thomas starrte entgeistert auf die Szenerie. Man sah ihm an, wie sein stark verlangsamtes Hirn arbeitete.

Ines sah mich auffordernd an. Ich schüttelte den Kopf. Ich konnte das nicht. Nein, ich konnte das einfach nicht mehr.

Ines seufzte und strich mit ihrer Hand über Thomas' Rücken. „Dein Bruder hat uns verschwiegen, dass wieder ein Rezidiv da ist", sagte sie.
Thomas stand mit weit geöffnetem Mund da. Schneller als erwartet hatte er die Information verarbeitet und er beugte sich mit entschlossenem Blick zu mir hinunter. Ich rechnete mit einer gescheiten Watschen. Die wäre gerechtfertigt gewesen. Aber er umarmte mich so lange, wie er mich noch nie umarmt hatte. Als es begann, sich seltsam anzufühlen, stand er auf und schaute in die Runde.
„Verdammte Scheiße!", sagte er laut in dem Tonfall, in dem er zuvor seine Rede gehalten hatte. „Lieber Gott, das ist scheiße, scheiße, scheiße! Hast du mich verstanden? Da gibt's keinen Grund, das schönzureden!" Einen Wimpernschlag lang schaute er aus, wie ein viel zu mutiger Frontsoldat, den im letzten Moment sämtliche Kräfte verlassen. Dann richtete er sich wieder auf. „Aber das ändert doch nichts, oder? Deshalb sind wir doch hier. Weil keiner weiß, wie lange wir noch zusammen haben. Weil es schneller vorbei sein kann, als wir es aushalten könnten." Thomas schaute jeden von uns lange und tief in die Augen.
„Das hört sich vielleicht bescheuert an", sagte er, als sein Blick auf mir haften blieb. „Aber ich hab' dich zuletzt ein wenig beneidet, dass du gecheckt hast, um was es im Leben geht. Es heißt: Jeder Mensch hat zwei Leben. Das zweite beginnt, wenn man begreift, dass es nur eines gibt. Und du hast es kapiert. Schau dich an: Du bist hier. Du bist in Wien. Und du hast sogar das Unmögliche wahr gemacht, dass das absolut tollste Mädchen der Welt wegen dir hierhergekommen ist." Tatjana warf ihm einen schrägen Seitenblick zu. „Wer von uns weiß denn, was er wirklich will? Und selbst wenn es jemand weiß, warum setzen wir es nicht um? Weil wir meinen, dass wir noch ewig Zeit haben. Aber was, wenn wir heute von der Tram überfahren werden?" Der halbe Gastgarten klebte an Thomas Lippen und ich würde lügen, wenn ich behauptete, ich hätte keine Gänsehaut gehabt.

Thomas hob sein Glas mit dem letzten Rest verbliebenen Weines. „Und deshalb schwöre ich euch, dass wir es durchziehen!“

Kurz fürchtete ich, dass Thomas vor allen Gästen ausposaunte, was wir vorhatten.

„Wir machen das!“, rief Thomas. „Wir tun es nicht nur für Falko. Wir tun es für uns! Weil es das Beste sein wird, was wir jemals getan haben.“

Wir hoben die Gläser. „Wir machen das!“, wiederholten wir. „Wir machen das!“ erscholl es auch von den übrigen Tischen und überall im Heurigengarten klirrten die uns zuprostenden Gläser. Kurz stellte ich mir vor, wie alle Leute aus dem Heurigen gemeinsam zu Falcos Wohnung in die Schottenfeldgasse pilgerten, um dort einzubrechen.

18 Verdächtig

Und dann ging alles ganz schnell. Wir saßen im Bus zurück nach unten. Alle waren wild entschlossen, das Ding heute durchzuziehen. Tatjana tippte nervös Nachrichten in ihr Handy. Ich versuchte nicht darüber nachzudenken, was mit uns passierte, wenn es schiefging.
„Wo ist denn diese Schottenfeldgasse eigentlich?“, fragte ich.
„Am Westbahnhof“, sagte Thomas.
„Das ist nicht euer Ernst“, entfuhr es mir. „Da hätten wir ja gleich in deiner Wohnung bleiben können.“
„Dann hätten wir die Stelzen verpasst“, entgegnete Falko grinsend.
Die Stelzen lagen wie schwere Wackersteine in meinem Magen. Ob die so förderlich bei unserem Vorhaben waren?
Es war bereits nach Mitternacht, als wir am Westbahnhof ankamen. Den Rest gingen wir zu Fuß. Ein Spaziergang an der frischen Luft würde uns guttun, hoffte ich. Vielleicht kamen wir doch noch zur Vernunft.
Stattdessen kamen wir in die Schottenfeldgasse. Die Nummer Sieben war ein großer, repräsentativer Altbau.
„Falco wohnte in der Wohnung im dritten Stock“, erklärte Falko.
„Hoffentlich hatte er einen Aufzug“, sagte ich und deutete auf den Rollstuhl.
„Und wie kommen wir da rein?“, fragte ich.
„In Wien haben alle Altbauten einen Hinterhof. Dort sind die Türen nie abgesperrt. Wenn wir es in den Hinterhof schaffen, sind wir so gut wie drin.“
„Und wie kommen wir in den Hinterhof?“, fragte Ines.
„Über das Dach!“
„Sehr witzig.“ Sie verdrehte die Augen.
„Es reicht ja, wenn es einer von uns rüberschafft. Thomas, du bist doch ein guter Kletterer!“, schlug Falko vor.

„Sagt mal, habt ihr kein Brecheisen dabei, wie normale Einbrecher?", fragte Tatjana.
Während wir in der kühlen Sommernacht in der Schottenfeldgasse standen und lautstark unsere Einbruchspläne kundtaten, ging plötzlich die Türe auf. Eine ältere Dame trat mit ihrem kleinen Dackel heraus. Sie musterte uns misstrauisch.
Falko reagierte am schnellsten. „Schönen Abend, gnä' Frau", sagte er und warf einen Blick auf die Klingelschilder. „Wir läuten schon eine Ewigkeit bei Schneiders, aber sie hören uns scheinbar nicht. Dürfen wir?" Er rollte zum Eingang und hielt der Dame die Tür auf.
Sie musterte Falko kurz. Als sich ihr Dackel von Falko streicheln ließ, entschied sie, dass ein Rollstuhlfahrer harmlos war und nickte. „Aber seid's leise, Kinder."
Als sich die Tür hinter uns wieder schloss, veranstalteten wir einen lautlosen Siegestanz. Wir waren drin! Wir waren wirklich drin! Das war schon mehr, als wir uns noch vor einer Woche erträumt hatten.
„Wo hat Falco denn gewohnt?", fragte Ines.
„Im dritten Stock."
Sie sah sich um. „Schaut nicht so aus, als hätte sich das Rockidol einen Aufzug leisten können."
Alle schauten auf Falko.
„Ist doch kein Problem!", sagte er. „Thomas wohnt ja auch nicht gerade im Parterre!"
„Es geht auch gar nicht ums Raufkommen", sagte Ines. „Aber was machst du, wenn etwas schiefläuft und wir abhauen müssen?"
„Ihr nutzt selbstverständlich eure Beine, um eure Haut zu retten. Und ich mein Mundwerk."
„Wir lassen dich sicher nicht allein!", protestierte Ines.
„Süße, das ist ja irre rührselig. Aber erstens werdet ihr rennen. Das ist euer natürlicher Fluchtreflex. Und zweitens: Was soll mir schon passieren?"

„Sie werden dich nach Häfen wegsperren!“, wandte Thomas ein.
„Und dann? Wollen sie mir lebenslänglich aufbrummen?“ Falko stemmte sich aus dem Rollstuhl. „Das sitze ich mit links ab. Auf geht's!“
Da Falkos Kampf gegen die Wiener Stiegenhäuser schon hinlänglich bekannt ist, spule ich mal eine Viertelstunde nach vorne.
„Kann es sein, dass ihr überhaupt keinen Plan habt?“, fragte Ines, als die vierte Etage in Sicht kam und lachte.
„Wir sind Meister des Improvisierens!“, antwortete Falko. „Außerdem bin ich ein Glückskind. Das wisst ihr doch.“
Wieder einmal standen wir im Flur eines Wiener Altbaus.
„Und jetzt? Sagt bitte einer, dass ihr wisst, welche der Wohnungen seine war!“, flehte Ines.
Thomas kramte einen Zettel heraus, auf den er einen Namen gekritzelt hatte. „Hab im Internet eine Liste mit allen Besitzern der Wohnung seit Hans Hölzel gefunden“, sagte er und leuchtete mit seinem iPhone auf das erstbeste Türschild.
„Ja, das ist es tatsächlich!“, sagte er.
Unschlüssig standen wir vor der Tür. Was sollten wir jetzt tun?
„Wir könnten ja einfach läuten“, schlug Ines vor.
„Bist du deppert?“, fuhr sie Falko an.
Ines läutete trotzdem.
„Spinnst du völlig? Und was verzählen wir, wenn jemand öffnet? Dass wir kurzerhand ein paar Bohlen aus ihrer Diele reißen wollen, weil wir dort einen geheimen Schatz vermuten?“
Es blieb still.
„Krass, die ist gar nicht da“, flüsterte Falko.
„Oder sie schläft“, sagte Ines.
„Glaub' ich nicht“, sagte Falko und wollte es jetzt wissen. Er drückte rhythmisch die Takte zu „Drah di ned um…“ auf den Knopf.
„Und jetzt?“, fragte Ines.

Falko holte die EC-Karte der Raiffeisenbank aus seinem Geldbeutel. „Kann das einer?“
„Das funktioniert nur im Film“, sagte Thomas.
Falko fummelte mit der Karte am Türschlitz. Er fuhr auf und ab.
Nichts passierte.
Tatjana räusperte sich. „Du musst die Karte mit der Ecke da oberhalb des Türknaufs in die Schlossfalle drücken“, erklärte sie.
Falko versuchte, die Schlossfalle zu ertasten.
„Fester!“, sagte Tatjana.
„Mach’ ich doch! Verdammt, woher weißt du eigentlich solche Sachen?“
„Russische Vorfahren“, sagte sie, als erkläre dies alles. „Und jetzt nach unten drücken. Fester!“
Es machte ein Klickgeräusch und die Tür sprang auf.
„Krass!“ Wir starrten uns alle mit weit aufgerissenen Mündern an.
Falko zögerte, als wolle er im letzten Moment einen Rückzieher machen.

19 Crime Time

In dem Moment als die Tür aufsprang, machte sich der Schmerz von heute Morgen wieder in meinem Kopf bemerkbar. Mit voller Wucht durchbohrte dieser unsichtbare Säbel meinen Hinterkopf und knipste mir kurz das Licht aus. Aber nur kurz. Dann winkte ich Ines, um mir als treusorgende lebende Krücke zur Seite zu stehen.
Ehrfürchtig betraten wir die Wohnung. Es war komplett dunkel und ich leuchtete mit meiner Handytaschenlampe über die Wände. Jeden der 150 Quadratmeter kannte ich aus unzähligen Filmen, die ich mir auf YouTube reingezogen hatte, und wusste genau, wo ich hinmusste. Ich führte die anderen durch die Diele ins Wohnzimmer. Es sah gar nicht mehr nach der glamourösen Wohnung eines Popstars aus, dachte ich mir, als ich durch den Raum leuchtete. Eher wie die einer Oma.
„Lasst mich kurz orientieren“, flüsterte ich, als wir in Falcos Wohnzimmer standen.
„Wie krass ist das denn? Wir stehen in Falcos Wohnzimmer!“, sagte Wolfgang, der nicht flüstern konnte.
„Shhht!“, machte Tatjana.
„Also, da stand der Fernseher“, ich deutete auf die eine Wand. „Dann war da die Couch und da hinten hingen die berühmten Nitsch-Gemälde.“ Heute war der Raum halb leer, was uns zugutekam. Nur ein Wäscheständer stand herum. „Dann müsste das Geheimfach genau…“ Ich leuchtete in eine Ecke. „…Genau dort gewesen sein!“
Zu fünft robbten wir auf dem Parkettboden herum.
„Was, wenn es das Geheimfach gar nicht gibt?“, flüsterte Ines.
In der Tat war am Boden nichts Außergewöhnliches zu entdecken.
„Aber es muss da sein! Es stand doch im Internet!“, flüsterte ich und seufzte enttäuscht.

Wolfgang begann, das Parkett abzuklopfen.
„Sei leise! Das hören doch die Nachbarn!“, ermahnte ihn Tatjana erneut.
„Lass ihn!“, sagte ich und lauschte. „Habt ihr das gehört?“
Es klang tatsächlich an einer Stelle hohl. Nun klopfte ich selber über das Parkett und fand die Stelle, die dumpfer klang. Ines und ich drückten und pressten gegen die Parkettdielen.
„Das gibt’s doch gar nicht!“, rief Ines, als die Parkettstäbchen an einer Stelle nachgaben und sich nach oben bewegten.
Vorsichtig hob ich die Platte hoch und legte sie beiseite. Alle warteten darauf, dass ich den Lichtstrahl auf das Loch im Boden lenkte. Aber ich konnte nicht.
„Tu es, Falko!“, forderte mich Ines auf.
„Ich kann nicht!“, entgegnete ich.
„Warum?“
„Was, wenn da gar nichts drin ist?“

20 Kein Wort zuviel

Ich glaube, ich wusste in dem Moment, als wir in Falcos finsterer Wohnung knieten und Falko nur in das Geheimfach hätte greifen müssen, ganz genau, was Falko fühlte. Seit acht Monaten hatte er diesen ganzen Irrsinn ausgehalten und sich zuletzt nur noch an diese fixe Idee geklammert, dass er Falcos geheime Zedernholzschatulle finden wollte. Alles, was er seitdem unternommen hatte, war einzig und allein dazu da, uns hierher zu führen. Ich war mir nun gar nicht mehr so sicher, ob Falko wirklich diesen Einbruch hatte durchziehen wollen, oder ob es nicht die Gruppendynamik gewesen war, die ihn hinderte, einen Rückzieher zu machen. Denn was kam danach? Wenn man in seinem überschaubaren restlichen Leben nur noch ein einziges Ziel hat - ein Ziel, das so schwer zu erreichen ist, dass alle sagen: Das schaffst du eh nie! Aber du setzt Himmel und Hölle in Bewegung und auf einmal hast du dieses Ziel doch erreicht. Was machst du dann? Wie geht es weiter? Wenn du das Unmögliche geschafft hast, dann bleibt eigentlich nur noch eines übrig: die Vorbereitung auf den Tod. Oder? Auf einmal war ich mir sicher, dass wir mit unserer Aktion einen riesigen Fehler gemacht hatten.
„Lass uns abhauen", sagte ich.
„Spinnst du? Wir sind doch am Ziel!" Tatjana schlug mich in die Seite.
„Ich meine es ernst." Ich zupfte an Falkos Hemd. „Manche Geheimnisse sollten Geheimnisse bleiben", sagte ich. Ich war mir sicher, dass Falko meine goldene Brücke kapierte. Er schüttelte den Kopf. Langsam bewegte sich der Lichtkegel auf das Loch im Boden zu.
Falkos Blick war so entschlossen, dass mir noch eine zweite Möglichkeit einfiel. Vielleicht hieß das nächste, ebenfalls unmögliche Ziel „Besiegen des Tumors".
„Tu es, Falko!", murmelte ich. „Schnapp dir das Ding!"

„Was siehst du?“, fragte Ines.
Falko lächelte. „Wunderbare Dinge“, sagte er. „Sie ist da! Sie ist wirklich da!“
Er legte das Handy beiseite und das nach oben leuchtende Licht illuminierte sein strahlendes Gesicht. Vorsichtig hob er die Schatulle aus dem Geheimfach. Er sah glücklich aus, so glücklich wie ich mir diesen Moment immer vorgestellt hatte. Ich tauschte einen triumphierenden Blick mit Thomas und Tatjana aus.
Tatjanas Blick war finster. „Hört ihr das?“, fragte sie. Aus der Ferne hörte man die Geräusche der Großstadt. Ein Martinshorn, das langsam lauter wurde.
„Das kann alles heißen“, sagte ich beschwichtigend.
Vorsichtig legte Falko die Zedernholzschatulle auf den Boden. Die heulenden Sirenen wurden immer lauter.
Ich schaute Tatjana an. „Du hast doch alles…“ Sie nickte vehement und murmelte: „Was, wenn die Nachbarn…?“
„Ist das der Sanka oder die Polizei?“, fragte ich.
„Polizei“, sagte Thomas. „Scheiße, ich glaub’, wir müssen abhauen.“
Falko war im Begriff, den Deckel der Schatulle langsam zu öffnen.
„Falko!“, zischte ihn Tatjana an. „Hörst du das nicht? Die Bullen!“
Das ganze Wohnzimmer war inzwischen in blinkendes Blaulicht getaucht. Ich sprang ans Fenster und schaute vorsichtig nach unten. Ein Streifenwagen war genau vor dem Haus stehengeblieben.
„Nichts wie raus hier!“ Falko klemmte die Zedernholzschatulle unter den Arm und Thomas und ich packten Falko. Hastig schleiften wir ihn aus dem Wohnzimmer, durch die Diele. Im Flur hörte man die Stimmen der Beamten. Eine aufgeregte Frauenstimme rief immer wieder das Wort „Einbrecher! Einbrecher!“
„Scheiß Plan!“, fluchte ich. Tatjana zuckte die Achseln. „Keine Ahnung, was schiefgelaufen ist.“

Im Fluchtreflex wollten wir nach unten. Aber logischerweise war dieser Weg für uns versperrt. Wir schlichen über die Stiege ins obere Stockwerk und pressten uns mit laut klopfendem Herzen gegen die Wand. Hoffentlich wussten die Beamten, dass wir im dritten Stock eingebrochen waren, sonst hatten wir ein Problem.
Die Schritte auf der Treppe wurden lauter. Stimmen hallten durch das Treppenhaus.
„Ich habe die Schritte ganz genau gehört!“, beteuerte die Frau. „Wissens‘ ich wohne genau unterhalb. Und die Frau Nachbarin ist über das Wochenende in Urlaub gefahren.“
Die beiden Beamten und die Frau postierten sich vor der Tür von Falcos Wohnung.
Ich stand mit geschlossenen Augen ein halbes Stockwerk darüber, drückte mich gegen die Wand, als könnte ich mich dadurch unsichtbar machen, und biss mir eine Lippe blutig. Neben mir spürte ich Ines‘ Hand und ich roch diesen Duft, der mich immer an Heidelberg denken ließ.
„Wartens, ich habe den Zweitschlüssel!“, hörten wir die Frau sagen. Wir hörten einen Schlüsselbund klirren und das Schloss einrasten. Als sich die Türe schloss und die Stimmen dumpfer wurden, packten wir Falko und hievten ihn Stufe für Stufe nach unten.
Es war ein Schneckenrennen mit dem Unterschied, dass unsere Gegner keine Schnecken waren. Die Beamten würden ziemlich schnell das geöffnete Geheimfach im Boden entdecken. Keiner hatte Zeit gehabt, es wieder zu schließen. Und wenn kein Wunder passierte, hatten die Polizisten sogar noch Zeit genug, um gemütlich zwei Leberkäsesemmeln zu essen und würden uns trotzdem auf unserer „Flucht“ im Treppenhaus erwischen.
„Schaut, dass ihr abhaut!“, zischte Falko. „Ich regle das schon irgendwie!“ Wir schüttelten den Kopf. Ich schrie Tatjana ein stummes „Fuck!“ ins Gesicht und deutete ihr, sie solle sich und Ines in Sicherheit bringen, solange sie noch die Möglichkeit hatten. Sie weigerten sich. Erst als Falko

Ines einen stummen Fußtritt gab, warf sie ihm einen letzten verzweifelten Blick zu und die Mädchen eilten leise nach unten.
Da waren's nur noch drei.
Im vierten Stock blieb es still. Was machten die dort oben? Wenigstens waren Ines und Tatjana safe, dachte ich, als man leise die Haustüre schnappen hörte.
So hastig wir konnten, hievten wir Falko Stufe für Stufe nach unten. Als wir den ersten Stock erreicht hatten und es oben immer noch still blieb, schöpften wir Hoffnung.
Thomas deutete mir, Falko hochzuheben.
„Ihr werdet mich doch nicht tragen?", fragte er. Im selben Moment hörte man die Türe und die lauten Stimmen der Beamten.
„Doch!", riefen wir flüsternd fast gleichzeitig, packten Falko und stolperten wie siamesische Drillinge nach unten.
„Ist da jemand?", fragte eine Stimme im Polizeiton?
Ich zählte die verbleibenden Stufen. Zehn, neun, acht…
„Herr Inspektor, das sind die Einbrecher!", rief die ins hysterische kippende Stimme der Frau.
Sieben, sechs, fünf, vier…
„Stehenbleiben! Polizei!"
Als hätte auf das Kommando schon jemals einer reagiert.
Polternde Schritte im Stiegenhaus, die immer näher kamen.
Drei, zwei eins.
Wir nahmen nicht den Ausgang durch die Tür, sondern Thomas deutete zum Hinterhof. Der lag näher.
Leise schlossen wir die Türe hinter uns und sahen durch Milchglas, wie die Polizisten am gegenüberliegenden Ende des Ganges zur Straßenseite hinausstürzten.
Der ganze Hinterhof war wie ein Garten bepflanzt. Wir kauerten uns unter einen Busch und lauschten den Geräuschen. Es blieb ruhig im Treppenhaus. Wir hielten uns im Gebüsch geduckt und blickten uns siegessicher an. Falko hielt mit beiden Händen die Zedernholzschatulle fest im Arm. Wir hörten, wie die Frau schimpfend die Treppe wieder hochstieg.

Dann wurde es wieder still. Tom deutete nach oben. Hoch oben am Dach reflektierte das Blaulicht. Wir beobachteten das Licht, wie es langsam immer finsterer wurde. Aus der Ferne hörten wir kurz das Martinshorn aufheulen. Dann war es wieder still. Wir hatten es geschafft.

21 Totentanz

Ich konnte es immer noch nicht fassen. Wir waren drin gewesen, hatten im Wohnzimmer gestanden. Genau dort, wo Falco „Junge Römer“ geschrieben, gesoffen und gekokst hatte. Und dass uns die Polizei nicht erwischt hatte.
Wir kauerten in unserem Busch und begannen hysterisch zu lachen. Ich hob die Hand und wollte mit Falko einschlagen. Er starrte mich mit weit aufgerissener Mund an. Seine Arme bewegten sich nicht mehr. Ich hielt inne und lauschte, weil ich erst dachte, Falko hätte die Sirenen des Streifenwagens wieder gehört. Aber alles war still. Dann die Zuckungen. Die Verkrampfung. Falko kippte rücklings um. Wie beim ersten Mal stand ich hilflos daneben und wusste nicht, was zu tun war. „Was ist los? Was ist los?“, schrie ich panisch.
Ich hielt ihn fest, versuchte mich an die stabile Seitenlage zu erinnern, aber er war zu schwer, zu stark. Er war nur noch Zucken, Angst in den Augen und Schaum vor dem Mund.
Als der epileptische Anfall nicht aufhörte, holte ich zitternd das Handy heraus. Welche Nummer hat der Notruf in Österreich? Ich wählte einfach 112. Wenigstens das klappte.
Wo ich sei, wollte die total unaufgeregte Dame der Zentrale wissen. „Schottenfeldgasse 7“, sagte ich und einen Moment lang war ich mir sicher, dass das Falkos großer Plan war. In der Schottenfeldgasse 7 zu sterben. „Bleiben Sie ruhig“, sagte die Frau. „Ihr Freund stirbt schon nicht. Wir sind in wenigen Minuten da.“
Minutenlang saß ich im Gebüsch und hielt den zitternden Falko in meinen Armen, während er meine Hände mit seiner Urkraft beinahe zerdrückte.
Das Warten, das endlose Warten.
Nach einer Ewigkeit hatten die Krämpfe aufgehört, aber Falkos Augen wurden weiß. Er verlor das Bewusstsein. Ich schrie ihn an, schrie, ob man jetzt Herzdruckmassage oder Mund-zu-Mund-Beatmung machen musste, aber Falko

starrte mich stumm aus weißen Augen an und blieb mir alle Antworten schuldig. Ich versuchte ihn, in die stabile Seitenlage zu bringen, dann hörte ich endlich Stimmen im Treppenhaus.
Die Hinterhoftüre öffnete sich und Sanitäter mit einer Trage tauchten auf, eine Notärztin entdeckte uns im Busch und lief auf uns zu. Und hinter ihnen tauchten Ines und Tatjana auf. Die Lässigkeit der Rettungskräfte wich rasch einer lauter werdenden Hektik. Der Notarzt und der Sanitäter schrien sich gegenseitig an, die Handgriffe wurden rascher. Spritzen wurden gesetzt und zwischen dem steten „Gemma, gemma, gemma! Jetzt aber schnell, sonst dürfens mit dem schwarzen Wagen wieder z'ruckfahren“ war alles, was wir heraushören konnten, dass es ernst war. Und alles, was wir als Hilfe anbieten konnten war das Wort „Glioblastom“, was den Arzt zwar leiser, aber nicht weniger besorgt werden ließ. Jetzt wusste er immerhin, dass Falko einen Gehirntumor hatte und sowieso bald sterben würde. Aber bitte noch nicht jetzt, noch nicht hier, war mein einziger Gedanke.

22 Ganz Wien hat den Blues

Als draußen die Sonne aufging, saßen wir im Wartebereich der Intensivstation. Eine harte Holzbank, ein langer fensterloser Gang und sonst nur Stille. Ab und an kam es mir vor, als hörte ich von der anderen Seite der Tür das Piepsen irgendeines Gerätes. Aber das war natürlich nur Einbildung. Es roch nach Knoblauch, nach Wein, nach einer längst zu Ende gegangenen Nacht. Ines schlief in meinem Schoss, es war gleichzeitig schön und bedrückend. Thomas saß regungslos wie eine Steinstatue neben Tatjana, starrte auf die Türe, wartete, dass sie sich öffnete, wenigstens einen Spalt. Einen, der groß genug war, um erkennen zu können, ob es eine gute Nacht war oder eine Katastrophe. Ob es Falko gut ging, ob er überhaupt noch lebte. Die Idee, dass er vielleicht schon längst neben uns saß und Ines beim Schlafen zusah, war unerträglich. Aber so war er nicht. Falko würde sich nicht einfach davonstehlen aus dieser Welt, ohne sich zu verabschieden. Nicht hier in Wien, nicht in dieser beschissenen Klinik. Oder war das seine Abschiedstour gewesen? War diese gesamte verdammte Nacht, dieses irre Wochenende nichts anderes als Falkos großes Abschiedskonzert?
„Wie ist eigentlich der echte Falco gestorben?", hörte ich eine leise, kaum wahrnehmbare Stimme unter mir. Ich schaute Ines an.
„Das weißt du gar nicht?"
„Ich wusste bis vor kurzem gar nicht, dass es diesen Falco gab."
„Ein Autounfall. Vielleicht sogar Selbstmord. Konnte nie wirklich geklärt werden."
„Sofort tot?"
Ich nickte.
Ines kaute auf ihren Nägeln. Sie schüttelte den Kopf und raffte sich auf.
„So nicht", sagte sie mit fester Stimme. „So sicher nicht."

„Was so nicht?"
„Falko! Der macht sich nicht nach so einem Pups-epileptischen Anfall aus dem Staub. Der wird mit einem großen Knall gehen. Aber so nicht."
Tatjana rieb sich müde die Augen. „Außerdem muss er doch noch die Schatulle öffnen."
Stimmt, dachte ich. Sonst wäre dieser ganze Zirkus völlig umsonst gewesen.
Im selben Moment ging die Tür zur Intensivstation auf. Ein Arzt kam heraus und schaute uns mit ernstem Blick an.

23 Out of the dark

Einer meiner vielen Ärzte hatte mir erklärt, sollte ich eines Tages wirklich sterben, dann würde dies das leiwandste – er sagte wirklich leiwandste - Erlebnis meines Lebens sein. So als wäre ich beim Falco Konzert auf der Donauinsel in der ersten Reihe oder selbst auf der Bühne. Im ganzen Körper würden Endorphine ausgeschüttet und ein warmes, weißes Licht würde von mir Besitz ergreifen. Alles um mich herum würde leicht sein und langsam zu schweben beginnend, würde ich meinen Körper verlassen. In mir würde jede Menge Energie freigesetzt, der Körper würde mir das Sterben so angenehm wie möglich machen, sonst würde ja im letzten Moment niemand tatsächlich sterben wollen.
Mir war aber kalt und mir war schlecht und mein Magen war schwer von den Stelzen von gestern. Also konnte ich nicht tot sein.
Nach und nach begriff ich, dass ich in einem Krankenhaus war, als ich aufwachte. Ich war sogar ein wenig erleichtert, dass es ein Krankenhaus war und keine Gefängniszelle im Jugendknast. Als das Licht ausgegangen war und die Bäume mit dem Nachthimmel eins wurden, war meine letzte Erinnerung ein Brei aus Geschrei und Sirenen und Lichtern und eine Weile war ich auch sicher, tot zu sein. Doch dann gingen die Lichter wieder an. Und es waren Krankenhauslichter und ich hing an Schläuchen.
Ein Arzt scherzte, dass er lange hatte abwägen müssen, ob er mir erst den Magen auspumpen oder erst den Hirnblutdruck senken musste, kontrollierte noch einmal meine Werte und lächelte. „Deine Freunde sind alle noch draußen. Wenn du willst, lass' ich sie jetzt herein."
Nach und nach tauchten die bleichen Gesichter von Wolfgang, meinem Bruderherz und den Mädchen auf. Sie sahen bedröppelt aus, als hätte man sie doch noch geschnappt und unten wartete der Streifenwagen mit laufendem Motor. Der

Arzt, dessen Schürze mit Blut bespritzt war, erklärte etwas in sperrigen Medizinausdrücken, das ich nicht verstand. So auf die Art, er musste mir eine Kanüle einführen und Druck ablassen, sonst wäre mein Hirn explodiert oder sowas. Das erklärte also die Kopfschmerzen. Und dann sagte er etwas wie „In letzter Sekunde" und „Fürs erste Glück gehabt", nur um gleich darauf mit der Keule jenes Wortes auf mich einzuhauen, das kein Hirntumorpatient hören will: „Rezidiv" Ja klar, das wusste ich natürlich. Irgendwie. Aber irgendwie hatte ich es erst in dem Moment wirklich kapiert. Rezidiv ist immer scheiße. Und je öfter man es hört, sowieso. Bei mir war es das dritte Mal. Und wer in Wahrscheinlichkeitsrechnung auch nur halbwegs aufgepasst hat, dem ist klar, dass ich es nicht mehr oft hören würde. Aber fürs Erste hieß es nur, dass nun alles wieder von vorne beginnen würde.
Aber bevor der Kreislauf von neuem beginnt, muss erst diese Geschichte zu Ende erzählt werden.
„Wo ist sie?", fragte ich.
„Hier", sagte Wolfgang mit sorgenvoller Miene und schaute Ines an. „Sie steht neben deinem Bett."
„Du Depp, erblindet bin ich noch nicht!" Ich lachte. „Die Schatulle meine ich."
Die anderen lachten. Und ein erstes Mal kam mir die Intensivstation nicht wie die Vorkammer zur Pathologie vor, sondern wie der Ort, wo man noch einmal zweite Chancen bekam.
„Wir haben sie im Schließfach verwahrt", sagte der Arzt. „Es war verdammt schwierig, sie dir abzunehmen, derart fest hast du sie umklammert. Wir haben angenommen, dass etwas Wertvolles drin ist und sie wegsperren lassen." Er nickte einer der Schwestern zu, die sich aufmachte, sie zu holen. Als sie zurückkam und mir feierlich die dunkelbraune Zedernholzschatulle überreichte, war es mucksmäuschenstill im Raum. Bis auf das stete Piepsen der Geräte natürlich. Alle schauten mich erwartungsvoll an, als lüftete ich eines der

größten Geheimnisse der Menschheit. Und ein wenig war es auch so.
„Und? Was ist drin?", fragte Ines aufgeregt. Die anderen grinsten und hatten einen komischen Gesichtsausdruck, so als seien sie stolz, dass sie meine Partner in Crime waren.
Ich hob ein Päckchen heraus, in dem sich grünes Kraut befand.
„Ups!", ich musste lachen. „Ob man das noch rauchen kann?"
„Das entsorge ich lieber gleich", sagte Ines und nahm mir das Päckchen Gras aus der Hand, „Nicht, dass wir doch noch Ärger mit der Polizei bekommen."
Thomas räusperte sich. „Schon gut, Ines. Das ist wohl meine Aufgabe", sagte er und nahm ihr das Päckchen wieder ab.
„Ihr werdet doch Falcos Gras nicht wegschmeißen? Außerdem kann ich mir als Patient ganz legal Marihuana verschreiben lassen."
„Nicht in Österreich", sagte der Arzt, ehe er aus dem Zimmer verschwand, als hätte er nichts gesehen.
„Ist das alles?", fragte Ines.
Ich schüttelte den Kopf. „Nein, da ist tatsächlich ein Stück Papier. Es sieht aus, als hätte er es aus seinem Notizbuch herausgerissen."
Ich nahm den Zettel und faltete ihn auseinander. Es war ein weißes Blatt Papier im DIN-A4-Format. Beschrieben mit blauem Kugelschreiber und einer kaum leserlichen Handschrift. Überall waren Worte durchgestrichen und Bemerkungen hinzugefügt worden.
„Kannst du es lesen?", fragte Wolfgang.
Ich versuchte, die Buchstaben zu entziffern.
„Roman Vampires", las ich vor und schaute auf. „Es könnte tatsächlich die Ur-Version von Junge Römer sein!"
Es war ziemlich dicht beschrieben und ziemlich lange. Langsam las ich Wort für Wort vor, so gut ich es entziffern konnte:

Roman Vampires

Zwei Uhr Zehn und keine Spur von ihr.
Sie ist nicht hier,
vermutlich ist sie bei dir.
Man sagt, man hätte sie in einem Club gesehen.
Man sieht und kennt sich in der Scene
und jeder weiß es,
sie ist heiß
und jede Nacht hat ihren Preis.
Großstadtvampire jagen nur bei Nacht.
Was sollen sie auch andres tun?
Fast jede Nacht wird wach verbracht.
Die Gier lässt einen nicht ruhn.
Man saugt das junge Blut
bis auf den letzten Tropfen aus,
ihre Lebenslust fließt dann in mir.
Nur junges Blut hält nicht sehr lange warm
und unstillbar ist die Gier.
Auf ewig wird man nicht mehr satt,
hat man erst einmal junges Blut geleckt.
Kein Stern zu sehn,
die Nacht hält sich bedeckt.
Das Mädchen tanzt den neuen Tanz,
nimm dich vor ihr in Acht.
Ein neues Lied, der Text ist alt
und den Rhythmus schlägt die Nacht.
Das Mädchen spielt,
was soll sie noch verlieren,
das Jahrtausend alte Spiel.
Sie spielt mit dir, sie spielt mit mir,
und du versuchst, sie zu berühren.
Doch noch ist Schall und Rauch,
was heut noch werden könnt,
denn das, was war, ist einerlei, die Zukunft ungewiss

und dieser Tanz noch nicht vorbei.
Vorbei ist's erst dann, wenn der Verstand versteht,
sie tanzt heut nur mit mir.
(Oder mit dir?)
Kühl starrt mich das Mädchen an,
nur ihre Augen glühen kalt.
Sie sagt und ihre Lippen beben:
„Nur meine Wärme kann dich noch befrein,
es geht um unser Leben.
Ich weiß, du spürst es auch:
Mein Tun kommt aus dem Sein allein
und dass mein Sein dich heute braucht.“
Ich seh die Uhr, die meine Zeit bestimmt,
dann seh ich sie, seh ihre weiße Haut.
ihre Lippen sind ganz rot.
Ich begreif, dass den Vampiren ihre Zeit verrinnt,
denn kommt der Morgen, sind wir tot.

Ich legte den Zettel beiseite und schaute auf. „What the…“, sagte ich. Die anderen schauten mich erwartungsvoll, richtig ergriffen an, als hätten sie gerade zum ersten Mal das Original „Junge Römer“ – Video gesehen.
„Das ist wunderschön“, flüsterte Ines.
„Wie bitte?“, dachte ich. Solch scheiß schlechte Lyrics hätte Falco nie und nimmer geschrieben und schon gar nicht so versteckt, dass sie erst Jahrzehnte später wiedergefunden wurden.
Wolfgang und Thomas nickten sich gegenseitig zu. „Eine absolute Sensation“, sagte Wolfgang. „Falko, du hast immer recht gehabt.“
Ich hob gerade zu einer Schimpfkanonade an, um meiner Enttäuschung freien Lauf zu lassen, als mich etwas in Ines‘ Blick verstummen ließ. Sie schaute Wolfgang und Falko und danach sogar Tatjana mit einer Ehrfurcht im Blick an, als wären sie Heilige.

Und in dem Moment war es mir auf einmal egal, dass der Text scheiße war, dass er mein Leben garantiert nicht verändern würde. Denn dazu brauchte man etwas anderes. Etwas, das ich wahrhaftig hatte.

Nachbemerkung:

Einen Monat nach der Sache in Wien besuchte ich Falko. Er hatte die letzte OP gut überstanden und gerade die ersten Sitzungen der neuen Bestrahlungen hinter sich gebracht. Falko saß, was er früher nie gemacht hatte, hinter seinem Haus auf der Terrasse in seinem Rollstuhl. Er saß einfach da und hielt sein Gesicht in die Sonnenstrahlen der sich langsam senkenden Sonne. Erst dachte ich, dass er schlief, ich konnte nicht sehen, ob seine Augen unter der Sonnenbrille offen waren. Er lächelte. Eine Weile stand ich ihm schweigend gegenüber. Irgendwann drehte er seinen Kopf zu mir. „Schön, nicht?“, sagte er mit leiser, ruhiger Stimme. Dann nahm er seine Ray-Ban ab und schaute mich an. „Alles klar bei dir?“, fragte er.

Ich holte mir einen Gartenstuhl und setzte mich ihm gegenüber. „Ich muss dir was erzählen. Es ist etwas völlig Verrücktes passiert.“

Falko sah müde aus. Aber auf eine unbestimmte Art auch friedlich und zufrieden. „Du hast eine flachgelegt?“, fragte er grinsend.

„Besser!“, entgegnete ich und ich wusste, dass mir meine Euphorie gerade das Grinsen eines Honigkuchenpferdes ins Gesicht klatschte. „Kannst du dich an meine Tante in Amerika erinnern?“, fragte ich.

„Sie hat uns doch als Kindern immer Waldmeister-Eis gemacht, wenn sie auf Urlaub hier war.“

„Genau die. Ich hatte ihr vor kurzem eine längere Mail geschrieben, in der ich anscheinend ziemlich verzweifelt wegen meiner beruflichen Zukunft klang.“

Ich konnte immer noch nicht fassen, was passiert war.

„Vor zwei Wochen hat sie mich angerufen, weil auf der Highschool, auf die mein Cousin geht, ein Austauschschüler-

Platz frei geworden ist. Ein Pole hat kurzfristig abgesagt. Jedenfalls fragt sie mich, ob ich nicht ein Jahr als Exchange Student zu ihr kommen möchte."

„Und?"

„Es ist so krass, seit zwei Wochen wird hier nur noch mit dem Konsulat, der Fluggesellschaft und der Highschool telefoniert. Es sieht gut aus. Ich könnte im September fliegen."

„Verdammt, Wolferl, du bist ja ein absolutes Glückskind! Hast du der Drogenfarm schon abgesagt?"

Ich seufzte und schüttelte den Kopf.

„Bist du deppert? Warum nicht?"

Meine Begeisterung war mit einem Mal wie verflogen. Aber ich hatte gewusst, dass es so kommen würde.

„Sag schon, warum nicht?", fragte Falko noch einmal.

Ich öffnete den Mund, aber es kam nichts raus. Stattdessen schaute ich ihn beinahe verzweifelt an.

Als Falko begriff, warum, verzog er das Gesicht. „Wolfi!", flüsterte er empört und griff nach meiner Hand. Ließ sie aber sofort wieder los, weil sich das dann doch zu peinlich anfühlte.

„Du kündigst diesen Idioten und fliegst nach Amerika!", sagte er bestimmt. „Denn erstens sehen wir uns wieder. Zweitens, falls nicht, solltest du gleich wissen, dass ich am Schluss sowieso nur meine Family und vielleicht Ines ins Zimmer lasse. Und die auch nur, weil sie Krankenschwester ist. Und drittens", er holte theatralisch Luft, „wenn du bei der Drogenfarm die Ausbildung beginnst, dann ist dein Leben schneller vorbei als meines."

Ich machte eine wegwerfende Handbewegung. „Shit, bitte laber nicht und mach's mir nicht noch schwerer. Vielleicht will ich ja wegen Ines nicht gehen." Da war natürlich auch ein Fünkchen Wahrheit dran.

„Mach dir ja keine Hoffnungen, dass du Ines das nächste Jahr öfter siehst als ich. Sie ist auf Knien zu ihrem Ausbildungschef gerutscht und hat gefleht, dass sie die Ausbildung fertig machen kann."

„Und?"
„Kann man Ines etwas abschlagen?"
Der Gedanke an sie versetzte mir einen Stich. Ehrlich gesagt war sie der Grund, warum ich die Sache mit Amerika letztendlich angestoßen hatte.
„Wolfgang?", sagte Falko schließlich und setzte einen kurzen Augenblick sein Falko-Grinsen auf, das sich sogleich in ein mildes Lächeln verwandelte.
„Das, was ihr in Wien für mich getan habt, war das Schönste, was jemals jemand für mich getan hat."
„Was meinst du?", fragte ich und versuchte ein Pokerface aufzusetzen.
„Komm schon, Wolfgang. Dieser komische Zettel. Diese schiefen Lyrics. Die waren doch nicht von Falco."
Ich merkte, wie ich ein wenig rot anlief.
„Wie kommst du darauf?"
Falko lächelte. „Du wirst eines Tages wundervolle Romane schreiben, Wolfgang. Aber ein Dichter wirst du nicht. Im Ernst, wie habt ihr es gemacht?"
„Ich weiß nicht, wovon du sprichst", versuchte ich mich herauszureden.
„Auf der Zedernholzschatulle stand ‚Made in China 2013'", fügte Falko als letzten Beweis an.
Ich musste lachen und Falko fiel in mein Lachen ein.
„Es war alles von langer Hand vorbereitet, nicht wahr? Aber wie habt ihr es gemacht?", fragte er.
Ich erzählte ihm alles. Wie Tom die heutige Mieterin der Wohnung ausfindig gemacht hatte. Wie er sich mit ihr auf einen Kaffee traf und er ihr die Geschichte von Falko erzählt hatte. Dass es Tatjana war, die die Frau schließlich überzeugte, weil die ihre Eltern weitschichtig kannte. Wie sie planten, dass die Frau am besagten Wochenende auswärts Urlaub machen und die Wohnung nicht verriegeln würde.
„Und das Geheimfach?", fragte Falko schließlich. „Was war ursprünglich drin?"
„Nur das Gras", sagte ich.

„Und deshalb habt ihr die Schatulle platziert?"
Ich nickte.
„Und die Polizei?", fragte Falko.
„Wir waren halt auch dilettantische Deppen. Vielleicht hätten wir auch die Nachbarn informieren sollen, dann hätten die die Polizei nicht gerufen."
Falko lächelte. „Das war fast das Beste." Wir schwiegen uns eine Weile an. Schließlich sagte er nochmal: „Danke."
Ich blieb noch bei ihm im Garten sitzen, bis die Sonne untergegangen war. Als ich mich verabschiedete, hielt mich Falko fest. „Du kündigst morgen, versprochen?"
Ich nickte.
„Und du wartest auf mich, bis ich wieder zurück bin."
Falko lächelte.

Inhalt

Vorbemerkung:	1
1 Zu viel Hitze	2
2 Analyse	6
3 Junge Römer	8
4 Veränderungen	11
5 Unterbrochene Heiterkeit	14
6 Der Kommissar	18
7 Aufsteigende Angst	20
8 Der Donnerschlag	24
9 Schnee	27
Die Haselnuss	29
1 Noch jemand	29
2 Er versucht sich in Konversation	34
3 Silvester	37
4 Jähzorn. Und eine gute Tat	38
5 Erkenntnis	41
6 Vienna Calling	43
7 Hinter uns die Sintflut	49
8 Abgewiesener Angriff	52
9 Kein Karneval	53
10 Kalt erwischt	56
11 Der Tod von Altötting	61
Im Frühling sterben ist scheiße	69
1 Das Leben der Wünsche	69
2 Hoch wie nie	72
3 Ein bissel was geht immer	75
4 Nie mehr Schule	78
Heidelberg	80
1 Natürlich, ein Frauenzimmer!	80
2 Schickt mir die Post schon ins	84
3 Ines aus Rohrbach	87
4 The Sound of Musik	94
5 Walpurgisnacht	96
6 Ein Fest fürs Leben	99

7 Bussi Baby 102
8 Macht's nur so weiter 104
9 Die Arbeit der Nacht 109
10 Die Flaschen von gestern 114
11 Zweifel und Erwägungen 118
12 Tischgespräche 120
13 Der große Stumpfsinn 124
14 Eine wie Ines 127
15 Auf Ines' Spuren 133
16 Easy Baby 138
Ein letzter Sommer? 140
1 Ganz unten 140
2 Emotional 143
3 Wie man leben soll 146
4 Steuermann 151
5 Unterwegs 155
6 Siebzehn Jahr 162
7 Verfinsterung 165
8 Auseinandergehen ist schwer 168
9 Vom Ende der Einsamkeit 174
Vienna 182
1 Ankunft 182
2 Rocking in Wien 189
3 Das größere Wunder 195
4 Ines II 198
5 Eine ganz normale Nacht in 203
6 Fragwürdiges 205
7 Falko rides again 210
8 Schlaft gut, ihr fiesen 213
9 Helden von heute 216
10 Coming Home 218
11 Es lebe der Zentralfr... 220
12 Mein Gott, ich sehe! 222
13 Kann es Liebe sein 226
14 Ein letztes Wienerlied 229
15 Das Schicksal ist ein... 231

16 Langsam find' der Tag sein	233
17 Ich sterbe	236
18 Verdächtig	239
19 Crime Time	243
20 Kein Wort zuviel	245
21 Totentanz	250
22 Ganz Wien hat den Blues	252
23 Out of the dark	254
Roman Vampires	254
Nachbemerkung:	260

Kleinstadtrebellen

Peter steckt in einer Sackgasse. Sein Job langweilt ihn, seine Freunde gründen Familien und seine Beziehung steckt in der Dauerkrise. Verzweifelt hofft er, auf einem Männertrip nach Sankt Pauli auf andere Gedanken zu kommen. Zu seiner Überraschung ändert sich tatsächlich alles:
Er trifft auf Justin, den coolen Kleinstadtrebellen, der in der Großstadt studiert und Peter verknallt sich in dessen Freundin Greta.
In einer wilden Nacht überschlagen sich die Ereignisse und als die Sonne über dem Hamburger Hafen aufgeht, ahnt Peter, dass das wilde, gute Leben gerade erst begonnen hat.
Ehe er es sich versieht, ist er mitten drin im Chaos der Kleinstadtrebellen.
Es folgt eine Reise nach Wien, eine Trennung, Gorillas im Morgennebel, eine übermütige Wohngemeinschaft, ein stinkender Sack und jede Menge Blaulicht und Durcheinander, wo auch immer Justin und die Kleinstadtrebellen auftauchen.

„*Bernhard Straßer schafft es mit diesem Roman das Lebensgefühl und die Probleme einer Generation zu erfassen.*" Christian Wicklein

Sterne sieht man nur bei Nacht

Nichts wird jemals wieder so werden, wie es war. Und niemals war es schöner als jetzt. Diagnose Krebs. Hans weiß, dass seine Mutter sterben könnte. Was er nicht weiß: Welches Mädchen ist die richtige? Ellis, die in ihn verliebt ist, oder die geheimnisvolle Schönheit Loni Schneider. Hans' Mutter hat schlechte Überlebenschancen, Loni Schneider einen Freund.
Hans nimmt die Geschenke des Lebens an, als gäbe es kein Morgen. Feiern, Reisen, Weglaufen. Natürlich ist es eine bescheuerte Idee, mit beiden Frauen nach Paris zu reisen. Als auch Hans dies begreift, ist das Leben wie er es kannte, ein einziger Scherbenhaufen.

„Eine einfühlsame Auseinandersetzung mit der Liebe, dem Leben und dem Tod, die bei aller Tragik auch Platz für Humor und Augenzwinkern hat" - Südostbayerische Rundschau

„Bernhard Straßer ist ein guter Roman gelungen, der Spagat zwischen Ernsthaftigkeit und dem La Vie Facile" Anne von Buch & Schöpfer

Bernhard Straßer, geboren 1978 in Traunstein, ging als siebzehnjähriger Schüler für ein Jahr in die USA, um Creative Writing zu lernen und sich journalistisch ausbilden zu lassen. Nach dem Abitur studierte er in Mannheim Arbeitsverwaltung und nahm regelmäßig an den Schreibwerkstätten von Arwed Vogel, unter anderem bei Ursula Krechel und Norbert Niemann teil. Es entstanden die Romane Kleinstadtrebellen (2013) und Sterne sieht man nur bei Nacht (2016). Seine Texte sind im Lichtung-Verlag veröffentlicht. Er schreibt für die Passauer Neuen Presse und für das Magazin „Hallo Nachbar" die Kolumne „Mein Alltag in Weißblau". Das Kurzgeschichtenportal auf seiner Webseite Chiemgauseiten.de ist eines der meistbesuchten in Deutschland.

Kurzgeschichten Online

www.chiemgauseiten.de

Printed in Poland
by Amazon Fulfillment
Poland Sp. z o.o., Wrocław
08 May 2023

8e8250f6-c09b-497d-ae64-e06b767a5a5eR01

RÉALISATION : NORD COMPO À VILLENEUVE-D'ASCQ
IMPRESSION : NORMANDIE ROTO IMPRESSION S.A.S. À LONRAI
DÉPÔT LÉGAL : AOÛT 2016. N° 133178-2 (1604937)
Imprimé en France